学生爱国主义教育系列丛书

CLASSIC OF PATRIOTIC BOOKS

学生爱国主义教育系列丛书

CLASSIC OF PATRIOTIC BOOKS

CLASSIC OF PATRIOTIC BOOKS

学生爱国主义教育系列丛书

CLASSIC OF
PATRIOTIC BOOKS

抗日英雄的故事

龚勋 / 主编

应急管理出版社
·北 京·

前言
Foreword
抗日英雄的故事

致敬抗日英烈，传承抗战精神
Zhijing Kang Ri Yinglie, Chuancheng Kangzhan Jingshen

"时穷节乃见，一一垂丹青。"在抗日战争时期，中华大地涌现出无数英雄志士。他们积极投身抗战，为祖国抛头颅、洒热血，用青春、鲜血，甚至生命，诠释了伟大的抗战精神。那么，什么是抗战精神？

抗战精神，是天下兴亡、匹夫有责的爱国情怀："大刀将军"赵登禹誓死卫国，率部奇袭敌营，令日寇闻风丧胆；作家郁达夫执笔为枪，宣传抗日救国思想，鼓舞民众，为抗战献出宝贵的生命；医者杜伯华从医馆走上抗日前线，发挥所长，研发新药，粉碎敌人的药物封锁诡计；特工李白在没有硝烟的战场与敌人周旋，悄然打赢一场场信息战……

抗战精神，是视死如归、宁死不屈的民族气节：张自忠披坚执锐，领兵血战枣宜，悍不畏死，以身许国；吉鸿昌身在海外，面对外侮，不辱气节，全力维护民族尊严；四行孤军，八百壮士，坚守一隅，阻击日本精锐师团，打出了中国军人的血性与尊严……

抗战精神，是不畏强暴、血战到底的英雄气概：佟麟阁率军于卢沟桥打响全民抗战第一枪，就算身陷重围，也要战斗到底；杨靖宇在天凝地闭的东北林海雪原，仅以树皮、枯草和棉絮果腹，孤身与敌人力战数天，至死不降；苏村阻击战百余勇士以血肉之躯为盾，以必胜意志为剑，浴血奋战，拼死阻敌……

抗战精神，是百折不挠、坚忍不拔的必胜信念：赵一曼两番落入敌窟，面对敌人酷刑宁死不屈；马石山十勇士为救群众赴汤蹈火，四闯围网，与敌人战斗到生命的最后一刻；英雄"岱崮连"在极为恶劣的环境中抗击大批敌军长达半月，创造出战争奇迹……

在中国人民饱受日本侵略者欺凌的屈辱岁月，这些英雄挺身而出，荡敌寇，扬军威，卫人民，壮神州。他们的精神撼天动地，他们的英气世代长存，他们值得我们致以最崇高的敬意。今时今日，我们要时刻提醒自己牢记这段历史，传承抗战精神，弘扬爱国热忱，争取为实现中华民族伟大复兴的中国梦贡献全部力量！

▶ 名师导读	用画线点评或侧栏批注点评的形式，对内文中的词句进行分析，引导读者深入思考，帮助其更好地理解作品主旨。
▶ 名师赏析	在每篇文章最后，邀请名师与读者共同分享作品的主要内容和艺术特色，提高读者分析、概括、提炼等多项阅读能力。
▶ 好词好句	荟萃文章出现的好词好句，帮助读者有选择地积累词汇和写作素材，在潜移默化中提升写作水平。
▶ 写作借鉴	从情节或内容角度，解析文中明显而突出的写作技巧，学习如何正确运用多种写作方式，达到深化作品主题的目的。
▶ 延伸思考	根据文章内容，提出具有探索性的思考题，使读者在阅读中学会思考，在思考中爱上阅读。
▶ 读后感	甄选同龄人的感想，让读者更为直接地体会他人的思想与情感，拓展思考力，提高主见性。
▶ 知识考点	从情节关联到细节领悟，多角度、全方位地把整个作品贯穿起来，使读者加深理解，获得新的认识。

目录 Contents
抗日英雄的故事

第一章　著名抗日英烈
DI-YI ZHANG　ZHUMING KANG RI YINGLIE

- "中国抗战军人之魂"张自忠 ········ 2
- 佟麟阁誓死抗击日寇 ········ 8
- 吉鸿昌坚守民族气节 ········ 13
- 郁达夫执笔为枪 ········ 20
- 郝梦龄率军血战忻口 ········ 26
- 大刀将军赵登禹 ········ 32
- 马本斋誓将抗战进行到底 ········ 37
- 铁血将军戴安澜 ········ 44
- 杜伯华济世救亡 ········ 51
- 雪原英雄杨靖宇 ········ 56
- 军事奇才左权 ········ 63
- 赵一曼舍子从戎 ········ 72

- 空中战魂高志航 ··· 79
- 文韬武略彭雪枫 ··· 87
- 双星碧血沃塘马 ··· 96
- 军工英雄安顺花 ··· 101
- 赵尚志威震敌胆 ··· 108
- 地道战英雄张森林 ··· 115
- 节振国威震冀东 ··· 120
- 特工李白智斗日寇 ··· 124
- 抗联名将李兆麟 ··· 129
- "小白龙"白乙化 ··· 137
- 百胜团长叶成焕 ··· 142
- 双枪女英雄李林 ··· 150
- 爆破大王马立训 ··· 156
- 抗日"猛虎"任常伦 ··· 164
- 少年英雄王璞 ··· 172

第二章　著名抗日英雄群体
DI-ER ZHANG　ZHUMING KANG RI YINGXIONG QUNTI

- 古北口长城抗战七勇士 ……………………………… 178
- 八百壮士四行仓库保卫战 …………………………… 183
- 抗联十二烈士 ………………………………………… 188
- 八女投江 ……………………………………………… 195
- 苏村阻击战126烈士 ………………………………… 200
- 青口十八勇士 ………………………………………… 208
- 狼牙山五壮士 ………………………………………… 214
- 华灵庙二十四勇士 …………………………………… 219
- 抗日楷模村浴血自卫战 ……………………………… 222
- 马石山十勇士 ………………………………………… 229
- 刘老庄连八十二烈士 ………………………………… 232
- 英雄"岱崮连" ………………………………………… 236
- 读《抗日英雄的故事》有感 ………………………… 242
- 《抗日英雄的故事》读后感 ………………………… 243
- 知识考点 ……………………………………………… 244

学生爱国主义教育系列丛书

—— 抗日英雄的故事 ——

第一章
著名抗日英烈

在抗日战争时期，中华儿女不甘奴役、奋起反抗，涌现出许许多多的英雄人物。他们书写了中国人民争取独立自由的壮丽史诗，著就了中华民族英勇抗击侵略者的不朽篇章：佟麟阁捍卫国土，决然反击来犯之敌；吉鸿昌身陷囹圄，仍矢志抗日；杨靖宇与敌力战，宁死不降……他们是千千万万抗日英雄的杰出代表，凝聚着中华民族顽强抗敌、威武不屈的精神。本章，将带你目睹这些英雄人物的感人事迹，领略其慷慨豪情。

"中国抗战军人之魂"张自忠

1943年5月，为纪念在抗战中牺牲的一位中国将领，周恩来著文赞誉他："其忠义之志，壮烈之气，直可以为中国抗战军人之魂。"这位得到伟人周恩来高度评价的将领究竟是谁？他就是我国著名抗日将领张自忠。（开篇直接扣题，并用设问手法引出本文主人公——张自忠，开门见山，干脆利落。）

张自忠，字荩忱，1891年出生在山东临清的一个小村庄。张自忠自幼就养成了慷慨仗义、同情弱者的优良品质。他喜欢读书，爱听关羽、岳飞等人的故事，梦想成为像他们一样的忠臣良将。

1911年冬，张自忠进入天津北洋法政学堂学习。在学校，革命的进步思想和"三民主义"学说（指民族主义、民权主义和民生主义，为孙中山提出的中国资产阶级民主革命的纲领）出现在他的视野中。很快，张自忠就秘密加入了"同盟会"（指中国资产阶级革命政党，1905年成立，1906年起先后发动多次起义，于1911年10月领导的武昌起义引发了全国规模的辛亥革命），投入轰轰烈烈的革命运动中。

后来，袁世凯（北洋军阀首领、北洋政府总统）窃取了辛亥革命的果实，并到处搜捕、屠杀同盟会成员。眼见手无寸铁的革命党人惨遭屠杀，张自忠深深意识到，要想革命成功，必须依靠强大的武装力量。于是，他决定参军，后投入冯玉祥（中国国民党爱国将领）的部队。自此，张自忠开始了救国救民的戎马生涯。

由于张自忠精通兵法，在战场上表现勇猛，并且很有头脑，很快就被提拔为学兵营营长。

　　此后，他历任连长、营长、团长、旅长、师长、总部副官长等职。他对手下的士兵要求非常严格，并且治兵有道。在他的严格训练下，他手下的兵个个都是精英，大有以一当十之势。

　　1931年，日寇在中国东北制造了震惊中外的九一八事变（1931年9月18日晚，日本侵略军在沈阳北郊柳条湖附近炸毁小段铁路，诬称中国军队所为，后以此为借口炮轰中国军队驻地和沈阳城，并于次日占领沈阳），并迅速占领东北三省。

　　1933年2月21日，日本侵略军10余万人兵分三路向热河（旧特别区域名，今并入河北、辽宁、内蒙古）进攻。热河守军不堪一击，闻风溃逃。

　　3月4日，日本侵略军不费一兵一卒就占领了热河的省会承德。随后，长城抗战爆发。3月7日，时任国民革命军第29军第38师师长兼前线总指挥的张自忠率军迎战，与日本侵略军在河北与热河交界处的长城隘路喜峰口狭路相逢。

　　在战前会议上，张自忠鼓励战士们说："人固有一死，打败日寇，为国而死是最光荣的。只要我们还剩下一个人，就要同日寇战斗到最后！"听了他的话，战士们个个斗志昂扬、信心满满。（这句话既是张自忠动员战士的激励之言，也是他舍生忘死的肺腑之言。在国家危亡之际，他将自己的生死与国家、民族的命运联系在一起，展现出非凡的军人血性与英勇无畏的气概，令人肃然起敬。）

　　[由于中国军队装备落后，张自忠认为，与日本侵略军硬拼是行不通的，唯有出奇制胜。

　　与军部同僚商议后，他组织起"大刀队"夜袭敌营。3月11日深夜，大刀队攻敌不备,杀敌近千人。这就是著名的喜峰口战役。]

在这次战役中,张自忠领军歼灭日本侵略军两个步兵联队和一个骑兵大队,缴获几十辆坦克,取得了九一八事变后中国军队的首次大捷。接下来,张自忠率领军队和日本侵略军从喜峰口到罗文峪一路战斗,取得多次胜利,鼓舞并坚定了全国军民的抗战决心。

此后的几年间,张自忠率军南征北战,纵横抗日沙场,立下赫赫战功,其中就有抗战史上有名的临沂保卫战。

1938年2月,为了占领战略地位至关重要的江苏徐州,日本侵略军派出精锐部队——坂垣第5师团主力坂本支队及伪军刘桂堂部约2万人直扑徐州的重要屏障山东临沂,以策应矶谷师团(指第10师团,是日本陆军甲种师团之一,装备精良)进攻台儿庄。3月初,到达临沂一带的日本侵略军和当地守军庞炳勋部展开激战,中国军队伤亡惨重。3月10日,日本侵略军在强大火力掩护下猛攻临沂。

不久,时任第59军代理军长的张自忠接到了增援临沂的命令。[张自忠与临沂守军指挥官庞炳勋有很深的恩怨。接到命令后,身边的人都劝张自忠不要去。张自忠沉默许久,说:"我们不是去救庞炳勋,而是去救另一支中国军队。"当时的第五战区司令长官李宗仁不放心地致电张自忠,而张自忠毅然表示"为民族计,皆友军"。

大敌当前,张自忠把国家、民族的利益放在首位,和庞炳勋并肩作战,率军勇猛杀敌,与日寇浴血鏖战,打死打伤日寇6000余人,击溃了这支号称"铁军"的日本军队,挫败了日本侵略军两路夹击台儿庄的计划,为台儿庄大捷(1938年1月至6月,中国军队以徐州为中心,在江苏、河南、山东等省抗击日寇进攻。3月23日,在台儿庄,中国守军顽强抗击日寇,并于4月3日发起全线反攻,与敌激战4天,歼敌1万余人,史

称"台儿庄大捷")奠定了基础。]❷

　　由于在台儿庄会战、徐州突围战、武汉保卫战中战功卓著，张自忠升任第27军团军团长、第33集团军总司令等职。1939年晋升上将后，他又参加了随枣会战、冬季攻势，歼灭大量日本侵略军。

　　1940年5月初，日本侵略军集结数万大军向鄂北的随县、枣阳一带进犯，时任第33集团军总司令的张自忠带兵迎战，这就是著名的"枣宜会战"。当时，第33集团军只有两个团驻扎在襄河西岸。张自忠不顾手下拦阻，毅然率领两个团的兵力出击作战。他对士兵们说："国家面临灭亡的危险，我们除了拼死战斗保卫，别无他法。我相信，只要我们拼死战斗，我们的祖国和五千年历史的民族绝不会亡于小小的日寇之手！我永远不会改变为国家和民族而死的决心！"他的话极大地鼓舞了军队士气，士兵们个个摩拳擦掌，准备和日本侵略军拼死一战。

　　5月7日，张自忠亲率两千多人出发。他们向东渡过襄河，一路勇猛作战。14日，张自忠带领军队将日本侵略军第13师兵团拦腰截断。

　　但在这之后，日本侵略军凭借人数优势，将张自忠和他的军队包围。面对严峻的形势，张自忠没有退缩，他指挥士兵向人数比他们多

名师导读 / Mingshi Daodu

❶ 在这场敌强我弱、胜算微乎其微的战役中，张自忠厥功至伟，表现出了过人的智慧与谋略。这场胜利让无数中国军民看到希望，意义非同凡响：装备落后的中国军队竟然打赢了装备先进的日本军队，打破了日本侵略军"不可战胜"的神话，这是何等的鼓舞人心！

❷ 张自忠、庞炳勋原本都隶属于冯玉祥的西北军。1930年，蒋介石、冯玉祥、阎锡山展开中原大战。庞炳勋突然倒戈，投向蒋介石，并掉转枪口突袭了张自忠的部队，张自忠险些因此丧命。但国难当头，张自忠果断放下私人恩怨，以国家利益为重，与庞炳勋联手抗敌，高山景行，令人敬慕。

一倍的敌军冲杀10余次，使日本侵略军伤亡惨重。日本侵略军不明白，为什么人数这么少、装备这么落后的一支军队竟拥有这样强大的战斗力。后来，他们听说军队统帅是张自忠，就调来大量援兵，企图一举消灭这支顽强的队伍。

5月15日，1万多名日本侵略军从南北两个方向向张自忠的军队包围过来。16日黎明，张自忠被迫退守南瓜店。日本侵略军出动飞机、大炮将南瓜店炸成了火海。从早上到中午，张自忠一直在前线督战。中午，日本侵略军的包围圈越来越小，炮弹如暴雨般倾盆而下，步机枪的吼声愈加激烈。一颗炮弹在指挥所附近爆炸，炸伤了张自忠，紧接着一颗子弹击穿了他的左臂。卫兵们见他负伤，都紧张起来。"没关系，不用大惊小怪的。"张自忠毫不在意地说，仍带伤坚持指挥作战。后来，他的腰部也被敌人的子弹打中，他就躺在地上继续指挥战斗。

此时，张自忠所率军队伤亡殆尽。但面对逐渐逼近的日本侵略军，追随张自忠多年的士兵展现出惊人的勇猛与顽强。见前面的兄弟接连倒下，张自忠提起冲锋枪向山下猛扫，打死10余名日本侵略军。但同时，他也身中数弹。他的伤口还没来得及包扎，大批日本侵略军便一拥而上。张自忠劝战友快走，平静地说："我这样死得好，死得光荣，对国家、对民族，良心很平安。"1940年5月16日下午4时，被大批日本兵包围的一代名将张自忠壮烈殉国。（抗战将士之魂，视国家利益高于一切，以报国奉献为最高荣誉，为驱逐侵略者战斗至最后一刻。面对数倍于己的敌人，张自忠力战不退，战至最后一口气，战至流尽最后一滴血。他舍身成仁，既为中国将士树立了榜样，又激励了无数爱国民众投身抗战。将军肉体虽死，但军魂不灭。）

张自忠的英勇不仅震撼了每一个中国人，也震撼了日本侵略军。日本侵略军以极其隆重的方式将张自忠安葬，还为他立了碑。后来，中国战士不惜一切代价把他的遗体抢了回来，为他举行了国葬。

时隔3年，为追念逝世的张自忠，周恩来亲笔撰写悼文，在文中称赞他"忠义之志，壮烈之气，直可以为中国抗战军人之魂"。

名师赏析 / Mingshi Shangxi

在喜峰口战役中，张自忠扬长避短，巧歼敌人，这是大智；在面对外来侵略时，他抛弃私人恩怨，与庞炳勋联手抗击侵略者，这是大义；在强敌来犯时，他不惧死亡，奋力迎击，这是大勇。在抗日战争中，张自忠表现出了非凡的大智大义大勇，为我们树立了光辉的爱国典范，无愧"中国抗战军人之魂"的称号。

● **写作借鉴**

首尾呼应是指文章的开头与结尾遥相呼应。做好首尾呼应，能使文章显得连贯、严谨、和谐、统一，增强文章的聚合力。本文开篇点题，结尾用跟开篇类似的文字照应文题，这就使得本文首尾呼应、照应紧密，读起来给人一种一气呵成、浑然一体的感觉。

● **延伸思考**

张自忠的英雄事迹中哪一件让你最受触动？为什么？

学生爱国主义教育系列丛书

抗日英雄的故事

佟麟阁誓死抗击日寇

"凡有日军进犯，坚决抵抗，誓与卢沟桥共存亡，不得后退一步！"这是1937年7月，国民革命军第29军代理军长佟麟阁向手下所有官兵发布的一道死命令。（开篇即设下层层悬念，让人产生强烈好奇和重重疑问：卢沟桥具有怎样的作用？为何守军要与其共存亡？佟麟阁是什么人？他又为何下此命令？）

佟麟阁，字捷三，河北高阳人。1892年10月，他出生于一个农民家庭，幼时拜舅舅为师，研读经史，一心向学。他在阅读《高阳县志》时了解到，高阳自古英雄豪杰辈出。于是，他立志效仿先贤，为国家兴盛贡献自己的力量。随着年龄的增长，他逐渐意识到清政府的腐朽，知晓了列强对中国虎视眈眈，萌生了救国图存的思想。

由于帝国主义对中国的侵略不断加剧，1900年，全中国掀起了反帝爱国的义和团运动，沉重地打击了帝国主义的侵华势力。为维护在中国的特权，八国联军发动了侵华战争。中外反动势力相勾结，绞杀了义和团运动。这次运动虽未成功，但中华民族在"反清灭洋"斗争中展现出的勇于反抗、无惧强权的精神仍鼓舞了年少的佟麟阁。洗雪国耻、救民水火的想法在他心中深深扎下了根。（本段紧承上文，对佟麟阁的身份、背景做了初步交代，让读者了解这位英雄的成长轨迹、思想转变过程及少年壮志，为读者答疑解惑，同时为后文佟麟阁弃笔从戎蓄势铺垫。）

1911年10月，辛亥革命爆发，民主革命的思潮席卷全国。11月，冯玉祥等人响应武昌起义，举行滦州起义。1912年，佟麟阁加入冯玉祥的军队。

由于佟麟阁曾在高级教导团学习战术，勤于研究学术，并且"能克己，能耐苦，从来不说谎话；别人都称其为正人君子；平素敬爱长官，爱护部下"，他很快得到了晋升，历任连长、营长、团长、旅长、代理军长等职。

1936年，日寇用卑鄙的手段占领了丰台，并将下一个侵占目标定为卢沟桥。

当时，北平外围的形势是这样的：东南的铁路沿线，自山海关至丰台被日本侵略军重兵占据；日伪军集结于北面的热河一带；李守信等伪军据守在西北；唯有西南为中国军队第29军驻守。

卢沟桥是北平西南的唯一门户，还是重要的铁路枢纽，又是当时北平西南和天津之间的咽喉要道，29军掌握了卢沟桥，进可攻，退可守，也就占据了地利。倘若日本侵略军侵占卢沟桥，北平势必得不到外力援助，从而成为孤城。（此段解答了开篇设下的悬念：卢沟桥具有重要的战略地位，对中国军队来说，守桥就是守城，因此佟麟阁才会下死命令，要求将士与卢沟桥共存亡。前文设下悬念，后文适时答疑解惑，方能使文章结构严谨、气势贯通。）

当时29军的军长叫宋哲元，他负责维持政局。但是，外有日寇增兵施压，内有群奸轮番游说，宋哲元不堪其扰，便以扫墓、养病为借口，回了山东老家。临行前，他让佟麟阁代为指挥全军。

1937年7月7日晚上，日本侵略军的一个中队突然对卢沟桥守军——宛平驻军第29军第37师展开袭击。

当时中国军队的兵器、火力很难与日本侵略军的相抗衡，因此，29

军的部分军官担心战败,在战与和之间左右为难。

然而,担任29军代理军长的佟麟阁力排众议,当机立断,命令第37师110旅自卫还击,痛打日寇,捍卫疆土。

于是,110旅奋起反抗,卢沟桥的枪声响彻大地。这就是世界为之震惊的七七事变,也称卢沟桥事变。

卢沟桥的枪声响起后,在南苑(也叫南海子,北京城南一地名,原为元明清皇帝出游狩猎之地,民国初年,军队将其占领并辟为兵营)召开的军事会议上,佟麟阁对与会官兵说道:"中日战争已经无可避免。日寇进犯,我军首当其冲。战死者光荣,偷生者耻辱。荣辱系于一人者轻,而系于国家民族者重。国家多难,军人当马革裹尸,以死报国!"(佟麟阁的话语字字千钧、掷地有声,透出坚定的抗日决心、义无反顾的精神,体现出一位血性军人的忠诚、信仰与气概。)

随后,佟麟阁以军部的名义向官兵发布命令:"凡有日军进犯,坚决抵抗,誓与卢沟桥共存亡,不得后退一步!"这道命令得到了29军官兵的一致拥护。

7月7日至18日,中日两军在卢沟桥一带激战不断。中国驻军伤亡惨重,仍坚守不退,使日本侵略军攻占卢沟桥的野心一直没能得逞。其间,29军受到了全国军民的歌颂与拥护。北平各界、救亡团体均组织人员到前线慰劳官兵,救护伤员;百姓纷纷主动帮助官兵挖战壕、磨大刀、补充弹药。

中国军队拼死抵抗,日寇见强攻卢沟桥不成,就想玩弄"现地谈判"的阴谋,表面打出"谈判"的旗号,暗地里却调兵遣将。

19日,幻想与日本侵略军达成和解的第29军军长宋哲元回到了北平。他竟然下令打开城门,撤掉防御工事。原来,宋哲元早在11日从老家回到天津时，再次受到日寇胁迫，并且被汉奸的游说迷惑。

佟麟阁对这种做法表示坚决反对，力劝宋哲元："军长如果不方便出头，请把守卫北平和天津的责任交给我。假如敌人再次进犯，我将率领部下誓死抵抗。"

宋哲元被佟麟阁的报国之心打动，便听从了他的建议，并调兵遣将，以增强北平的防务。佟麟阁得以继续指挥29军官兵抗击日寇。

27日，宋哲元命令29军军部迁进北平。佟麟阁却决意留下，与手下官兵、军训班学员等一起坚守南苑。

28日，日本侵略军进攻南苑，当时南苑守军仅有5000余人。佟麟阁说："既然敌人找上门来，就要死拼，这是军人天职，没有什么可说的。"于是，他率众抵死抗击日本侵略军。战斗打响后，日本侵略军兼用排炮、飞机轰炸，战况激烈。中国军队虽武器落后，但士气高昂，与敌拼死鏖战。（敌强我弱，敌众我寡，后退以求自保是人之常情，但视死如归的佟麟阁没有。他带着"虽千万人"仍"往矣"的勇气，生命不息、抗战不止的锐气，逆势而行，让他人难以望其项背，堪当世人之楷模。）

从拂晓到午后，敌我双方均死伤惨重。此时，佟麟阁收到消息，大红门处又有敌军。他担心敌军将北路截断，亲率官兵前去堵击，却因寡不敌众，被日本侵略军围攻，陷入苦战。

在指挥右翼部队反击敌人时，佟麟阁的腿被敌人的机枪打中。部下劝他退下来处理伤口，但他不肯后退，坚定地说："情况紧急，对抗敌人是大事，个人安危是小事……"官兵们被感动得热泪盈眶，进而竭力拼杀，宁愿战死也不退却。

见此情况，日本侵略军发动了空袭。在敌机的轰炸下，带伤督战的佟麟阁头部遭重创，以身殉国。

佟麟阁是在抗战中殉国的第一位高级将领，对于他誓死抗击日寇的献身精神，毛泽东赞赏有加，称他"给了全中国人以崇高伟大的模范"。2009年，佟麟阁入选"100位为新中国成立作出突出贡献的英雄模范人物"。

名师赏析 / Mingshi Shangxi

作为将领，面对悍然侵犯国土的强敌，佟麟阁毅然下令反击；作为部下，他看穿了日寇的本质和阴谋，坚定上级抗日决心；作为军人，他将生死置之度外，始终战斗在第一线，为抗战军人做出了榜样。佟麟阁不惧强敌、坚定信念、抵死抗敌的行为演绎了一曲抗日救亡的不屈战歌。这曲战歌既提醒我们要牢记历史，珍惜和平，也让我们从中学习到了自尊自强、坚忍不屈的优秀品质。

● 写作借鉴

倒叙是将事件的结局或事件中最显著的情节、片断提到文章开头，接着再按事情的发展顺序叙述的一种叙事方法。运用倒叙法能避免文章结构呆板，还能制造悬念，具有引人入胜的效果。本文以一道铿锵有力的命令开篇，令人不禁产生了一连串疑问。这使文章在开篇就能引起读者的关注，激起读者强烈的阅读兴趣。

● 延伸思考

1. 佟麟阁为什么下令死守卢沟桥？
2. 你从佟麟阁身上学到了什么精神？

吉鸿昌坚守民族气节

吉鸿昌，原名吉恒立，1895年10月出生于河南吕潭一个贫寒的家庭。他6岁就失去了母亲，从小在父亲开的小茶馆里帮忙。1913年，他参加了冯玉祥的西北军。

吉鸿昌是一个待人诚恳、性格坚毅、恪守纪律的人，作战也十分英勇，因此得到了冯玉祥的赏识，先后被提拔为连长、营长等。吉鸿昌治军严谨、军纪严明，因此，他的队伍有"铁军"的美称。

1930年，吉鸿昌的队伍被蒋介石收编，他担任国民革命军第22路军总指挥兼第30师师长，被派往鄂豫皖苏区"围剿"红军。当时，日本帝国主义的狼子野心已经昭然若揭，国民党却在屠杀革命群众，"围剿"共产党及其领导的红军。

尽管蒋介石用升官加爵利诱，但吉鸿昌不为所动。他不愿打内战，化装潜入共产党根据地考察，了解了共产党的真实情况，这对他的思想触动很大。于是，他决定率部起义，并投奔红军，和红军共同抗击日寇。但是，起义失败了。蒋介石解除了他的兵权，还把他送去国外"考察"。（吉鸿昌本是国民党高级将领，但他深知，此时外敌当前，不是打内战的时候。他的目的只有一个——将侵略者赶出国门，因此他果断决定投奔坚持抗日的中国共产党。吉鸿昌的眼界、选择，超越了身份、立场的藩篱。他的深明大义、顾全大局，让人由衷敬佩。）

就在吉鸿昌即将出国时，九一八事变爆发了。[吉鸿昌听到消息，

学生爱国主义教育系列丛书
抗日英雄的故事

带着满腔悲愤说："国家有难，所有有良知的军人都应该抗敌保国！"他立即联络蒋介石，表示要领军北上抗日。蒋介石不但没有同意他的要求，还训斥了他一番。吉鸿昌无可奈何，心情十分苦闷，只能在居住的旅馆墙上写下"但使龙城飞将在，不教胡马度阴山"的诗句来表明自己的心志。]❶

吉鸿昌刚到美国不久，就发生了一件让他异常气愤的事情。

一天，吉鸿昌打算把一些东西寄回国内。

当他把包裹交给邮局职员时，邮局职员却把包裹推了回来，十分傲慢地说："先生，我不知道中国在哪儿，所以没办法寄走！"这让吉鸿昌十分恼怒。

没等吉鸿昌发火，陪他一起来的人就把他拉到一边，低声说："你只要说自己是日本人，这事就好办了。"

［吉鸿昌立刻斥责道："你觉得当中国人可耻，可我觉得当中国人最光荣！我，吉鸿昌是一个顶天立地的中国人！"返回住处后，吉鸿昌马上做了一块胸牌，在上面写上"我是中国人"几个字。在这之后，不管走到哪里，他都戴着这块胸牌。］❷

在国外"考察"的这段日子里，吉鸿昌经常参加各种集会及接受记者采访。他每次都不忘揭露日本侵华的累累罪行，宣传中国人民抗日的决心，寻求国际支援。无数青年侨胞被他的言行感染，抗日情绪空前高涨，愿意跟随吉鸿昌回国抗日。

1932年，"一·二八"淞沪抗战（1932年1月28日—3月3日中国军队抗击日寇进犯上海的战役）打响。吉鸿昌不顾蒋介石的反对，想方设法返回了中国。当时，东北三省已沦于日寇手中。接着，日寇又攻占热河，进犯平津，蒋介石却热衷于打内战。吉鸿昌义愤填膺，认清了一点：能救中国的只有共产党；唯有全国人民团结一心，一致对外，进行武装抵抗，才能粉碎日寇的侵略计划。同年4月，他秘密加入中国共产党。

日寇占领热河后，直逼察哈尔（旧省名，位于中国北部，1928—1949年辖今河北西北部及内蒙古自治区锡林郭勒盟），并于1933年侵占了察哈尔东部的康保、宝昌、沽源、多伦4县。同年，吉鸿昌变卖所有家产，所得的钱全部用作军费或购买武器弹药，然后在中国共产党的协助下，联合抗日将领，召集东北义勇军，在张家口组织起了抗日同盟军。

6月20日，任同盟军北路前敌总指挥的吉鸿昌率军赶赴张北抗日前线。从6月下旬到7月初，抗日同盟军一路节节胜利，连克康保、宝昌、沽源3县，大振我军军威。

[在攻打宝昌时，吉鸿昌下令，让部队官兵对伪军展开宣传攻势，动之以情，晓以大义。不少伪军士兵带着武器前来投奔，守敌势力被大大削弱。在激战一天一夜后，驻守宝昌的3000多名伪军弃城逃向了多伦。] ❸

此时，各军将领都认为应乘胜追击，攻打日伪军盘踞的重镇——多伦。吉鸿昌曾在发给总部的电报中这样表示："誓以一腔热血，努

名师导读 / Mingshi Daodu

❶ 国家危亡、民族忧患之际，英雄失势，有心杀敌，却身不由己，只能奋笔疾书，以王昌龄《出塞》中的两句诗，表达自己保卫国家的激情与报国无门的悲郁，令人唏嘘。

❷ 当时中国国力衰弱，在国际社会地位低下。吉鸿昌身在国外，却仍以国家为荣，甚至挂牌昭示自己的身份。这份强烈的民族自豪感，这种坚守气节的魄力，可贵、可钦、可敬。

❸ 吉鸿昌攻敌先攻心，在瓦解并反正部分伪军，使其为我所用后，再行攻城。用最小的损失，换来最大的战果，足见他深谙用兵打仗之道，谋略过人。

力迈进。与其怕死偷生而生也痛，孰若赴义以就死其死也荣。"

7月5日晚，在沽源的一个龙王庙里，在与各军将领商议后，吉鸿昌下令，同盟军兵分三路攻打多伦。

多伦，是日寇在察哈尔东部的大本营。他们在这里修筑了30多座炮台，附设战壕、铁丝网等工事，组成了严密的火力网，易守难攻。

7月6日到7月7日凌晨，敌人利用坚固工事牢牢防住了同盟军的进攻。次日清晨，敌人出动30多架战机轮番轰炸抗日同盟军阵地，日伪军借机向同盟军发起多次反扑，均未能得逞。为争夺前沿阵地，双方陷入苦战。7月8日，日伪军不敌同盟军的多次猛攻，被迫退入城内。同盟军控制了城外的工事。

7月9日晚，吉鸿昌亲临前线指挥。他组织敢死队多次攻城，但敌人火力太猛，冲锋都被压了回来。见同盟军已伤亡200多人，吉鸿昌无奈下令撤退。7月10日拂晓，日本侵略军又调来大批战机轰炸同盟军阵地。装备落后的同盟军只能任由敌军战机来回轰炸，死伤惨重。

战事胶着，吉鸿昌让两个副官带着40多人分批潜入多伦城内，暗中打探敌人的情况，传递消息。

7月11日黄昏，日伪军再次向同盟军的阵地发动猛攻。在敌人凶猛的攻势下，同盟军的阵线一度有所动摇。见此情况，吉鸿昌拔出大刀，振臂高喊："弟兄们，杀敌报国的时候到了。跟我冲！"士兵们见总指挥不惧生死，顿时军心大振，纷纷呐喊着发起反冲锋，把日伪军再度压回城内。

7月12日凌晨，同盟军对多伦的总攻开始了。吉鸿昌身先士卒，一把扯掉上衣，一手操大刀，一手持手枪冲出了战壕。同盟军士兵杀敌热情空前高涨，抄起武器，呼喊着跳出战壕，发起冲锋。

城内的同盟军乘机点燃火堆，突袭多伦城西门的守敌。没过多久，在同盟军的里外夹击下，西门被攻破。不久，南北两门也接连被攻破。同盟军主力部队随后攻入城中。经过5天5夜的激战，失陷敌手70多天的多伦终于得以光复。

这是在九一八事变之后，中国军队第一次从日本侵略军手中收复国土。吉鸿昌率抗日同盟军收复多伦的消息传开后，举国振奋，举世震惊。对此，天津《益世报》刊文说："我们只有失陷领土的故事，并没有什么人做过收复失地的工作……有之，吉鸿昌收复多伦为第一次。"（吉鸿昌率同盟军奋勇杀敌，浴血疆场，收复国土，既让国人看到了胜利的曙光，振奋了国人抗战的决心和信心，也让日寇、让世界看到了中华民族不畏强暴、坚决捍卫国家主权的民族精神，意义重大。）

然而，由于蒋介石的阻挠，同盟军受到日本侵略军和国民党军队的夹击。吉鸿昌率军苦战至10月，终因弹尽粮绝失败了。

1933年秋至1934年10月，蒋介石又一次对中央苏区发动"围剿"，吉鸿昌的旧部被派去江西前线攻打苏区。吉鸿昌一方面派人潜入苏区与旧部取得联系，紧锣密鼓地进行策反工作；另一方面准备在家乡河南发动暴动，再次武装抗日；同时，他还把原西北军中的爱国军官召集到天津，对其进行秘密武装斗争训练，再把他们派到各地组织人民抗日武装，以协助实施中原暴动计划。

遗憾的是，国民党特务发现了吉鸿昌的计划。1934年11月9日，为抗战四处奔走的吉鸿昌在天津法租界遭军统特务刺杀，受伤的他被法国工部局逮捕，关进了位于天津的陆军监狱。在狱中，敌人用尽手段威逼迫害，吉鸿昌始终不曾屈服，丝毫没有透露有关共产党的秘密，反而痛斥蒋介石等人的卖国行径。在监狱中，吉鸿昌一直高声宣传抗日，嗓音嘶哑也未停止。

之后，蒋介石把他引渡到国民党的"军事法庭"受审。法庭上，在被问到"为什么要搞抗日活动，说出抗日活动的秘密"时，吉鸿昌毫无惧色，正气凛然地回答："抗日是四万万五千万中国人民的事情，有什么秘密？只有蒋介石跟你们祸国殃民，和日本暗中勾结，干些不明不白的勾当，才有秘密。"他自豪地坦承自己是中国共产党党员，说："我为抗日而死，死得光明正大！"负责审讯的军官恼羞成怒，对吉鸿昌施以酷刑，把他打得遍体鳞伤。

11月24日，"军事法庭"判处吉鸿昌死刑。行刑前，他对着敌人的枪弹，高喊："抗日万岁！""中国共产党万岁！"枪声响了，时年39岁的吉鸿昌英勇就义。

即使在刑场上，吉鸿昌依然心系抗日救国的事业。他以树枝为笔，以大地为纸，写下了一首大义凛然的就义诗："恨不抗日死，留作今日羞。国破尚如此，我何惜此头！"（适当引用诗文能够丰富语言表达，彰显底蕴，使文章更具内涵。本文末尾引用了吉鸿昌的就义诗，尽显吉鸿昌矢志杀敌的豪迈、壮志难酬的悲愤、坚守民族气节的自豪感，给读者的心灵带来了强烈的冲击，产生了振聋发聩、催人奋进的效果。）

名师赏析 / Mingshi Shangxi

外敌环伺时，他拒绝内战，无视高官厚禄的引诱；他以祖国为荣，挂牌明志，坚守民族气节；他领兵杀敌，收复失地，扬我国威；他视死如归，大义凛然，至死心系抗日。尽管吉鸿昌已逝去数十年了，但他抗敌保国的浩气长存人间，矢志坚守民族气节的精神历久弥新。他的事迹引导我们树立起正确的人生观和价值观，激励我们以不懈的努力和昂扬的激情去实现强国的理想。

● **好词好句**

昭然若揭　团结一心　动之以情　晓以大义　易守难攻　大义凛然

即使在刑场上，吉鸿昌依然心系抗日救国的事业。他以树枝为笔，以大地为纸，写下了一首大义凛然的就义诗："恨不抗日死，留作今日羞。国破尚如此，我何惜此头！"

● **延伸思考**

概括吉鸿昌收复多伦的过程，简单说说吉鸿昌在这场战役中表现出了怎样的精神品质。

郁达夫执笔为枪

郁达夫（1896—1945），原名郁文，浙江富阳人，我国著名散文家、小说家、诗人。20世纪20年代，他在中国文坛具有很强的影响力。然而，与文学成就相比，他在抗战时期的功绩却鲜为人知。（军人抗日，身佩刀枪驰骋疆场；而手无寸铁、只有笔墨的文人是如何抗日，又是如何成为抗日英雄的？本文如此开篇，有利于激起读者的阅读兴趣，让读者带着疑问阅读下文，同时也为后文的顺利展开奠定了基础。）

郁达夫自幼聪敏好学，7岁进入私塾学习，9岁即能作诗，才惊四座。在学校，由于学习成绩总是名列前茅，他接连跳级，是当地远近闻名的"神童"。后来，在老师的影响下，郁达夫接受了反帝反封建、革新图强的爱国思想教育。

1913年9月，郁达夫的长兄郁华（字曼陀，著名爱国法官、法学家）赴日本考察司法工作，把17岁的郁达夫带到日本留学。在日留学期间，郁达夫阅读了数千本名著，熟谙日语、德语，并走上了小说创作的道路。尽管他学习刻苦，成绩优异，却常因中国人的身份而受日本人歧视。

当时中国人在国外备受欺侮。在日本遭受的种种屈辱，既让郁达夫痛苦，也激发出他强烈的爱国主义思想。在日记中，他抒发了对祖国的热爱："余有一大爱焉，曰爱国……国即余命也，国亡则余命亦绝矣！"意思是：我有一大爱，那就是爱国……祖国就是我的生命，如果祖国亡了，那我的生命也就不存在了！（郁达夫具有中国知识分子素来所具有的强烈的爱国热忱与忧患意识。作为备受欺侮的海外游子，郁达夫心中的爱国热忱不但没有泯灭，反而愈见深沉浓厚。在这种强烈情感的驱使下，他开始执笔为文，为唤醒国民、振兴祖国而呐喊。）

1921年，郁达夫带有浓厚自传色彩的短篇小说集《沉沦》出版。在小说中，郁达夫塑造了一名追求爱情与个性解放而不得，内心受到压制，以致罹患抑郁症，最终沉沦颓丧、走向自戕的留日青年学生的形象。郁达夫将自己在日本所感受到的民族歧视加在这名青年身上，通过描写他在日本留学时的种种遭遇，以及"他"投海时的呐喊——"祖国呀祖国！我的死是你害我的！你快富起来，强起来吧！你还有许多儿女在那里受苦呢"，表达了自己对封建伦理道德强烈的反叛精神，以及自己迫切希望祖国富强的爱国主义思想。《沉沦》一出版，便震撼了当时的文坛。郁达夫因此声名鹊起。

1922年，郁达夫回国，从事编辑、大学教师等工作，还加入了中国自由运动大同盟等进步组织。1930年3月，郁达夫作为发起人，与数十位作家组建了中国左翼作家联盟（简称"左联"，中国共产党领导的文学团体，参加者50多人，鲁迅、夏衍等人先后任领导成员）。"左联"提倡革命文艺创作，宣传无产阶级文艺思想，推动了无产阶级文艺事业蓬勃发展。

1931年，九一八事变爆发，郁达夫积极投身抗日救亡运动，同鲁迅、茅盾等进步人士参加了许多团体和活动，写了大量文章对侵华日军进行口诛笔伐，联合数十位著名作家发表了"告世界书"，号召全世界无产阶级和革命作家声援中国抗日。郁达夫认为抗战是持久的、必胜的，曾满怀信心地写下："九一八不战而退，养成敌人之骄，促成我军之愤。这次被逼而战，证实敌人之怯，我军之勇。以义军而当骄师，胜负之数，不待蓍龟。"此后，他一直四处奔走，呼吁社会各界积极参与抗日救亡运动。

在那个日寇横行的时期，他写下了铿锵有力的词句："精诚团结，持久抗战，区区倭寇，何难一鼓荡平？"（武者救国，横刀立马上沙场；文人救国，提笔挥毫著文章。与武装抗日所起的作用不同，文人的笔起到的是宣传、呼吁、警示等作用，能够唤醒、激励和鼓舞国人。郁达夫深知这一点，因此积极著文，以期促使人民改变思想、积极行动、团结一心、奋起反抗，这样，民族才会振作，国家才有希望。）

1937年12月，郁达夫的家乡浙江富阳被日寇侵占，他的母亲因不肯当"亡国顺民"绝食而死。收到消息，身在福州的郁达夫悲痛欲绝，当即在寓所设灵堂，写下"无母何依，此仇必报"的对联。

这不仅没有打垮郁达夫，反而帮助他加速完成了从文弱书生到抗日战士的蜕变。

从1938年开始，他就以战地记者的身份毅然赶往抗战最前线，亲身经历并记录了抗日战争的残酷，以及中国军民的英勇不屈。

1938年4月，中国军队取得抗战以来最大的一次胜利——台儿庄大捷，郁达夫代表中国文协赶赴前线劳军慰问。从前线归来，他写下了这样的文字："我们的机械化部队虽则不多，但是我们的血肉弹丸与精神堡垒，却比敌人的要坚强到三百倍、四百倍。没有到过前线的人，对我中华民族将次复兴的信念或有点疑虑。已经到过前线的人，可就绝对地不信会发生动摇了。"（当时的中国受列强欺压多年，百姓普遍畏惧帝国主义侵华势力，急需振奋精神。唯有一次次地战胜日寇才能做到。但是，前线取胜，百姓如何能知道？那就需要发挥舆论优势，需要文人深入战争前线，将前线中国军队的勇猛顽强、敌军的失利溃败等广而告之。郁达夫在这方面做出了卓越的贡献。因此可以说，对外，郁达夫的笔是插向敌人心脏的一把利刃；对内，郁达夫的笔就是鼓舞国民士气的有力武器。）

郁达夫在前线慰问时，听闻当时美国驻华武官史迪威前来台儿庄视察，但未获进入前线的批准。在会见当时第五战区司令长官李宗仁时，郁达夫便提起了这件事。李宗仁当即表示此时正需要美国人，忙叫人请史迪威来。进入前线后，中国军队的战斗力让史迪威深感震撼。后来，史迪威的报告引起了美国政府和军方的重视，促使他们转变态度，开始为中国抗战提供经济和军事方面的援助。

同年年末，郁达夫接受新加坡中文报纸《星洲日报》的邀请，前去参加抗日宣传工作，并就任新加坡文艺界抗日联合会主席。

在这之后，他担任多家报纸刊物的编辑。在他的带领下，这些报刊都变成了抗日阵地。他以笔作枪，针砭时弊，痛斥日本侵略军在中国犯下的罪行，仅仅3年时间就发表了几百篇支持抗日、分析国内外形势和军事情况的评论及诗词。

他的文章在南洋（今东南亚）华侨中产生了深远的影响。因此，有人说，"郁达夫的笔抵得上几个师"。（文中点题，可使行文紧凑，脉络清晰，主题明确，读者更易把握文章的思路与意向。）

1939年11月23日，郁达夫的长兄——时任上海唯一的中国法权机关江苏高等法院第二分院刑厅厅长的郁华因坚持司法尊严，维护民族利益，保护爱国人士，被日伪特务杀害。后来，郁达夫在《悼胞兄曼陀》一文中写道："溯自胞兄殉国之后……个人主义的血族情感，在我的心里渐渐地减了，似乎在向民族国家的大范围的情感一方面转向。"年末，在接待拜访自己的爱国青年时，他写下了撼人心魄的题词："我们这一代，应该为抗战而牺牲！"（母、兄接连惨死，郁达夫没有被打垮，而是将国仇家恨化作抗战的力量，抱定为抗战而死的决心，更加义无反顾地投身抗战。其信念之强烈、之坚定，与征战沙场的军人相比，毫不逊色。）

1942年，日本侵略军侵占了新加坡，郁达夫等爱国志士被迫撤离。为了隐藏身份和维持生计，他们在印度尼西亚苏门答腊的一个小镇开了家酒厂，郁达夫任酒厂老板。在郁达夫的掩护下，这个酒厂成了抗日人士聚集、活动的主要地点。

后来，日本人发现郁达夫会讲日语，就逼迫他给日本宪兵队当翻译。郁达夫就利用担任翻译的便利，支持并维护华侨和印尼民众的抗日活动。在担任翻译的大半年里，他积极斡旋，保护了许多爱国华侨和地下党员。

1945年8月15日，日本宣布无条件投降，但郁达夫还没来得及为祖国的胜利欢呼和庆祝，就失踪了。原来，穷凶极恶的日本宪兵发现了他的真实身份，便痛下杀手，将他秘密杀害于苏门答腊的荒野中。就这样，一位坚持抗日的血性战士惨死在了抗战胜利的时候。

著名新闻出版者胡愈之曾这样评价郁达夫："在中国文学史上，将永远铭刻着郁达夫的名字；在中国人民反法西斯战争的纪念碑上，也将永远铭刻着郁达夫的名字。"1952年，中央人民政府追认郁达夫为"为民族解放殉难的烈士"。

名师赏析 / Mingshi Shangxi

郁达夫尽管不曾荷枪实弹在战场杀敌，却以他"抵得上几个师"的笔讨伐日寇，为祖国抗战宣传呐喊，唤起民众抗击外敌的信心，为抗战事业做出了不可磨灭的贡献；同时放眼国际社会，寻求国际援助；即使身在国外仍不忘以机智巧妙掩护抗日人士，积极投身抗日活动。郁达夫具有炽烈的爱国情怀、铁骨铮铮的品格、笔伐日寇的壮志，他的故事值得国人永世传诵。

● **写作借鉴**

　　无论是写人还是记事，都应做到线索清晰、言之有序。文章通常都由一条重要线索贯穿始终，这条线索串联起所有的材料，使文章层次分明而又浑然一体。在行文时，按照时间、空间或事情的发展顺序合理安排素材，这样写出来的文章才会条理清楚、明白晓畅。本文以时间为序，以郁达夫的经历为线索，讲述他从留洋学生到著名作家，再到抗日战士，最后到革命烈士的一生，让读者对郁达夫的生平一目了然，同时获得顺畅、良好的阅读体验。

● **延伸思考**

文中，有几处郁达夫所写的文字，其中最让你受触动的是哪处文字？为什么？

郝梦龄率军血战忻口

1937年，七七事变爆发后，无数爱国军人义愤填膺。他们主动请战，奔赴一线，驰骋抗日沙场，誓将日寇驱逐出境。国民革命军陆军第9军军长郝梦龄就是其中的优秀代表。

郝梦龄曾率部参与"围剿"中国工农红军，但以失败告终。1931年，他看到连年内战致使民不聊生，为同室操戈而深觉懊悔。1934年，蒋介石对中央苏区发动第五次反革命"围剿"时，郝梦龄不愿参加内战，请求退伍还乡，却没有获得批准。

1937年5月，郝梦龄再度提出退伍还乡的申请，却接到了让他前往四川陆军大学学习的调令。7月，郝梦龄在去往大学途中收到了七七事变的消息。听到消息，他立即拨马返回，请缨出战。他在日记中这样写道："回忆先烈缔造国家之艰难，到现在华北将沦落日人之手，我们太无出息，太不争气。"（郝梦龄再三申请退伍还乡，不是贪生畏死，只是拒绝内战的手段。但一听说日寇来犯，枪口要对外时，他立即主动请缨出战。这是他作为一位将领的民族责任感的体现，也是其强烈爱国主义精神的体现。）

回到部队后，他再三请求北上抗日："我是一名军人，可我半生都在打内战，没有对国家做出贡献。如今，日寇要亡我中国，国家已经到了生死存亡的重要关头。我们应该参加抗战，应该去跟敌人拼杀。"最后，他的请求被批准了。

此时，北平和天津已经失陷，河北中部也被侵占，日本侵略军大举压境，连续撕破中国军队多道防线，将接下来的侵略目标定为山西。于是，郝梦龄接到了率部由贵阳北上山西的命令。

7月中旬，郝梦龄率部途经武汉，与家人短暂团聚。几个儿女见父亲回来，原本非常高兴，但一听父亲马上要上前线，都开始埋怨起来，说父亲只爱打仗，不爱他们。

郝梦龄语重心长地对他们说："孩子们，我爱你们，但更爱我们的国家。如今，敌人占领了我们国家的土地，每天都在屠杀我们的同胞。爸爸身为军人，理应赶赴前线，杀敌保国。想想看，如果国家灭亡了，你们还会有好日子过吗？"（"兴家先保国，有国才有家"，郝梦龄深悉这一道理。因此，国家有难之时，他断然报大家而舍小家，勇赴枪林弹雨、生死难料的战场。）

同年9月底，日本侵略军准备先夺忻口，再取太原。忻口是中国军队阻止日本侵略军夺取太原的最后一道防线，它的得失与太原的安危密切相关。

当时，敌军有7万余人，我军有20余万人。中国军队兵力虽多，但武器装备落后，并不占优势。

在抗战初期，中国军队往往以数倍于日本侵略军兵力的巨大代价，才能在战场上堪堪取胜。因此，每场战役都不容乐观。

10月4日夜，郝梦龄率军抵达忻口。他担任忻口前线中央地区前敌总指挥，负责在主阵地阻击敌人的进攻。10月10日，原平失守，日寇逼近忻口。

在大战打响的前夜，郝梦龄写下了一封"与妻书"。这封家书透露了他为国捐躯、与敌人血战到底的决心：

余自武汉出发时,留有遗嘱与诸子女等。此次抗战乃民族国家生存之最后关头,抱定牺牲决心,不能成功即成仁。为争取最后胜利,使中华民族永存世界上,故成功不必在我,我先牺牲。我即牺牲后,只要国家存在,诸子女教育当然不成问题……倘吾牺牲后,望汝好好孝顺吾老母及教育子女,对于兄弟姊妹等亦要照拂。故余牺牲亦有荣。为军人者,为国家战亡,死可谓得其所矣!书与纫秋贤内助,拙夫龄字。双十节于忻口。

(这封信虽简短,但字字句句都是大节大义,我们能从中更加全面地认识郝梦龄。他说到战争时,字里行间折射出一个军人的拳拳爱国之心与为国家献身的觉悟;说到亲人时,他寄望国家兴盛后,子女得到良好的教育,并谆谆嘱托妻子照顾父母手足。郝梦龄两袖清风,一心为国,高风亮节,令人仰慕。)

当晚,他在布置防御兵力前,召集手下军官进行了动员讲话:"这次抗战是民族的战争。所以,我们只许胜,不许败。军人的天职是保国卫民,现在国将不国,民不聊生,就是我们这一代军人没能尽到责任,我实在感到可耻……现在大敌当前,我决心与所有官兵同生死,共患难,并肩战斗。"

10月11日,忻口战役打响。日本侵略军派出精锐部队,用飞机、重炮做掩护,猛攻忻口西北的南怀化阵地。

两军对垒,中国军队的装备远远落后于敌军,但郝梦龄毫不畏惧,来到第一线督战。白天,当敌人利用飞机大炮狂轰滥炸时,他就指挥官兵躲藏起来;晚上,敌人炮火停了,他立刻指挥全军反击,利用步兵狠命打击日寇。

日本侵略军装备精良,攻势凶猛;中国守军悍不畏死,用血肉筑就阵地。两军多次展开肉搏战,现场喊声震天、血肉横飞。

战争进入白热化阶段时,两军甚至近距离互掷手榴弹,战场上尸横遍野,战况异常惨烈。

10月12日,日本侵略军攻破了南怀化阵地。中日两军的炮兵主力又在南怀化东北的一处高地上展开了激烈的争夺战。两军激战一昼夜,这处高地易手十几次,战场上尸骨成山,血流成河。

当第9军又一次夺取这处高地时,有的团人数已不足一个营,有的团已经不足百人。

夜色深沉,空气中弥漫着硝烟与血腥的味道。在阵地上,郝梦龄神情肃穆地对手下官兵说:"之前,我们全团的人守卫着这个阵地,现在只剩下一个连的人也要守卫这个阵地,就算只剩一个人还是要守卫这个阵地。我们每活一天,就要担负一天抗日的责任。出发前,我已经留下遗嘱,不打退日寇决不生还。现今,我和你们一起坚守这个阵地,决不先退。如果我先退了,你们中无论是谁,都可以枪毙我;你们中不论是谁,只要向后退上一步,我就立刻将他枪毙!你们敢和我一起坚守这个阵地吗?"

官兵们马上用震耳欲聋的声音回答:"誓死坚守阵地!"郝梦龄欣慰地说:"好!将有必死之心,士无贪生之意!"(面对"白骨乱蓬蒿"式的壮烈牺牲,第9军将士的报国壮志并没有因此消磨。在军长郝梦龄的带领下,他们守卫阵地的信念更加坚定。"誓死坚守阵地"的喊话雄壮有力、掷地有声,令人心潮澎湃、豪情涌动。)

15日晚,郝梦龄得到了7个旅的援兵。他指挥部队兵分三路夹击日本侵略军,以期收复南怀化阵地。

16日凌晨,中国军队兵分多路,扑向日本侵略军阵地。在郝梦龄的指挥下，中国军队接连克敌，夺取数个山头。

由于郝梦龄一直不眠不休地在前线指挥战斗，一名部下劝郝梦龄进指挥洞里稍作休息。

"在前线督战是我的任务和本分，我怎么能退缩呢？"郝梦龄拒绝道。

早上5点，天色渐亮，郝梦龄担心天亮后敌人又会用重炮轰击中国军队阵地，决定带兵乘胜追击，赶赴独立第5旅的前沿阵地坐镇指挥。这使得日本侵略军大乱，他们慌忙用机枪和手榴弹掩护撤退。

手下官兵告诉郝梦龄，前面一段路被敌人火力封锁了，非常危险。"瓦罐不离井上破，大将难免阵前亡。"郝梦龄斩钉截铁地说。然后，他带队灵活地在枪林弹雨中腾转挪移，继续向前。在穿越距敌仅200米的阵地时，郝梦龄被机枪打中，壮烈牺牲。（"将受命之日则忘其家，临军约束则忘其亲，援枹鼓之急则忘其身"，意思是说：军人一接受命令，就要忘记自己的家庭；在军队听到规则号令后，就要忘记私情；战况紧急、擂鼓进击时，应忘记个人安危。这就是军人所拥有的高度自觉性。郝梦龄就是这样做的：外敌来犯，他舍家为国；在战场上，他与战士并肩坚守，誓死不退；面对敌人凶猛的火力，他勇于向前，无惧生死。他的气概胆略、精神境界，仰之弥高。）

郝梦龄是抗战初期牺牲在战场上的第一位军长。将星陨落，军民同悲。1937年10月24日，郝梦龄的灵柩被从山西运抵武汉，武汉各界为其举行了国葬。1983年9月13日，中华人民共和国民政部追认郝梦龄为革命烈士。

名师赏析 /Mingshi Shangxi

国难之时,他主动请战,不恋安逸;忻口对敌,他指挥得当,抗敌有道;血战之中,他亲临前线,临危不惧。一场忻口血战,让我们看到了一个以国泰民安为己任,始终战斗在第一线,有勇有谋的将领形象。虽然郝梦龄最终血染忻口,但他为国家和人民的利益而死,他的死"重于泰山"。

● **写作借鉴**

"言为心声",在描写人物的语言时,我们一定要抓住人物的个性语言,即人物的语言要符合其年龄、身份、职业等特点。这样才能反映人物的性格、思想和品质,使读者"闻其言而知其人"。本文中,对郝梦龄的几处语言描写,使他身为军人的自觉、高度的民族责任感和慷慨炽烈的爱国情怀尽显无余。

● **延伸思考**

1.原本打算退伍还乡的郝梦龄为什么主动请战?
2.用自己的话简略概括郝梦龄率军血战忻口的过程。

大刀将军赵登禹

在中国抗战史上，有这样一位充满传奇色彩的抗日将领。他13岁拜师学武，技艺过人；16岁立志报国救民，千里投军；在军队中，刀劈日寇，屡建奇功，人称"大刀将军"……他的名字叫赵登禹。

1898年，赵登禹出生在山东菏泽一个穷苦的农民家庭，全家老小都靠父亲一人维持家计。父亲去世后，13岁的赵登禹和哥哥拜当地武术名师为师，开始习武。赵登禹机敏好学，又很能吃苦，每天勤学苦练，仅用3年时间就成了一名武术高手。

赵登禹从小就非常崇拜老人所讲故事中的那些反击外国侵略者、救民于水火的英雄，这让他早早立下了救国救民的志向。

1914年春天，刚满16岁的赵登禹怀着满腔报国之志，翻山越岭，不远千里，步行到陕西潼关投奔冯玉祥的军队。

当时军队不招新兵，一个管事见他十分诚恳，就收他做了副兵。一名军官对赵登禹说："告诉你，当副兵是没有钱拿的。"

赵登禹马上回答："我不是为了发大财。如果是为了钱，我何必跑这么远来当兵！"（赵登禹为实现报国之志千里投军，不囿于空想，不骛于虚声。他所求并非名利，只为在军队中磨炼铁肩，以担负起强国富民的重任。"少年负壮气，奋烈自有时。"身负壮志的赵登禹在军队必将砥砺出血性胆气，书写属于他的精彩人生。）

在部队中，由于赵登禹身材高大，动作敏捷，胆识超群，很快就被

冯玉祥发现了。冯玉祥十分赏识他,把他调到自己的卫队当护兵。从此以后,赵登禹在冯玉祥身边生活了7年。

在这期间,冯玉祥见赵登禹智勇双全,对他更加器重,多次提拔他。赵登禹也在多次战斗中得到了充分历练,成了冯玉祥麾下一员猛将,以"骁勇非常,果断机智"闻名。

冯玉祥在中原大战中战败,部队被改编为国民革命军第29军,赵登禹则被任命为第29军37师109旅旅长。1931年,九一八事变爆发后,109旅被调到北平附近进行训练,准备迎战日本侵略军。

日寇悍然侵华的消息传来,赵登禹义愤填膺,誓要赶走侵略者,雪洗国耻家恨。他一面教育手下官兵"不扰民、真爱国、誓死卫国""宁为战死鬼,不做亡国奴",一面率领他们加紧进行各种艰苦的实战演练。(赵登禹从戎,始终为救国救民,多年的军旅生涯并未磨灭他的初心。寥寥几句训话和身体力行地带兵演练都说明,他在实实在在践行着少年时期立下的志向,表现出浓烈的家国情怀。)

但是,第29军武器装备过于落后,枪械严重缺乏,只能发给士兵一批自制的大刀。赵登禹为手下官兵示范大刀的用法,指点劈杀技巧,督促他们勤练基本功。

1933年1月,日寇占领了山海关。在全国人民抗日救国的呼声中,国民党当局被迫调集军队守卫长城独石口、喜峰口、古北口等隘口,以长城为依托,阻止日本侵略军前进。

3月8日,第29军奉命防卫喜峰口。第29军军部经多次研究后,任赵登禹为喜峰口作战前敌总指挥,派其带军抢占有利地段,阻挡敌军入侵。赵登禹领命后,立即率军赶赴喜峰口。但是,有利地段——喜峰口东北高地已被日本侵略军攻占。

闻此消息，在100多里外的赵登禹怒发冲冠，誓要拿下喜峰口。当时，109旅只有十几挺机关枪和少量步枪，每人只有不到10枚手榴弹，主要武器是大刀。

［3月10日黎明，日本侵略军全军出动，利用飞机、重炮、机枪对高地发起猛攻。赵登禹命令手下官兵藏好别动。

3个小时后，中国军队阵地已成一片火海，日本侵略军便一拥而上。待日本侵略军走近，赵登禹率领两个营的将士抄后路突袭敌阵。中国将士身背手榴弹，手操大刀，与日本侵略军展开殊死搏斗，战况极为激烈。

直到下午3时，敌军的攻势才有所减弱。赵登禹部有不少将士牺牲。他组织剩下的营级干部开会，分析战况，讨论战术，情绪激昂地说："抗日救国乃军人天职，养兵千日，报国一时，只有不怕牺牲才能为国争光！"］

在赵登禹的带领和鼓舞下，武器简陋的中国军队就这样与装备先进的日本侵略军激战了整整一天，喜峰口东北高地竟易手20多次。两军伤亡都很惨重，赵登禹在激战中腿部中弹。

第29军军部研究战况后，认为若要扭转敌强我弱的不利局面，应尽量发挥士兵近战优势，提出了组织大刀队夜袭日寇的战术。经过慎重考虑，第29军军部把大刀队的指挥权交给了赵登禹。

3月11日深夜，明月照耀着大地，驻扎在喜峰口附近两个村庄里的日本侵略军正呼呼大睡。在当地樵夫、猎户的带领下，赵登禹扶着手杖，率领五百勇士，身背大刀，摸进了村中的敌营。

在解决了日本哨兵后，赵登禹不顾腿伤，身先士卒，带着大刀队冲进了日本侵略军的营房。他们先扔手榴弹轰炸，然后乘日本侵略军大乱时挥刀砍杀。很多日本兵刚从睡梦中醒来就成了刀下鬼。

紧接着，赵登禹又率领众勇士占领了日本侵略军的炮兵阵地，歼灭全部炮兵。

当晚，带伤上阵的赵登禹奋力挥舞大刀劈杀敌人，把大刀的刃都砍出了缺口。这次夜袭，赵登禹率领大刀队砍杀日寇上千人，炸毁了敌人的火炮和装甲车，还缴获不少兵器弹药，中国军队大获全胜，史称"喜峰口大捷"。

[喜峰口大捷沉重地打击了日本侵略军的嚣张气焰。在这次战斗之前，日寇因为在中国很少遇到有效抵抗，晚上都脱衣入睡，警备松懈，满不在乎。经历了这次战斗后，他们晚上不敢安睡，还要穿着衣服抱着枪，甚至有人在脖子上套了铁项圈，以防晚上睡觉时突然被大刀队砍掉脑袋。] ❷

当时日本的《朝日新闻》刊文承认："明治大帝造兵以来，皇军名誉尽丧于喜峰口外，而遭受六十年来未有之侮辱。"

这次大捷让赵登禹得到了"大刀将军"的美称，他率领的大刀队也名声大振。作曲家麦新为此创作了《大刀进行曲》，激昂的旋律传遍华夏大地，坚定了全国军民的抗日决心。

1937年，七七事变爆发后，赵登禹和佟麟

名师导读 Mingshi Daodu

❶ 敌军强悍，装备精良；我军顽强，宁死不退。赵登禹及其率领的将士不怕牺牲，与敌军血战肉搏，打出了中国人英勇不屈的精神，用铁一般的意志撑起了民族的脊梁。

❷ 对比修辞，就是把两种不同事物或同种事物的两个方面放在一起加以比较，以此增强表达效果的写作手法。这段文字对日本侵略军在喜峰口战役前后的行为进行了对比：从脱衣而睡到和衣而卧；从警备松懈到持枪入睡、戴铁脖套。日本侵略军从战前的嚣张狂妄变成了战后的心惊胆战，对比强烈，鲜明地烘托出了赵登禹及其率领的大刀队高大、勇猛的形象。

阁一起指挥南苑留守的军事力量。7月28日，与日本侵略军血战的赵登禹不幸遭日机轰炸，为国捐躯，时年39岁。

名师赏析 / Mingshi Shangxi

赵登禹有一副侠肝义胆——少小立志，勤练武术，为国为民；还有一颗赤子之心——千里投军，不慕名利，一心报国；更有一腔军人热血——领军与敌人白刃肉搏，成功夺取阵地，亲率大刀队奇袭日本侵略军，令敌人胆寒。他的一腔热血，尽洒抗日战场；他的光辉事迹，值得我们永远铭记。

● 好词好句

在这次战斗之前，日寇因为在中国很少遇到有效抵抗，晚上都脱衣入睡，警备松懈，满不在乎。经历了这次战斗后，他们晚上不敢安睡，还要穿着衣服抱着枪，甚至有人在脖子上套了铁项圈，以防晚上睡觉时突然被大刀队砍掉脑袋。

● 延伸思考

你认为文中最能体现赵登禹性格的情节是哪一段？为什么？

马本斋誓将抗战进行到底

马本斋，原名马守清，回族，1902年出生在河北省献县东辛庄（今献县本斋回族乡本斋村）一个贫苦的农民家庭。

10岁时，马本斋进入私塾读书。他勤勉好学，喜欢阅读名著，尤其喜欢书中那些忠臣良将的故事。这些故事对马本斋的心灵产生了深远且重大的影响。17岁时，马本斋投身军队。此后，他凭借精准的枪法和卓著的战功逐步晋升至东北军团长。后来，他所在的军队被国民党收编。

九一八事变之后，马本斋因不满国民党实行的对日不抵抗政策，愤然辞官返乡。回到家乡后，郁郁不得志的他作诗道："风云多变山河愁，雁叫霜天又一秋。男儿空有凌云志，不尽苍江付东流。"（国家风雨飘摇之际，良将只能愤而辞官还乡、赋诗抒怀，这是何等的失意困顿！这首诗语言直率，气势充沛，情绪激昂，情真意切地表达了马本斋壮志未酬的悲慨，让我们深切感受到了英雄无用武之地的惆怅。）

由于马本斋在外多年，见多识广，为人豪爽，村里的青年都愿意跟他结交，把他当成良师益友。没过多久，他就成了全村青年心目中最具威望的人物。

七七事变后，日寇的铁蹄踏进了献县，他们烧杀抢掠，无恶不作。马本斋义愤填膺，揭竿而起，组织人民武装抗日。

这个消息一传开，当地不少反动武装团体纷纷过来拉拢他，并许以高官厚禄。马本斋根本不为所动，正气凛然地表示："我要保卫家乡，保卫国家。要是只为当官发财，那我为什么要回来？不抗日，不救国，给我多大的官，我也不去！"

没过几天，马本斋就在家乡召集了数十名青年，组织起"回民抗日义勇队"，并担任队长。为了壮大这支队伍，他在乡间四处奔走呼吁，挨门挨户地动员村民，让大家不要任人宰割；他还把村民都召集到清真寺，宣传抗日，发动大家拿起武器参加义勇队。

义勇队成立后，马本斋带领队员练习拳术，研习战术。没过多久，义勇队就在村外子牙河畔，打响了抗战第一枪。这次战斗，义勇队大获全胜，缴获了不少武器弹药及生活物资。（英雄与懦夫的最大区别是：懦夫会止于困境，把抱负变成空喊的口号；而英雄会打破困境，想方设法实现自己的抱负。彼时的马本斋是一介平民，人手、资金、武器匮乏，但他排除万难，尽一切努力发展抗日力量。这种破除万难、勇往直前的气概，着实令人敬佩。）

当时，日本一报纸刊文称："在'匪首'马本斋的带领下，'匪'回民义勇队发明了'扫帚炮'；此炮威力巨大，杀伤面积广，且炮响后能够施放浓重的烟雾。"可是，刚组建不久的义勇队哪来的杀伤力如此大的武器？

原来，马本斋自知义勇队武器杀伤力不强，急需威力强大的火炮，便到处搜集材料。但是，制造火炮需要大量钢铁，从乡亲手中筹到的废铁远远不够。

有一天，他听村中的老人说，几十年前发过一场洪水，把邻村庙里一口上千斤的铁钟冲进了子牙河。马本斋带着队员们找到河底的铁钟，把它铸成了火炮。这门火炮被称为"大抬杆"炮，平时由两个人抬着，用来攻击敌人时，就放入一定量的火药、铁片、铁沙。导火线点燃后，

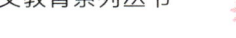

铁片、铁沙便喷涌而出,射程可达七八十米。义勇队就靠这门火炮把日本侵略军打了个措手不及、落荒而逃。（战斗经验丰富的马本斋很清楚：战力不强,义勇队就无法震慑敌人。于是,他率领义勇队就地取材,自造武器,成功研制出"大抬杆"炮,并在与日本侵略军的第一战中一鸣惊人。这一情节体现了马本斋思维灵活、勇于实践的个性。）

由于炮弹出膛时会形成一个扇面,所以日本侵略军称之为"扫帚炮"。对这种从未见过的"扫帚炮",日本侵略军心存畏惧,颇为忌惮。但是,由于武器和装备不足,义勇队只能进行小规模的战斗。马本斋知道,这样下去是无法对日本侵略军构成较大威胁的,必须要找到强有力的同盟才行。

当时,国民党热衷内战,消极抗日。马本斋就找到八路军,发现共产党主张积极抗日救国,于1938年4月率队参加了八路军。同年10月,马本斋加入中国共产党。在入党志愿书上,他写道:"我决心为回民族的解放奋斗到底,而回族的彻底解放,只有在中国共产党帮助与领导下方能实现。""我心甘情愿把我的一切奉献给伟大的中国共产党,献给为回族解放和整个中华民族的解放而奋斗的伟业。"

1939年,日寇在华北展开了"扫荡"行动。此时,马本斋的队伍已扩充到上千人,被改编为八路军第3纵队回民支队。在广袤的冀中平原上,马本斋率领回民支队多次粉碎了敌人的"扫荡"行动。

同年秋天,马本斋收到密报,将有19辆日本军车经过沧县（位于河北省东部）至河间（位于河北省中部）的公路。他马上下令,让支队战士埋伏在豆子地。他的部下觉得豆子植株太矮,人很难被掩藏住,提出了到玉米地或高粱地埋伏的建议。马本斋对他们说:"你们会这么想,日军自然也会这么想。我们就要攻其不备,出奇制胜!"（面对军事实

学生爱国主义教育系列丛书
抗日英雄的故事

力强大的日本侵略军,智慧是最有力的武器。马本斋善于把握敌人的心理,用计巧妙伏击敌人,可谓计深虑远、智慧过人。)

一切都如马本斋所料,日本侵略军在经过高粱地等庄稼植株比较高的地带时,都会用火力侦察,显得非常警觉;在经过豆子地时就放松了戒备。这时,埋伏许久的支队战士猛冲出去。霎时,枪炮齐鸣,喊杀声震天。日本侵略军猝不及防,19辆军车全部被回民支队打翻。

此后,马本斋灵活运用游击战术,多次重创日本军队。这支领导有方、战斗力强的回民队伍也因此被赞为"攻无不克、无坚不摧、打不垮、拖不烂"的铁军。

为了瓦解强大的回民支队,日寇想出了一条毒计。1941年8月4日晚,日伪军集结千余人,突然将东辛庄包围,抓走了马本斋的母亲白文冠。因为敌人知道马本斋是个孝子,想利用白文冠劝降马本斋。敌人从据点送出多封劝降信给马本斋,劝他带着队伍投降。

听到母亲被抓的消息,马本斋痛不欲生;但看到劝降信,他怒不可遏地斥道:"要我投靠日本人,真是白日做梦!"

这时,有人告诉马本斋:"首长,同志们都来司令部了!"

马本斋走出院门,发现外面站满了战士。他们激动地喊着:"司令员,你赶快下令,我们要把马老太太救回来!""对,救出马老太太!""快下令吧!"……

马本斋沉着地说:"我比任何人都想救出我的母亲。但是,目前战斗任务正紧,我不能为救自己的母亲破坏整个部队的作战部署!现在,我们是共产党领导的人民武装,我们要救的不止一个人、一个家,我们要救的是全中国!总有一天,我们会把敌人消灭干净,救出中国所有受苦受难的母亲!"然后,他严令战士回去坚守战斗岗位。("自古忠孝难两全"，一面是母亲安危，一面是抗战大局，马本斋面临着两难的选择。最终，他决定以大局为重，按兵不动。尽忠却难顾孝，马本斋内心经历了怎样的煎熬，我们不得而知，唯有感其大义，为之折服。）

敌人抓走白文冠后，使出各种手段逼迫她给马本斋写劝降书。白文冠断然拒绝。不管日寇和汉奸如何威逼利诱，她始终没有屈服，大义凛然地痛斥日寇，并顽强地进行绝食抗争。7天后，白文冠壮烈殉国。

白文冠殉国的消息在回民支队传开后，群情激愤。支队战士纷纷表示要去杀敌报仇。马本斋忍着巨大的悲痛劝阻他们说："我们不能意气用事，这样就中了敌人的诡计了。"随后，他挥笔写下对母亲的誓言："伟大母亲虽死犹生，儿定继承母志，与日本人血战到底！"之后，他含悲率部转战其他地区，歼灭、俘虏日伪军数百人，使敌人的阴谋彻底落空。

1942年，抗日战争进入异常艰难的阶段。6月，马本斋率回民支队在冀鲁豫边区展开游击战，并多次奇袭敌人，日寇对他恼恨万分却又无可奈何。10月，马本斋率部进驻山东聊城莘县回民聚居区张鲁集，当地百姓争相围观这支威名赫赫的"铁军"。

不久，冀鲁豫区党委和军区任命马本斋为第三分区司令员兼回民支队司令员。马本斋与副司令员对战区形势进行了细致的分析，认为盘踞在莘县一带的伪军齐子修部是最大的威胁。马本斋果断地说："打蛇先打头，咱们就先来打掉他！"

马本斋指挥回民支队深入齐子修驻地，引蛇出洞。知道来的是主力部队，敌人一直躲在围寨里。马本斋便叫回民支队用炮轰击。随着一声巨响，炮弹在围寨炸开，打得敌人更不敢轻举妄动。

过了一段时间，回民支队转移作战，齐子修便乘机派小股部队骚扰、破坏抗日根据地。马本斋随即派回民支队的第3中队秘密进驻常被敌人骚扰的一个村庄，还派遣县大队进驻另一个村庄以协助作战。一天晚上，一股敌军来村庄里抢粮，与县大队遭遇。敌军认为回民支队不在，就调集了不少兵力，企图消灭县大队。枪声响起后，第3中队按照马本斋的指示，绕到敌后，突袭敌军。敌军腹背受敌，乱作一团。同时，不堪其扰、憎恨齐子修部已久的群众也纷纷加入战斗，最终消灭了敌军一个营。此后，齐子修部再不敢轻易行动了。

此后，马本斋指挥队伍突袭敌人并打赢了反包围战斗，震慑了莘县的敌人。

1943年11月，马本斋率队参加了冀鲁豫军区组织的攻打八公桥——伪第2方面军孙良诚总部的战斗。战前会议上，马本斋提出了新颖大胆的战术——"牛刀子钻头"，即先集中优势兵力突袭敌人总部，再转头消灭周围据点。与会指战员纷纷表示赞同。这次战斗，我军一举歼灭孙良诚总部直属部队，毙伤敌人几百名，俘获伪军官兵1600余名。战后，当时冀鲁豫区党委书记赞称马本斋是"后起的天才军事家"。

在长期的艰苦斗争中，马本斋积劳成疾。由于缺医少药，加上战事繁忙，他的病情不断加重。1944年1月末，回民支队奉命前往延安。出发之前，马本斋抱病进行了最后一次动员演讲，并叮嘱战友："我们要跟着党，跟着毛主席抗战到底！"（自始至终，抗战是马本斋重要的人生目标，抗战到底是他一生的誓言。即使重病缠身，马本斋依然抱着"抗战到底"的信念，坚定不移，至死不渝。这执着、深沉、浓烈的爱国之情，让人备受感染。）

1944年2月，马本斋突发急性肺炎，不幸病逝于莘县。

名师赏析 /Mingshi Shangxi

在写入党志愿书时,他许下为抗日"奋斗到底"的诺言;在母亲牺牲后,他立下"血战到底"的誓言;在病势沉重时,他依然抱着"抗战到底"的坚定信念。不管多么艰难,马本斋抗日的决心和志向都不曾动摇。即使在今天,他坚忍不拔、矢志不移的精神依然值得我们学习。

● **写作借鉴**

写人物时,如果想将人物写生动,最重要的是将人物的个性展示出来。需要注意的是,在表现人物个性时只需抓住其中一个重点描写即可,这样才能给读者留下深刻的印象。本文在描写马本斋时,抓住他坚持抗日这一点着重渲染,从而突出了人物的个性。

● **延伸思考**

你认为马本斋最大的特点是什么?请举出具体事例进行说明。

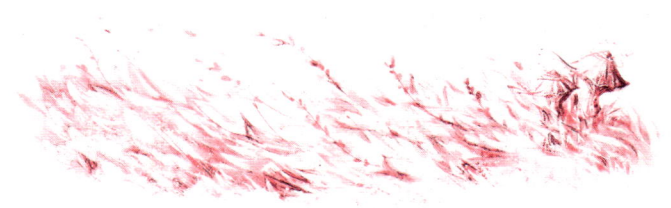

铁血将军戴安澜

"外侮需人御，将军赋采薇。师称机械化，勇夺虎罴威。浴血东瓜守，驱倭棠吉归。沙场竟殒命，壮志也无违。"这是1943年3月，毛泽东在延安写下的《五律·海鸥将军千古》，以吊挽一位牺牲在抗日战场上的将军。诗中提到的这位将军名叫戴安澜，是国民革命军第5军第200师师长。

戴安澜，原名戴炳阳，字衍功，号海鸥，于1924年参加国民革命军。看到国土沦陷、民族危亡，他无比愤慨，希望自己能"镇狂飙于原野，挽巨澜于既倒"，于是改名"安澜"。（戴安澜不仅更改了自己的名字，还给自己的四个子女取名为"覆东""靖东""澄东""藩篱"，意思是"覆灭、平靖、澄清日寇，像篱笆一样守住家园，抵挡侵略者"，他将对侵略者的仇恨，嵌进自己和家人的名字中，时刻提醒自己将日寇赶出中国。他对国家、对人民的耿耿忠心，坦坦荡荡，日月可鉴。）他一生战功赫赫，曾率军在台儿庄战役、武汉保卫战、昆仑关保卫战等战役中屡建奇功。

1938年3月，台儿庄战役爆发，时任国民革命军第17军第73旅旅长的戴安澜率部参战。当时，第五战区司令长官李宗仁决定利用台儿庄以北的有利地形痛击日寇，在获知日本侵略军主力到达枣庄附近的消息后，令第73旅快攻枣庄。

戴安澜率部前往，在陶墩村（位于枣庄市峄城区）一带与日本侵略军遭遇。这伙顽敌盘踞在山上，依靠空战优势，负隅顽抗。戴安澜下令部队昼伏夜出，同时大量收集木梯。

天亮前，戴安澜让战士把收集到的上百个木梯淋满汽油，并在每个木梯后都安排了几个手拿火把的战士。

戴安澜及军部成员用望远镜眺望敌情。见时机成熟，戴安澜一声令下："点火！"一声声"点火"接连响起，把命令传给了拿火把的战士。这些战士迅速将木梯点着。

一时间，火光冲天，火势凶猛，村子成了火海。日本侵略军被火势所惊，一时慌了手脚。在日本侵略军主帅的吼叫声中，日本士兵回过神来，先利用火炮轰击中国军队的阵地，再趁势从山头冲进村里，与中国军队近战厮杀。

两军战斗正酣，忽然，日本侵略军骑兵队在主帅的带领下闯入战场，挥刀搏杀。一时间，日本侵略军士气高涨。

此时，在后方观战的戴安澜发现，前线1营士兵有所动摇并集体后撤。戴安澜连忙跳出工事，拔出驳壳枪，喊道："兄弟们，上马，跟我冲！"他身边的将士闻言，纷纷跃马提枪，上阵杀敌。

戴安澜冲入混乱的1营，阻拦1营战士撤退，高喊："向前冲，后退的一律枪毙！"然而，战士们仍踌躇不前。

戴安澜见1营营长也在其中，勃然大怒，斥道："身为长官，你不应该冲在最前面吗？"1营营长吓得不敢说话，一个劲地向后躲。

戴安澜怒不可遏，一枪击毙营长，朗声道："兄弟们，往前冲！"全营战士顿时士气大振，一拥而上，冲入敌阵，与敌激烈肉搏，最终打退了日本侵略军。

从此，火攻陶墩成为抗战史上有名的火攻战例，也拉开了台儿庄战役的序幕。随后，戴安澜率部智取朱庄、激战郭里集，迫使台儿庄敌军后撤，贡献突出。

同年夏天，他又率部投入武汉保卫战，痛歼日寇。1939年，他升任第5军第200师师长。

200师是中国较早的一支机械化部队。为了摸索与这支部队最为适配的战术，戴安澜不顾个人安危，冲到战斗第一线观察日本侵略军作战方式，却被敌人发现。敌人以凶猛的火力将他封锁在掩体（避险掩护场所）内两个多小时。在此期间，他安静地趴在掩体中，默数日本侵略军的枪声，终于摸清了日本侵略军机械、武器等协调作战的方式。后来，他将这种方式为我所用，开创了许多灵活机动的战术，制定出严格的军事考核方案，将200师打造成让日本侵略军胆寒的王牌师。（这一事件集中体现了戴安澜"铁血"的特点，即具有刚强的意志与不屈的精神。身为师长，他亲临火线，冒死学习战术。哪怕在被敌人火力包围，随时有生命危险的情况下，他依然镇定自若地研究敌人的作战方式。这钢铁般的精神与意志，令人崇敬不已。）

1939年11月，为掐断中国军队最主要的一条国际交通线，日本侵略军发动了桂南战役（在广西南宁等地，中国守军与日本侵略军展开的战役），妄图以此战彻底瓦解中国当局的抵抗。同年年末，戴安澜奉命镇守昆仑关。

昆仑关，位于广西南宁东北的昆仑山上，居高临下，地势险要，号称"雄关独峙镇南天"，是兵家必争的战略要地。当时，同盟国支援中国的物资多从昆仑关运输而来。

中日双方都在昆仑关投入了精锐部队，两军血战15昼夜，昆仑关数次易手，敌我双方均伤亡惨重。

日本侵略军占领昆仑关时，将工事修筑得异常坚固，形成凶猛的交叉火力。中国军队对昆仑关发起一次又一次的冲锋，但一直没能将其攻克。

为扭转战局，戴安澜亲率两个团的将士，用大刀、铲刀劈开布满山野的铁丝网，瓦解了日本侵略军所设障碍，对昆仑关最后一道大门——界首阵地实行强攻，最终攻下昆仑关，收复桂南。

昆仑关血战，中国军队全歼日本侵略军一个精锐部队，把日本侵略军打得退回越南北部，保住了重要的战略补给线，在抗战史上写下了光辉的一页。

在这次战斗中，戴安澜身受重伤，却不下火线。战后，他也并不在意自己的伤势，还对到医院看望自己的人说："流血是军人之分，恨不能扬威国外。"

太平洋战争（第二次世界大战期间，在太平洋地区，反法西斯同盟国家与日本展开的战争）爆发后，中英双方签署了协定，成为盟国。1942年1月初，日本侵略军进攻缅甸，对缅甸实行殖民统治的英国忙请中国军队参战。3月，为支援盟军，同时为御敌于国门之外，中国十万远征军挥师入缅，200师作为先遣部队进驻缅甸东吁。

东吁，又译为"东瓜""同古"，是位于缅甸平原的一座小城，扼公路、铁路和水路要冲，城北有一座军用机场，具有重要的战略地位。

3月初，日本侵略军出动两个师企图占领东吁。此时，迫于日本侵略军的凌厉攻势，英缅军正全线溃退。18日，200师星夜赶至东吁，却发现此城既无天险，又无防御工事。

强敌压境，戴安澜率部夜以继日地抢修工事，积极布防。19日，追击英缅军到皮尤河的日本侵略军，率先与200师遭遇，200师及军部骑兵团对日本侵略军予以迎头痛击。日本侵略军则动用了数倍于200师的兵

学生爱国主义教育系列丛书

抗日英雄的故事

名师导读 / Mingshi Daodu

❶ 戴安澜在枪林弹雨之中指挥战斗,"泰山崩于前而色不变";面对强敌,选择智取,以己之长攻彼之短。他临阵悍勇,指挥卓越,彰显了抗战时期中国将领独有的素养与风采。

❷ 这一番豪语体现了戴安澜气壮山河的英雄气概与精忠报国的高度责任感,烘托了他披肝沥胆、舍生忘死的高大形象,同时也激扬起我辈的爱国热情,让人心中充满沉甸甸的责任感。

力,空中飞机来回轰炸,地面以重炮持续轰击,对东吁展开疯狂攻击,把中国军队的阵地炸成了一片火海。

[戴安澜屹立在阵地上,始终从容镇定地指挥战斗。他下令部队抢修坑道式掩蔽所,灵活阻击日本侵略军。敌军用炮轰击,他令战士进坑道躲避;敌军步兵接近,他便令战士跳出坑道,杀敌人一个措手不及;敌军撤进丛林,他下令发射燃烧弹,烧得敌人鬼哭狼嚎、无处藏身;敌军动用坦克攻击,他令战士以手榴弹将之炸毁。] ❶

战斗进入白热化阶段,日本侵略军的攻势愈加猛烈。200师遵照上级的命令,决定死守东吁。在军官会议上,戴安澜神情凝重,郑重地立下遗嘱:["本师长立遗嘱在先:如果师长战死,以副师长代之;副师长战死,参谋长代之;团长战死,营长代之……以此类推,各级皆然!"] ❷

将不畏死,士不贪生。全军士气大振,打退了敌人多次冲锋,挨过了敌军多次施放的催泪性毒气。25日到29日,200师与日本侵略军血战4昼夜,双方均伤亡惨重。

此时,按计划撤退到卑谬(位于缅甸南部的一座城市)的英缅军被追击而至的日本侵略军击溃。卑谬失守，以致200师陷入日本侵略军3个师团的包围中。30日晚，东吁守军实施战略撤退，留给敌人一座空城。

东吁保卫战，200师仅9000人，却阻击两万多日本侵略军达12天之久，歼敌5000余人，使日本侵略军遭遇南侵以来首次重大挫败，震惊了世界。英、美两国报纸均大幅报道了此次战役，称赞中国军队在异邦浴血奋战的壮举。中国军队赢得了国际声誉的同时，200师师长戴安澜也蜚声中外。

然而，到了4月，缅甸战场的局势对中国军队越来越不利。24日，戴安澜负责收复另一战略要冲棠吉。200师将士率先进攻敌阵，并将之一举拿下。

局部战斗的胜利已经无法力挽狂澜。秘密穿越了缅泰边境原始森林的日本侵略军，切断了中国远征军回国的退路。

此时，200师面临两个选择：或者以难民身份进入印度，或者冲破日本侵略军封锁返回祖国。

戴安澜毅然选择了后者："我生为中华军人，死为中华雄鬼，宁愿与日寇战死，决不苟且偷生。"他率领仅存的6000余名官兵进入缅北山区打游击，并寻隙带将士退回祖国。

撤退途中，200师突遭大股日本侵略军伏击。激战中，戴安澜胸腹部被机枪打中，身受重伤。由于部队缺医少药，加上环境恶劣，伤口溃烂感染，5月26日傍晚，在距祖国100多千米的一个村庄，一代名将戴安澜壮烈殉职，时年38岁。29日，200师将士将其遗体火化，把骨灰装进木箱，用马驮载行军，于6月2日回到祖国。

之后，戴安澜灵柩经昆明、贵阳、桂林运抵广西全州，沿途民众跪拜，吊者挥泪。在为戴安澜举行的追悼大会上，周恩来送上了"黄埔之英，民族之雄"的挽联，高度概括了抗日名将戴安澜英勇无畏的一生。

名师赏析 / Mingshi Shangxi

火烧敌营、计取陶墩、避敌锋芒、巧战东吁，是谓智；亲临前线，率部杀敌，指挥若定，力挫重兵，受伤不下火线，是谓勇。智勇双全，至诚报国，是谓良将。正是无数像戴安澜这样的良将，领兵浴血蹈火、征战四方，用生命、热血换来国之安定，如今，我们才能生活在和平盛世。

● 好词好句

在军官会议上，戴安澜神情凝重，郑重地立下遗嘱："本师长立遗嘱在先：如果师长战死，以副师长代之；副师长战死，参谋长代之；团长战死，营长代之……以此类推，各级皆然！"

● 延伸思考

1. 简单概括戴安澜在本文几场战役中的表现。
2. 试着为戴安澜写一副挽联。

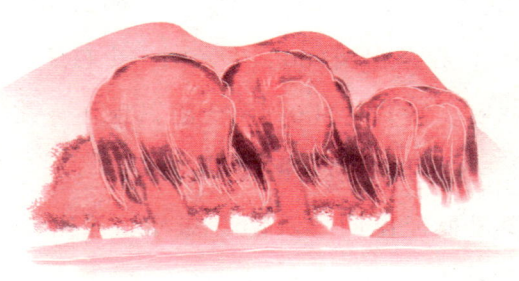

杜伯华济世救亡

抗日战争爆发后,中华民族同仇敌忾、众志成城。各行各业的中华儿女聚集在抗日民族统一战线的旗帜下,以不同的方式投身抗战洪流,涌现出无数英雄。八路军晋察冀军区卫生部副部长杜伯华就是一位从医馆中走出的英雄。(开头以由面到点的方式展开叙述,逐步缩小范围,把话题由全民族抗战转到本文主人公杜伯华身上,一方面表明杜伯华身份、职业的与众不同,一方面有以杜伯华为代表,向读者展示不同行业人士的抗战及其贡献,同时侧面表现了当时中国人不论阶层、不分行业,全民族抗战的盛况,彰显了中华民族英勇无畏、顽强拼搏,与敌人血战到底的决心与气魄。)

杜伯华,原名杜维汉,字华昌,原籍河北省,后随父亲逃荒到吉林榆树县(今榆树市)的一个村子里。他的父亲是位医生,到处给人看病,遇到付不起钱的百姓,常常免费为其医治。看到生活穷苦的百姓只能强忍病痛,杜伯华便决定跟着父亲学习医术,帮他们解除病痛。学有所成后,他给穷人看病不仅不收钱,有时还会为其垫付药费。

1931年,杜家搬进县城,开办了医社。后来,医社毁于战火,杜伯华便经营起了药房。杜伯华既通晓中医,又学过西医,成了县城有名的大夫,他开办的华昌药房生意十分兴盛。

如果说医者仁心、悬壶济世是杜伯华最初的心愿。那么,九一八事变后,日本侵略者对沦陷区的残暴压迫和野蛮掠夺,激起了杜伯华对侵略者的仇恨与愤慨，卫国救民就成了他最大的心愿。1932年，杜伯华遇到党的地下工作者，同时也是他表弟的李向之，从此走上了抗日的道路。

当时，李向之来榆树开展抗日活动，便住在了表哥杜伯华家。见杜伯华热心国事、爱国热情浓厚，李向之就细心地向他讲解抗日救亡的道理及抗日斗争的形势。杜伯华深受感染，毅然投身革命。

翌年，李向之等人又一次到榆树活动。杜伯华积极帮助他们打听情况、转送情报、安排开会场地。李向之等人对他的表现十分满意，决定在榆树成立地下联络站，并任杜伯华为联络站负责人。

就这样，杜伯华将自己的药房发展成榆树县第一个党的地下联络站，在日伪严密统治下展开抗日活动，为打击日伪气焰创造了有利条件。

杜伯华利用药房接触人多，各界人士来往频繁等有利条件，一边秘密为党传递情报，安置、护送共产党人和抗日人士，一边宣传党的抗日主张，积极争取群众。在他的熏陶、教育下，不少爱国青年加入了共产党领导的抗日队伍，抗战力量不断壮大。比如，在杜伯华的感召下，族弟李世英加入了抗日队伍，曾领军攻打伪军部队，威震日伪军。（正所谓英雄莫问出处，杜伯华虽未亲身上阵杀敌，但他利用职业优势，吸引爱国志士，宣传抗日思想，不断为抗日队伍输送人才，在自己的岗位上发光发热，为国家和人民的利益而勇敢斗争。他的事迹既让我们敬佩，也让我们深受启发：欲成大事，不应拘泥于身份地位；有志者，事竟成。）

杜伯华接触的人既有爱国知识分子，也不乏一些在日伪政权下讨生活的爱国人士。他积极争取这些对抗日有利的人，激发他们的爱国热情，让其帮助、掩护抗日人士。例如，在结识伪警察署科长刘杰后，杜伯华发现他痛恨日本侵略者、同情抗日人士，便想方设法接近他、争取他。在他的帮助下，杜伯华多次截获敌人情报。

当时，华昌药房生意很好，收入也不错，杜伯华将收入都捐赠给东北抗日义勇军作活动经费，还常以物资接济抗日武装，搜集并输送了不少紧缺物资，如药品、胶鞋、武器弹药等，为抗战做出了卓著的贡献。

1935年春天，日伪特务机关发觉杜伯华在从事抗日活动，密令榆树县警察署抓捕杜伯华，查封华昌药房。刘杰得知这一消息后，立刻通知了杜伯华。杜伯华当即向党组织报告地下联络站已经暴露的消息，随即弃家出走。

之后，他历尽艰辛来到北平，跟地下党组织重新取得联系，继续为党工作。没过多久，他光荣地加入了中国共产党。

此后，杜伯华不仅从事地下工作，还参加了游击战争。1938年，<u>房良（指房山、良乡）</u>联合县政府成立，他出任县长。杜伯华始终贯彻党的方针政策，团结所有可以团结的力量共同抗日，还善于发动群众参与抗战，筹集到不少抗战工作奇缺的物资。

在从军、从政的同时，他一直不忘初心，倾尽所能救死扶伤。

有一天，一名医生要给一名小腿粉碎性骨折的八路军伤员截肢。他知道后说："一旦截肢，他就再也打不了仗了。我来看看。"

仔细查看伤势后，他断定这名伤员不用截肢。他亲自为伤员配制膏药，发现药材不够，就自己上山去采。在他的精心治疗下，这名伤员的腿果然痊愈了。

后来，他又得知，一名八路军教导员得了瘟疫加伤寒，不省人事，药石无效。杜伯华不忍心这么年轻的战士病死，便亲自采药、煎药，终于将这名教导员的病治好，使其得以重返战场、继续抗日。

从1938年开始，抗日战争进入战略相持阶段，日本改变侵华策略，对抗日根据地实行"扫荡"，加强了对沦陷区的经济掠夺，加上根据地

抗日英雄的故事

屡屡发生自然灾害，八路军战士生活得尤为艰辛，缺少御寒衣物不说，平时只能以树叶、草籽等果腹。这些，战士们尚能忍耐，但缺少救命药则使他们本就艰难的生活雪上加霜。

为了粉碎敌人的封锁，给前线提供药品，1940年夏天，杜伯华被任命为晋察冀军区卫生部副部长。杜伯华充分运用医学知识，刻苦研发药物，并创办了制药厂。在他的努力下，制药厂的产品、产量越来越多，质量也得到了前所未有的提升。

这些药品不仅满足了晋察冀抗日根据地的需求，也供给其他抗日根据地。此外，它们还被用于交换敌占区伪钞，对粉碎敌人封锁起了至关重要的作用。

在此过程中，每研制出一种新药，杜伯华便以身试药，以便记录药效。1941年6月30日，杜伯华试验新药时发生意外中毒，经抢救无效，不幸以身殉职。（为了挽救抗日将士宝贵的生命，粉碎敌人的封锁诡计，杜伯华以身犯险，尝试新药，以至献出生命。这种无私为公、不计回报的奉献精神，令人由衷敬佩。）

在为杜伯华举行的追悼大会上，当时的军区司令员送了"悼死砺生"的挽联。杜伯华长眠于河北唐县的神仙山山麓，与伟大的国际主义战士白求恩为伴。为了纪念他，他生前创办的药厂被改名为"伯华制药厂"，榆树县人民政府则将华昌药房所在的街道改名为"伯华路"。

名师赏析 / Mingshi Shangxi

"愿中国青年都摆脱冷气，只是向上走，不必听自暴自弃者流的话。能做事的做事，能发声的发声。有一分热，发一分光。就令萤火一般，也可以在黑暗里发一点光，不必等候炬火。此后如竟没有炬火：我便是唯一的光。"鲁迅先生在《热风·随感录四十一》中如是写道。他理想中的中国青年能在任何角落发光发热，不会被暗流吞没，也不会被暗夜吞噬。杜伯华便是鲁迅先生心目中理想青年的样子。身为医生，他本可稳坐后方、行医问诊、打理药房、饱食终日，却毅然投身抗战，为中华崛起挥洒激情与热血，用生命点燃烈焰，在各个领域为抗战事业发挥光和热。杜伯华的事迹与精神激励并提醒我们：不吝微末之功，不被身份、地位、职业等因素束缚，为强国目标奋发向上、积极进取，贡献自己的力量。

● **好词好句**

同仇敌忾　众志成城　医者仁心　悬壶济世　药石无效　雪上加霜

● **延伸思考**

简单说说杜伯华为抗战事业做出了什么贡献，并谈谈他的经历带给你怎样的启发。

雪原英雄杨靖宇

［1940年2月23日，位于长白山西麓的一个名为濛江的县城异常寒冷，大雪扑簌簌地坠落，零下30多摄氏度的低温简直要把人的血液凝冻住。

然而，就在这恶劣的天气情况下，突然枪声大作，炮火轰鸣，一位脸上长着大胡子、身穿棉军衣的中国军人一边跑一边向身后的日本侵略军开枪射击。没过多久，这位孤身作战的中国军人因寡不敌众，倒在了敌人的枪下。这位英勇不屈的中国军人正是东北抗日联军（简称"抗联"，指抗日战争时期中国共产党创建、领导的在东北三省抗击日寇、反对伪"满洲国"统治、进行游击战的人民武装，1933年称"东北人民革命军"，1936年2月20日改称"东北抗日联军"）第1路军总司令——杨靖宇。］

杨靖宇，原名马尚德，1905年出生在河南省确山县李湾村，1927年加入中国共产党，1929年到东北领导工人运动。九一八事变后，他被派往哈尔滨进行抗日宣传工作。当时，东北三省全部沦陷。日寇为了永久侵占东北，对东北实施彻底的"军事要塞化"，企图将之改建成战争基地。

1932年春，由于革命需要，杨靖宇开始直接领导东北抗日军事斗争。当时，中国共产党领导的东北抗日武装面对的是日本关东军（20世纪上半叶，长期侵占中国东北地区的日军重兵集团，于1931年发动九一八事变，是日本侵略军的主力和精锐），两军装备、战力相

抗日英雄的故事

差悬殊。

杨靖宇非常擅长打游击战。即使面对敌人的重重包围，他也能将队伍化整为零，给敌人出其不意的打击。所以，每每听到"杨靖宇"三个字，敌人便会心惊胆战。

1936年初，为了彻底打垮在抚顺一带活动的抗日联军，日本侵略军出动一个师团的兵力，在汉奸邵本良等伪军协助下，向抚顺发起攻击。

邵本良原本是土匪，于九一八事变后投靠日伪政权，是日寇占领东北三省时期最为臭名昭著的汉奸之一。杨靖宇率抗联部队在松花江以南活动时，任伪军混成第6旅独立团第3营营长的邵本良，是抗联的主要对手之一。邵本良将杨靖宇及其所率抗日武装看作眼中钉、肉中刺，发誓要消灭他们。

[邵本良为何如此仇视杨靖宇？这就要从1933年冬天的那场战斗说起了……

1933年11月，杨靖宇决定攻打邵本良的重要据点——三源浦镇（位于吉林通化柳河县南部）。这个据点群山环抱，易守难攻。邵本良千算万算也没算到，杨靖宇会把这里作为打击目标。] ❷

杨靖宇先派出一股部队进攻凉水河子镇

名师导读 / Mingshi Daodu

❶ 对一篇文章来说，开头尤为重要，因为它是为文章造气氛、定调子的，开头的好坏直接决定全文的成败。本文运用悬念手法开头，先以环境描写造势，再以一场雪中激战引发读者联想，让人急欲知晓战斗双方人员的身份、处境及事情的后续发展、变化、结果等，使文章开篇便产生了引人入胜的效果。

❷ 这里运用插叙手法，阐述邵本良仇视杨靖宇及抗联的原因，以完善故事情节、丰富人物形象，使文章可读性更强。插叙手法虽好，但一定要注意上下文的衔接。过渡突兀会影响文章的流畅性、协调性。此处采用的设问修辞，是比较常用的过渡方式，可使插入部分与前后文衔接自然顺畅。

（位于吉林通化柳河县东部），收到消息的邵本良马上率军直扑凉水河子，只留一个连驻守三源浦。见邵本良中计，杨靖宇便于晚上指挥主力猛攻三源浦，一举占领据点，击毙日本驻通化领事馆总稽查、3名汉奸，俘虏伪军官员20多人，还破坏了不少日伪军的建筑，取得了重大胜利。

（杨靖宇指挥部队攻敌不备，将我方的损失降到最小，同时将胜算概率增至最大。此计说来简单，但想成功运用在情况瞬息万变的战场上，要考虑很多情况。比如，要选好时机、地点，要熟悉敌军防务情况，要让敌军无法察觉自己的真实打算，要有一击即中的战力等。由此，我们就知道杨靖宇的作战经验有多丰富、指挥能力有多出色了。）

中了调虎离山之计，又失去了重要的据点，还受到了上司的责骂，邵本良愤恨交加，发誓要消灭杨靖宇及其率领的队伍。

时间一晃，到了1936年，邵本良补充大量兵力，对日本侵略军司令员夸下海口，称要一举消灭杨靖宇及抗日联军。

杨靖宇闻讯，把部队分为几个分队，自己带领军部和部分战士负责诱敌，辗转了好几个地方，行程900多千米，一直牵着敌人的鼻子走。敌人被耍得团团转，累得筋疲力尽，兵力也随之分散。然后，抗日联军的其他分队运用麻雀战术，将小股敌人各个击破。

敌人发现中计后，就把兵力集结起来，在日本侵略军将领的指挥下，企图将杨靖宇及其部队一举消灭。对此，杨靖宇早已想好对策。他吩咐战士们沿途丢掉一些用处不大的东西，伪造出逃跑的样子。敌人果然上当，派出邵本良余部追击抗联部队。然而，抗联部队早在杨靖宇的指挥下，风雨兼程，长途跋涉，迂回并埋伏在了凤城的梨树甸子。

邵本良率余部刚踏入伏击圈，杨靖宇就立马命令开火，把邵本良的人马打得像没头苍蝇般乱撞。历经数小时激战，敌军战败，邵本良率几名残兵逃之夭夭。经此一役，抗联部队终于粉碎了历经数月的"大讨伐"，打击了敌人的嚣张气焰，鼓舞了抚顺一带军民的抗日斗志。

自1933年到1936年，杨靖宇和邵本良交战7次，邵本良无一胜绩，这引起了日本人的怀疑。日本人找借口软禁了邵本良，并派一名日本医生将其毒死。这就是邵本良——一个卖国求荣的民族败类的下场。

在日寇猖獗的东北，对抗联战士来说，杨靖宇具有无可替代的重要地位：他多谋善断，是智囊；爱兵如子，是贴心人；积极乐观，带动士气，是主心骨。

东北的冬天本就异常寒冷，作为抗联开展游击斗争的重要场地——东北山林，冬季最低气温可达零下四五十摄氏度。

一年冬天，快下雪了，山林里天寒地冻、滴水成冰。

由于日寇实施了极为严密的封锁，严禁当地百姓的粮食、衣被等物资外流，抗联得不到物资。所以，此时在山林里露营的抗联战士还没有棉衣穿。

杨靖宇对战士们的生活十分关心。一天，他找来供给部长，问部长棉衣的供给情况。

供给部长愁容满面地说："敌人加强了封锁，我们买不到棉衣，一时解决不了。"

杨靖宇却笑容满面地说："我找你来，是要商量领棉衣的事。"

"领棉衣？去哪儿能领棉衣？"供给部长又惊又喜地问。

"你听过一首歌吗？'没有吃，没有穿，自有那敌人送上前'！"杨靖宇笑了，"实话告诉你！我今天收到情报，明天会有100多辆敌人的军用物资运输车从朝阳镇出来，有棉衣，也有粮食。咱们只要把这些车截获，就不用发愁了。"

供给部长高兴坏了,急匆匆地去组织运输队了。

傍晚,杨靖宇召集抗联战士,对他们说:"同志们,告诉大家一个好消息!我们现在要去领棉衣了!"战士们一听,都乐坏了。紧接着,杨靖宇又说:"这次,棉衣可不是白领的,我们得拿着武器去领!"战士们立刻明白了杨靖宇的意思,带上武器,高高兴兴地跟着他出发了。

(饥寒交迫,衣食无着,面对如此困境,杨靖宇没有消极悲观,还用打趣的口吻对战士们说"要去领棉衣了"。他的革命乐观主义精神感染了抗联战士,带动了士气。哪怕知道棉衣"领"之不易,要以武力从敌人手中截获,抗联战士依然士气高昂。)

翌日早上,200多个敌人押送着100多辆军用物资运输车出现在了公路上。过了好一会儿,埋伏在公路两边的抗联战士都没有听到指令,可把他们急坏了。

"砰砰砰",杨靖宇的指挥枪响了。抗联战士立即冲出来,直奔敌人的运输车。

敌人遭到突袭,一时间被打得晕头转向,半个小时就被消灭了。

就这样,杨靖宇在东北大地上率领抗日联军同日本侵略军作战,屡战屡胜,名震林海雪原,赢得了"雪原英雄"的称号。

然而,1940年1月,抗日联军警卫旅第1团参谋丁守龙在一次战斗中负伤被抓,不堪忍受敌军的酷刑逼供,投降做了叛徒,把第1路军的驻扎地址告诉了日本侵略军。很快,日本侵略军出动飞机进行侦察,出兵数万封锁山林,对杨靖宇及抗联进行围攻。

此时正值冬季,气候寒冷,环境恶劣,正是抗联战士最难熬的时候。尽管条件艰苦,情况危急,但杨靖宇丝毫没有慌张。他从容镇定地对抗联战士说:"我们就算战死也决不向日本人投降!"抗联战士被他

学生爱国主义教育系列丛书
抗日英雄的故事

的爱国热情感染,纷纷表示一定要跟敌人拼个鱼死网破。为了迷惑敌人,杨靖宇命令抗联战士分散作战,自己则率领一支小分队赶往濛江东部,以更好地和敌人周旋。

然而,杨靖宇和他的小分队刚到达大青沟的时候就暴露了,大批日本侵略军向他们聚集过来。和日本侵略军奋战5天5夜后,杨靖宇的小分队只剩下7个人了,这7个人中还有4个人受了伤。于是,杨靖宇让受伤的战士躲到老乡家里去养伤,自己则带着另外两名战士在大森林里转来转去,迷惑敌人,为其他小分队争取转移时间。(杨靖宇是一位计划行动周密、指挥部署有方的将领。即使身陷绝境,他也没有把投敌纳入计划,仍打算与敌人周旋到底。"强将手下无弱兵",有杨靖宇这样具有强烈的自尊、自爱、自强品质与坚定斗争精神的将领,东北抗联才能在补给困难的情况下,不屈不挠地坚持战斗,牵制并消灭了日本侵略军大量的有生力量,为抗战胜利做出了不可磨灭的贡献。)

一天,跟随杨靖宇的两名战士在找食物的过程中被日本侵略军发现并杀害了。日本侵略军从他们身上搜出了带有杨靖宇名字的图章,断定杨靖宇肯定也在附近,于是加紧了搜索。

很快,日本侵略军就发现了只身一人的杨靖宇。他们将杨靖宇包围起来,企图活捉这位雪原英雄。杨靖宇见此情况,知道突围是没有希望了,于是他在一棵大树的掩护下和敌人战斗起来。

日本侵略军的包围圈越来越小,他们高喊着:"快投降吧!你投降的话就可以做司令了!"

杨靖宇义愤填膺地喊道:"共产党员宁死也不投降!"

敌人见劝降杨靖宇着实没有可能了,于是本文开头的那一幕发生了——敌人向着杨靖宇所在的方向一阵疯狂扫射。就这样,杨靖宇倒在了雪地里。

日本侵略军将杨靖宇的遗体运回了濛江县城，并对其进行了解剖。他们想知道，杨靖宇在没有粮食的情况下是靠什么在森林里坚持了这么多天。解剖结果震惊了所有人——杨靖宇的胃里只有树皮、枯草和棉絮，没有一粒粮食！

杨靖宇虽然牺牲了，但他一直活在中国人民心中，激励后来者继续为驱逐日寇、民族解放而战！抗日战争胜利后，人们为了纪念杨靖宇，把濛江县更名为"靖宇县"。

名师赏析 / Mingshi Shangxi

在冰天雪地的环境里，在强敌环伺的处境中，在仅靠"树皮、枯草和棉絮"果腹的情况下，杨靖宇与敌人力战数天，宁死不降。他的死英勇悲壮，他的事迹可歌可泣，他以崇高的气节与爱国主义精神铸就了一座不朽的丰碑，令人景仰。

● 延伸思考

杨靖宇是在怎样的条件下与日本侵略者作战的？这反映了他怎样的精神与信仰？

军事奇才左权

左权（1905—1942），原名左纪权，号叔仁，是抗战时期八路军高级将领，也是一位卓越的军事家。他运筹帷幄、谋略过人，创建了独特的军事理论，写下数十万字的军事论著，为我国的抗战和民族解放事业做出了巨大的贡献。朱德曾称赞他"有极其丰富与辉煌的建树，是中国军事界不可多得的人才"。

1924年，左权进入黄埔军校（中国共产党和中国国民党第一次合作期间，在苏联和中国共产党的帮助下，由孙中山创办的军事学校），成为第一期学生，后又赴苏联的莫斯科中山大学（1925年10月，共产国际与苏联为中国培养革命人才成立的学校）和伏龙芝军事学院（苏联和俄罗斯联邦培养诸兵种合成军队指挥官的高等军事院校）学习，均成绩优异。学成归国后，左权很快便投入战斗一线，凭借过人的军事才能，32岁便进入中国共产党军队的最高领导层。

左权军事理论素养深厚，指挥能力出类拔萃，在战略战术、军队建设方面也颇有建树。在多年戎马生涯中，他指挥有方，功勋卓著，创造了"三不管岭"阻击战、黄崖洞保卫战等多个经典战例。

1938年2月20日，朱德总司令和时任八路军副参谋长的左权率八路军总部机关抵达山西省安泽县府城镇。当天深夜，左权收到情报：日本侵略军一个6000多人的旅团正迅速向安泽推进，过不了多久就会抵达府城。当时跟随总部机关的只有特务团一个营和一个骑兵排的兵力，算上机关干部人员，总共约600人。与敌军一个精锐旅团相比，八路军战斗力薄弱。此时，他们最好转移，避敌锋芒。但是，为了沿途百姓和军政机关安全转移，他们不能躲，只能打。形势异常严峻。左权谋算良久，胸有成竹地对朱德说："总司令，让我来指挥吧！"朱德同意了，把作战指挥权交给了左权。（面对10倍于我军的敌军，左权毛遂自荐，并胸有成竹地接过了战斗的指挥权。左权的信心和魄力并非来自盲目的自信，而是来自卓越的军事谋略和丰富的斗争经验。）

在晋南平原上有一座"三不管岭"，它位于三县交界处，但三县都管不着，故得此称。三不管岭山脉连绵起伏，山势险峻，树木稀疏，便于居高临下压制敌人。左权将一个连的兵力安置在三不管岭，并亲临第一线指挥。

22日中午，日本侵略军进入三不管岭。日本侵略军主帅早已获知各山界均有八路军防守，便先用重炮轰山，再派出步兵猛攻正面山头。

待日本侵略军发起冲锋，左权立即下令：前线战士不反冲锋，也不撤出阵地，敌军一靠近就投掷手榴弹；总部机关干部负责往前线运送手榴弹。

警卫排的战士居高临下，争先恐后地向日本侵略军投掷手榴弹，精准爆破，将日本侵略军每一次冲锋都打了回去。两军鏖战一天一夜。日本侵略军怎么也想不到，将他们大批人马阻于山下的八路军，兵力只有一个连。

根据以往的作战经验，日本侵略军认为八路军会下山发动夜袭，便在山下燃起大火，蓄势以待。谁也没料到，八路军竟然连夜撤离了。（600多人想拖住6000多敌人，谈何容易？但左权做到了。交战一天一夜后，敌人被打得七荤八素，竟然还没摸清八路军的底细，不敢贸然强攻；本以为八路军会按老规矩夜间作战，八路军却出乎预料地撤退了。这场战斗既成功阻滞了日本侵略军行进的步伐，又消磨了日本侵略军的斗志。由此可见，左权善于施巧计、用奇兵对付敌人，指挥能力着实高超。）

日本侵略军急起直追。次日上午，他们收到消息：左权带着撤退的队伍出现在府城东边的沁河，正在那里修筑工事。下午，上千日本侵略军驾驶数十条船渡河，直扑对岸的八路军阵地。左权把队伍中的投弹能手组织起来，专炸敌人的船只，以火力封锁了河面。日本侵略军强渡数次，都被八路军打了回来，船只也被悉数炸毁，只得另作打算。

不甘心失败的日本侵略军又采用"钳击"战术，派出一股兵力佯攻他处，主力部队则绕道沁河，自北向南，妄图夹击府城。然而，还是左权棋高一着。他一面派人督促城内群众转移，一面让部队兵分两路，于日本侵略军行进路上袭扰其首尾，拖慢其行进速度。整整一天，号称"进军神速"的日本侵略军仅行进8千米，直到天黑才闯进空荡荡的府城。

次日上午，左权带着一个排巡视时，在一座山下与300余日本骑兵遭遇。他环顾周围，决定利用地势痛击敌军。

左权快速下令，让战士抢占了有利地形。日本骑兵也想消灭这股八路军，立刻追击而来。在山顶，八路军战士利用开放的山势，以50多支长短不一的枪组成严密的火力网。由于山势险峻，唯一的小路在山窝中，只能容单人独马通过，日本骑兵无法展开阵势。一进入八路军的火力范围，他们便被打得人仰马翻。在伤亡数十人后，日本骑兵再不敢踏进山窝，只能对着山上的八路军干瞪眼。

整场战斗历经4夜3天，左权率600余人阻击6000多日本侵略军，歼敌上千人，破坏敌军运输车80多辆，缴获大量武器、食品和物资，迫使日本侵略军旅团止步不前，安泽县群众得以安全转移。此次战役不仅震慑了日本侵略军，而且提高了八路军在百姓中的威望，"八路军有神通"的佳话不胫而走。

同年秋天，左权又以巧计智破日本侵略军毒计，成功粉碎了敌人的大"扫荡"。

当时，抗日战争进入战略相持阶段，日本侵略军开始实施"因粮于敌"的军事谋略，即武器装备从日本国内取用，粮草从被侵略国夺取来补充，保障军队的后勤补给。

由于难以从日本运来粮食，日本侵略军就在收获季节利用"扫荡"的方式，抢掠中国百姓的粮食，以支持自己的侵略行动。因此，一到秋收时节，日本侵略军就会频繁"扫荡"。

对此，左权同朱德、彭德怀等人一起商讨破敌之计，制定了"空舍清野"的作战策略，即割掉成熟的庄稼，把人员、家畜、物资等转移，敌人即使占领了也什么都得不到。左权很清楚，日本侵略军实施"因粮于敌"这一战略，获取粮食的途径只能是中国；只要他们无法从中国得到粮食，中国军队便可以逸待劳，困住敌人，再采取敌疲我打的策略，抗战胜利便指日可待。

这一策略让日本侵略军经常无功而返，他们恼恨交加却无计可施，只能加大"扫荡"力度，乘八路军和百姓转移之机，抢收粮食。八路军和百姓的对策是：藏起可利用的收割工具，分批收割庄稼。

由于粮食不足，日本侵略军战斗力大打折扣。当他们空着肚子"扫荡"、疲惫不堪时，左权找准机会，指挥部队发起反"扫荡"，痛击日本侵略军。几次战斗下来，日本侵略军伤亡惨重，成了惊弓之鸟。（在军事斗争中，面对强大的作战对手，针对敌人所用计策找准其短板，提出反制之法，才能真正制衡敌人、超越敌人、打败敌人。左权等八路军领导人有的放矢，智破敌人"因粮于敌"之计，为中国军民抗日战争的全面胜利奠定了基础。）

另外，对于日寇武器先进，正面作战占优势这一点，左权认为，应避免与其正面交锋，与几位八路军领导人一起制订了作战计划，决心采用游击战术，迂回作战，打击敌军重点部位。

当时，日寇的侵华部署和军事行动主要依赖铁路和公路交通。因此，华北的战略枢纽、交通要道、重要城镇几乎都被日寇侵占，这更有利于他们对各个抗日根据地采取更严密的封锁。左权认为，只有摧毁敌人的交通线，八路军才能拿到战争的主动权，取得抗战的全面胜利。

此后，八路军发动的损毁敌人交通线的战役，重重地打击了日寇。仅1938年9月到1939年9月，八路军大规模破坏日本侵略军铁道的行动达300多次。就这样，八路军把日本侵略军原本最放心的运输工具——火车，变成了最令其担忧的工具。

在公路运输方面，日本侵略军更是胆战心惊。慑于地雷的威力，他们用汽车运输时，往往让空车行驶在前，探察道路情况，没发现地雷，才放运输车上路。八路军识破了日本侵略军的小把戏，将计就计，先让空车安全驶过，再埋下地雷，把运输车炸得人仰马翻。

在此基础上，左权提议，华北多个战略区共同采取行动，全面、彻底地打击日本侵略军的主要交通线。1940年8月8日，八路军总部拟定的《战役行动命令》正式下发到晋察冀军区及部队。8月20日晚，百团大战（1940年8月—1941年1月，在华北地区，朱德、彭德怀等人指挥八路军105个团共20余万人，向日伪军发动的大型战略性进攻战役）全线打响。

左权和朱德、彭德怀联名通知各团：主要打击敌人的交通设施，彻底破坏其交通运输线。于是，八路军战士各显神通，奇招频出，破坏铁路器材及重要部件，或挖开地基，或突袭脱轨车厢……敌人防不胜防。

百团大战分3个阶段，共历时5个多月。其中，前3个多月以破坏日本侵略军交通线和交通设施为主。八路军破坏铁路470多千米、公路1500多千米，捣毁日本侵略军据点2900多个，另外，日本侵略军的电厂、煤矿、铁路、公路、桥梁、隧道等260多处建筑均遭毁坏。这场大战的伟大胜利，沉重打击了敌军的反动气焰，极大地振奋了中国军民抗战的决心与信心。

百团大战结束后的同年冬天，华北日军对黎城以北的黄崖洞展开了攻势。

黄崖洞位于山西省黎城县太行山腹地，地势险要，八路军建立最早、规模最大的兵工厂就设在此处。

1941年10月底，华北日军调集5000余兵力，在飞机的掩护下，大举进犯黎城。

八路军总部将特务团和总部所有能调集的兵力全部投入战斗。左权和总部特务团主要干部一起勘测现场，做出了具体的作战部署。左权致电特务团团长，让他准备足够两周用的水和给养，要求是："既要拖住不让走，又要挡住不让进。"

11月7日，2000余日本侵略军直扑黄崖洞。次日，日本侵略军3次偷袭黄崖洞，却被沟外的地雷阵炸得丢盔弃甲，不敢越雷池一步。

在这之后，后续增援的日本侵略军到达。他们调集所有火炮，猛轰黄崖洞要地南口一线阵地，炮火一停，就派出千余步兵强攻。八路军总部特务团3营按照左权的部署，由左右两翼及左权亲选的3个阻击点，用机枪、手榴弹等构成凶猛的火力网，封锁入沟的狭窄小路。进沟的日本侵略军进退不得，冲上一批便倒下一批。最后，日本侵略军竟把尸体堆在一起，企图以此为梯，爬上断桥平台，闯进洞口。但八路军瞄准爬上来的日本侵略军，见一个打死一个，迫使日本侵略军放弃了这个办法。

很快，日本侵略军改变战术，兵分两路，一路攻击南口阵地，一路迂回到斜后方，企图截断特务团退路，再行夹击。对此，左权早有准备，立即下令，让埋伏在这里的一个师将敌人赶回原地。

日本侵略军只有一条出路了，那就是攻破南口阵地。他们开始施放燃烧弹、毒气弹。特务团3营出现了战士伤亡的情况，队伍中一些人产生急躁情绪，强烈请求变守为攻。左权认为，此时出击，兵力就会分散，我军可能会受制于敌军。他再次致电特务团团长，叮嘱他："敌军疯狂挑战我军，就是要引诱我军出击。你们要坚持以静制动的战术原则，坚守阵地，不要出击！"（《孙子兵法》有云："以治待乱，以静待哗，此治心者也。"这句话的意思是：用自己的严整来对付敌人的混乱，用自己的镇静来对付敌人的骚动，这是掌握了军心的特点。左权洞穿敌人阴谋，牢牢掌握着军心：面对老谋深算、阴险狡诈的敌军，他坚持以静制动的战略，毫不动摇；面对我军的军心浮动，他致电特务团团长，严令死守，避免军心动摇、影响士气。）

13日清晨，战况陡变。由于八路军兵力不足，南口阵地东侧悬崖跑马站的一处高地仅被安排了一个排的兵力，是八路军防守最为薄弱的一处阵地。特务团一个参谋叛变投敌，把这一弱点告诉了日本侵略军。日本侵略军遂以跑马站为突破口，用十几门大炮猛轰跑马站阵地。

左权闻讯，立即组织兵力支援跑马站，电令特务团团长："除南口阵地不动，其余各个工事只留两到三个人，其他人都去支援跑马站，要以变应变，应付可能发生的变故。"

当晚，千余增援日本侵略军到达黄崖洞，再次以重炮猛轰跑马站，坚守在阵地上的八路军4连1排18名勇士用手榴弹、刺刀与日本侵略军浴血搏斗。然而黎明时分，跑马站阵地最终还是被日本侵略军撕开了一道口子。随后，占领跑马站的日本侵略军向南口阵地展开侧击。

收到战况，左权镇定地说："不必惊慌，跑马站丢了也没关系。"然后，他下了3道命令：一是要求特务团再坚持3天，除南口阵地外，其他连都撤到第二道防线水窖口；二是调集外围的陈锡联旅围攻黎城，并让其攻下黎城后，乘日本侵略军回防之际，立即驰援黄崖洞；三是调集3个团的兵力迅速增援，加固我军阵地。

攻破跑马站阵地后，日本侵略军将上来的3000人兵分四路，企图四面合围主阵地第二线阵地水窖口。但每个分队途中都受到八路军的打击，被牵制住了。驰援黄崖洞的陈锡联旅则夺取了日本侵略军右侧的阵地。

16日，疲惫不堪的日本侵略军总算进入了黄崖洞，但只看到空空如也的厂房，机器设备已被转移。之后，不管日本侵略军走到哪儿，都有地雷在等着他们。17日，日本侵略军在山上度过了心惊肉跳、饥肠辘辘的一夜。18日早晨，日本侵略军不支撤退。然而，他们不知道，黄崖洞难进的同时也难出。左权早已布下4个团的兵力，在日本侵略军必经之地设下埋伏，将其打得望风而逃。

左权指挥直接守山的八路军仅1200多人，与陆续增援至5000多人的日本侵略军激战10昼夜，毙伤敌军1000余人，其中包括5名日本军官，八路军仅伤亡1名营长及160多名营长以下官兵，中日伤亡比例为1∶6。这一伤亡比例自中日交锋以来是前所未有的。（这场战役的胜利，全赖于左权高明而精确的指挥。他将地势、武器、军心等因素运用到极致，牢牢地锁敌于阵地前，不断消耗、打击敌人。尤其是在跑马站失守后，他临危不乱，调兵遣将，指挥若定，料敌如神，表现出了强大的心理素质和高超周详的谋略。）

抗日英雄的故事

　　1942年5月25日，日本侵略军对太行抗日根据地发动大"扫荡"，在山西辽县（今左权县），八路军总部被日本侵略军精锐部队合围。在指挥部队掩护机关干部突围转移时，左权放弃个人突围的机会，"舍生取义，尽忠职守"，最终壮烈殉国，一腔热血尽洒太行山脉。

名师赏析 / Mingshi Shangxi

　　左权从一名军校学生成为一位杰出的军事家，全因其深谙兵法精髓。开战前，他审时度势，深谋远虑；指挥战斗时，他胸怀全局，用兵高明。在多年对敌作战生涯中，不论是影响抗战全局的大型战略战役，还是小规模的局部战斗，左权或针锋相对，或以静制动，或以变应变，或屡出奇招，让敌人难以预料、防不胜防。他敏锐的战略洞察力、高超的军事部署能力，以及非凡的智慧和胆略，使得所指挥的一系列精彩战役成了中国抗战史上的经典战例。他是当之无愧的"军事奇才"。

● **延伸思考**

1. 结合本文，用自己的话说说左权为什么被称为军事奇才。
2. 请根据事件的发展顺序，用简洁的语言，分条介绍黄崖洞保卫战中敌人的战术变化及左权的应对策略。

赵一曼舍子从戎

1931年春天，一名年轻女子带着她襁褓中的儿子走进了上海的一家照相馆。这名端庄娴静的女子坐在藤椅上，怀中抱着天真懵懂的孩子，看起来平静而又平常。然而，一走出照相馆，这位母亲就将孩子送到亲戚家，只身赶赴东北抗日前线。此后，母子二人天各一方，生死两茫茫。

这名女子名叫赵一曼，原名李坤泰，又名李一超，1905年出生在四川宜宾的一个封建地主家庭。赵一曼小时候在姐姐的引导下阅读了大量进步文章，这些文章在她心中播下了革命的种子。后来，她逃离家庭，走上了革命的道路。

赵一曼于1926年加入中国共产党，1927年入读莫斯科中山大学。1928年，赵一曼与大学校友陈达邦结婚。同年冬天，怀有身孕的赵一曼奉命归国，在湖北宜昌建立联络站，同时在宜昌等地开展秘密工作。地下斗争危机四伏，她却无惧无畏。

不幸的是，1929年春天，赵一曼临产之际，地下联络站被敌人发现。为了逃避敌人的追捕，赵一曼东躲西藏，在颠沛流离中生下了儿子"宁儿"。

同年秋天，她带着7个月大的儿子来到江西省委工作。她跟扮作教师的江西省委秘书王宏组成了一个假家庭，以掩护机关工作。同年冬天，由于叛徒出卖，她和王宏的身份暴露了。为了掩护赵一曼，王宏被敌人抓走了。

学生爱国主义教育系列丛书

抗日英雄的故事

　　赵一曼抱着孩子逃出来后,打算坐船去上海,向党组织汇报情况,并设法营救王宏。身无分文的她用一块怀表贿赂船工,终于得以上船。但到了上海,拿不出钱也拿不出船票的她出不了码头,只好说自己来上海投奔亲戚,中途被抢了钱。船主就派一个伙计跟着她上岸拿钱。

　　为了不暴露党组织的接头地点,赵一曼来到闹市,在孩子头上插了一根草标,跪地哭诉,称自己找不到亲戚,要以一百块大洋的价格卖掉孩子。

　　尽管赵一曼知道自己把价格抬得很高,围观的群众不会花这么多钱买自己的孩子,但心中仍十分忐忑,生怕有人掏钱买走孩子。那个伙计信以为真,转身走了。(革命工作危险重重,但赵一曼一直带着"宁儿",力所能及地为孩子提供最好的照顾,她是一个深爱孩子的普通母亲。既要保障党组织的安全,又要甩掉跟随自己的伙计,她急中生智,甘冒失子的风险,以鬻儿的方式摆脱伙计,她是一位机智而隐忍的地下党。赵一曼把家国大义放在首位,将自己乃至儿子都献身给了革命事业,以实际行动树立了共产主义战士高大、光辉的形象。)

　　甩掉了伙计,赵一曼连忙找到党组织,汇报了江西省委机关被敌人破坏的消息。此时她才知道,这一次,由于叛徒告密,300多名革命人士被杀,王宏也已遇害。

　　然而,赵一曼没有被吓倒,反而下定决心,要接过牺牲同志的担子,革命到底。

　　但是,这次经历也让她意识到,孩子太小,跟着自己不仅得不到良好的照顾,还会有生命危险,于是决定暂时把孩子寄养在丈夫的堂兄家。与孩子分别前,她专门带着孩子到照相馆拍了一张照片,留下了她跟孩子唯一的合照。然后,她带着一腔不舍,含泪辞别儿子,继续奋斗在革命前线。（尽管难舍挚爱的儿子，但为了国家和民族的未来，赵一曼毅然抛家舍子，全身心投入革命事业。她是伟大的母亲，更是中华民族的英雄女儿。）

九一八事变爆发后，东北三省沦陷，赵一曼主动向党组织提出前往东北工作的要求。到达东北后，她先后担任哈尔滨总工会代理书记、中共珠河（今尚志市，位于黑龙江南部）中心县委委员兼铁北区（旧区名，位于辽宁省锦州北部）区委书记、东北人民革命军（东北抗日联军的前身）第3军1师2团政委等职。

在白山黑水之间，赵一曼多次组织活动宣传抗日思想，发动当地群众成立游击队，并率领游击队与日伪军作战，屡次突袭日伪军的哨所，使敌人心惊胆战、日夜不宁。于是，心怀畏惧的日伪军称呼她为"手持双枪、红装白马的密林之王"。

1934年，日寇加强了对抗日根据地的封锁，东北人民革命军得不到物资补给，生活格外艰难。

1935年秋，为了配合主力部队、牵制敌人，担任东北人民革命军第3军1师2团政委的赵一曼带着战士们留在根据地，在东北的深山老林与敌人展开艰苦卓绝的游击斗争。

赵一曼跟战士们同甘共苦，对他们体贴入微、关爱有加，战士们都喜欢跟随她。

有一天，一场激战结束不久，小通讯员兴冲冲地跑过来，从包里拿出一个粗瓷大碗。

平时，赵一曼用来吃饭的是一个搪瓷缸。不久前，看到一名新来的战士没有碗，她就把搪瓷缸送给了战士。

小通讯员一直惦记着给她再找一个碗，现在总算找到了，就赶紧送了过来。

没想到,赵一曼严肃地问他:"这个碗你是从哪儿拿来的?赶快还回去!"

"可……可是,敌人都被消灭了,我还到哪儿去呀!"小通讯员犯了难。

赵一曼这才知道,这个碗是从敌人那里缴获的,不是从老乡那儿拿来的。她高兴地收下了碗。

开饭了,小通讯员赶紧给赵一曼盛了一大碗高粱米饭,心里高兴地想:政委总算能吃上一顿饱饭了!

当时,战士们多用野菜、草根、橡子面(指用柞树果实橡子磨成的面,味道苦涩,难以消化)等充饥,仅剩的一点粮食是留给伤病员的。团长和政委也跟战士们一样,许久没吃过米饭了。

赵一曼见到米饭,就知道是从病号灶来的。她明白小通讯员的好意,没说什么。趁人不注意,她赶紧端起碗,走进炊事棚,把饭倒了回去,悄悄盛了半碗野菜粥。这一幕被炊事员老李看在了眼里,他没有说话,泪水在眼中打转。

没想到,第二天,赵一曼的碗又不见了。小通讯员急得叫了起来:"我的政委同志呀,就算给你100个碗也丢不起啊!"赵一曼笑着说:"是啊,怎么才能不丢碗呢?"几天后,大家终于发现了这个碗,它已经是7班的菜盆了。

这个碗赵一曼只用过一次,却是共产党领导的抗日队伍官兵一致、党员干部清正廉洁的证明。如今,它被保存在中国人民革命军事博物馆,成了永久的纪念。

1935年11月,赵一曼率领队伍行至珠河县时被日本侵略军包围。

面对敌众我寡的局面，赵一曼毅然决定，让团长率部队主力突围，自己和十几名战士掩护。但由于叛徒的出卖，她和战友再次被日本侵略军包围。对战中，赵一曼身负重伤被俘。

［敌人把赵一曼带到阴暗的地牢里，一连几天对她严刑拷打，想要从她口中获悉共产党的动向。行刑过程中，赵一曼昏迷过去好几次，却始终没有吐露任何消息。

赵一曼身上的枪伤没有得到及时治疗，再加上敌人不断的严刑拷打，她的伤势越来越严重，敌人的审讯因此无法正常进行，只好将她送入医院进行治疗。

在医院，赵一曼经常对负责看守她的董宪勋讲述抗日联军同日本侵略军做斗争的事迹。董宪勋是个颇有正义感的青年，他渐渐对抗日联军产生了敬意。不久，他就向赵一曼表示自己愿意加入抗日联军。

照顾赵一曼的小护士名叫韩勇义，她对赵一曼这位抗日联军的女英雄充满了崇敬之情。后来，她决定与董宪勋合力帮助赵一曼脱离日本侵略军的魔爪。］

1936年6月28日，董宪勋和韩勇义合力将赵一曼背出了医院，并把她放入等候的汽车中。几经辗转，赵一曼被送到董宪勋叔叔家。6月30日，赵一曼不顾伤势，坚决要赶往抗日根据地。然而，在前往根据地途中，她再次落入日本侵略军手中。

这一次，日本侵略军对她施尽惨无人道、令人发指的刑罚。但面对这些酷刑，顽强的赵一曼始终没有吐露党的秘密，反而滔滔不绝地痛斥日伪军的罪行。见状，日本侵略军知道他们不可能从赵一曼身上得到任何有价值的信息了，于是决定把她押回她以前经常活动的珠河县"示众"。

8月1日，日本侵略军将赵一曼押上了前往珠河县的火车。［赵一曼知道自己的生命即将终止。这时，她格外挂念身在远方的儿子，于是写下了一封感人肺腑的诀别信：

宁儿：

母亲对于你没有能尽到教育的责任，实在是遗憾的事情。母亲因为坚决地做了反满抗日的斗争，今天已经到了牺牲的前夕了。母亲和你在生前是永久没有再见的机会了。希望你，宁儿啊！赶快成人，来安慰你地下的母亲！我最亲爱的孩子啊！母亲不用千言万语来教育你，就用实行来教育你。在你长大成人之后，希望不要忘记你的母亲是为国而牺牲的！

你的母亲赵一曼于车中〕❷

8月2日，敌人将赵一曼绑在了一辆马车上，让她在熟悉的群众面前游街。马车到了珠河县城北门的时候，敌人问她："你还有什么话要说？"赵一曼毫无惧色，义愤填膺地高喊道："打倒日本帝国主义！中国共产党万岁！"紧接着，一声枪响，这位年仅31岁的抗日女英雄的生命结束了。

新中国成立后，朱德为她题词："革命英雄赵一曼烈士永垂不朽。"哈尔滨将她曾经战斗过的一条街命名为"一曼大街"。

名师导读 Mingshi Daodu

❶ 身陷囹圄，赵一曼无惧酷刑折磨，不但没有放下抗日大业，反而抓紧一切机会策反具有爱国热忱的青年。董宪勋打算加入抗日队伍、护士韩勇义挺身相救，都是受到她——一位坚定革命者的积极影响，赵一曼人格感召力之强可见一斑。

❷ 侧面描写，也称间接描写，指写作时对所要刻画的对象不做正面描绘，而是通过刻画其他人、事、物或细节等，突出或烘托所要刻画对象的方法。本文没有直接描写赵一曼对儿子的爱，而是通过描写她含泪别儿、死前给儿子写下诀别信等行为，侧面展现了她对儿子的深爱之情，从而展现了赵一曼舍家保国的崇高精神境界，彰显了人物高尚的品格。

名师赏析 /Mingshi Shangxi

　　国家有难之时，赵一曼舍子报国，大义凛然；在酷刑折磨下，她坚贞不屈，意志如铁；二次被俘后，她慷慨赴死，抗战决心至死不移。这是一位将国家大义置于小家利益前的铁血英雄。我们只能从其就义前写下的诀别信中窥见她柔情的一面，体会她对儿子的不舍和牵挂，也更为她舍小家报国家的义举而感动不已。

● **好词好句**

宁儿：

　　母亲对于你没有能尽到教育的责任，实在是遗憾的事情。母亲因为坚决地做了反满抗日的斗争，今天已经到了牺牲的前夕了。母亲和你在生前是永久没有再见的机会了。希望你，宁儿啊！赶快成人，来安慰你地下的母亲！我最亲爱的孩子啊！母亲不用千言万语来教育你，就用实行来教育你。在你长大成人之后，希望不要忘记你的母亲是为国而牺牲的！

你的母亲赵一曼于车中

● **延伸思考**

1.从文中哪些情节能看出赵一曼对儿子的深爱之情？

2.本文最能打动你的情节是哪一处？为什么？

空中战魂高志航

抗日战争爆发后，日寇一直牢牢掌握着制空权。其陆空一体的战斗方式，让中国军队接连受挫。同时，日本空军在很长一段时间内号称"不可战胜的军队"。为了掌握制空权，中国紧急训练了一批飞行员。"空中战魂"高志航便是其中的佼佼者。（制空权对战争有决定性的影响：日寇掌握了制空权，意味着他们可以随时随地攻击中国的领土领海，给中国军队以致命的打击；还能给予日本陆军、海军有力的支援，协助其取得战争的胜利；同时，在保障后勤线安全、掩护撤退、侦察中国军队部署情况等方面也起着极为重要的作用。因此，中国军队急需建立起空军队伍，取得与日本军队相抗衡的力量，夺回制空权，这样才能拿到战争的主动权。）

高志航，原名高铭久，1908年出生于辽宁通化（今吉林通化）三棵榆树村。在中学读书期间，看到日本人在东北横行无忌，他愤而投笔从戎，考入东北陆军军官学校炮兵科。

1924年，东北军（张学良统率的东北边防军）要从上千名学员中选拔出二十几名优秀学员，并将之送往法国学习飞行技术。高志航赶紧报了名。但是，由于身高不足1.7米，他未能通过选拔。

高志航没有放弃。因中学由法国天主教堂经办，他学过法语，就用法语给张学良写了一封信，在信中表达了自己的报国志向与抗敌决心，请求给予自己学习的机会。张学良被高志航挚诚的言语打动，批准了他的请求。赴法国留学前夕，高志航将自己的名字"铭久"改成"志航"，意为心怀航空报国的志向。

在法国航校学习期间，高志航是同期外国学员中年纪最小的，但他在训练时情绪饱满、刻苦认真，始终严格要求自己，因此深受教官的赏识和同学的敬重。

1927年，高志航以优异的飞行成绩从航校毕业，回国便担任了东北航空处飞鹰队少校驾驶员，随后转任东北航空教育班少校教官。然而，在一次飞行学习中，由于机械突发故障，在驾机降落时，他的一条腿被操纵杆打断。

第一次治疗过后，他的伤腿有些弯曲，无法满足飞机驾驶的要求。如果想继续飞行事业，就要再进行一次手术，将右腿打断重新接上。高志航毫不犹豫地选择接受第二次手术。手术结束后，他的右腿比以前短了一些，但不再影响飞机驾驶了，他又重回蓝天。张学良被高志航的锲而不舍的精神打动，便任命他为东北航空处飞鹰队队长。

九一八事变爆发后，日寇侵占东北，东北空军不战而毁。怀抱杀敌报国之志的高志航辗转来到北平。后经朋友介绍，他才得以进入中央航空署的航空队担任飞行员。

1932年，"一·二八"抗战爆发，中日双方展开首次空中对决。然而，在参战前夕，因一次飞行事故，高志航错过了这场空战。

之后，高志航进入杭州笕桥空军军官学校，担任空军少尉见习一职。因飞行技术高超，他很快便担任了中央航校驱逐机班的教官。1934年，他成为新成立的空军第8队队长。

1935年，高志航奉命赴意大利考察空中驱逐技术，同时购买先进的飞机。他个性坚毅、豪爽、勇敢，飞行技术出众，并且在短期内学会了意大利语，在意大利航空界广受欢迎。而后，一次精湛的飞行特技表演，使他博得了墨索里尼（意大利法西斯党党魁，第二次世界大战主要战犯之一）的青睐。墨索里尼承诺，只要高志航留下，自己愿意提供丰厚的酬金和最好的职位。高志航拒绝了，坚定地说："我的职位在中国，我只愿当一名中国军人！"

高志航回国后，便担任了空军教导团的总队副，后担任空军驱逐机部队司令兼第4航空大队大队长。他对所有飞行员严格训练、严格要求。他会为队员示范所有战斗飞行科目，了解并掌握每个新队员的能力与特长。队员在上空飞行时，他都会在地面仔细观摩。

高志航制订了第4大队的训练计划，严格要求所辖中队所有飞行员的炸射命中率必须达到百分之九十以上。如成绩不达标，则要继续演练，直到达标为止。

有一次，在对水上浮动目标进行射击测试时，全体飞行员都通过了测试，只有高志航的成绩没有达标。高志航一脸愧色，但很快振作起来。他一次次驾机飞上高空，不断进行射击演练，从中午练到晚上，直到达标才停止。（高志航将队员的炸射命中率定得很高，严格律人的同时，也严于律己。他以身作则，不达标准，训练不止。因此，他所带队伍才会成为当时中国空军的精锐。）

在高志航的严格训练下，空军的战力提升很快，涌现出了大批人才，"四大天王"（指抗战时期的4位空战英雄，分别是高志航、乐以琴、李桂丹、刘粹刚）中的其他三位，以及第二代飞行员的骨干力量多是高志航培养出来的。

1937年8月13日，淞沪会战爆发。8月14日，为了阻挠中国空军支援上海，日本侵略军数架轰炸机窜至杭州上空，企图破坏笕桥机场，摧毁中国空军力量。

是日，乌云蔽空，阴雨连绵。下午，从南京开会归来的高志航刚飞抵笕桥，正好收到日本侵略军轰炸机突袭笕桥的情报。随后，第4大队第21、23中队队长率全队战机冒着大雨、穿过云层，率先抵达笕桥机场上空，还没来得及停下加油，空袭警报已响彻杭州上空。

大队长高志航站在起飞线前，急用喊话、打手势的方式，指挥队员继续飞行，命令一半飞机利用余油拦截敌机，另一半加油待机出战。

一名队员驾驶着高志航的战机甫一落地，高志航就迅速登机，一把抢过操纵杆，驾驶飞机紧急起飞，率先冲入云霄，伺机攻击敌人。

当时，能见度仅几百米，天气条件十分恶劣。对飞行员来说，歼敌任务异常艰巨。为了驱逐侵略者，在高志航的带领下，所有飞行员都做好了排除万难、拼死一战的准备。

第4大队的飞行员驾驶战机在空中上下翻飞，到处搜寻敌机。突然，一架日本轰炸机狡猾地破云而出，猛地一个俯冲，超低空飞向笕桥机场，扔下两枚炸弹。一阵巨响过后，机场休息室附近的两辆汽油车起火，休息室遭重创。

这架轰炸机得手后想立刻逃走，高志航驾驶战机紧追不舍，随后一阵密集的子弹射向敌机。敌机最终变成火团坠入山下。首战告捷，中国空军士气大振。（满腔的报国激情，使高志航不惧强敌；娴熟的飞行技巧，使他信心满满；极高的炸射命中率，使他一击得手。第一次与敌人交手，高志航便迅速击落敌机，使日本空军"不可战胜"的神话不攻自破，大大提升了中国空军的信心和士气。由此，他的地位已非一名普通的教官或飞行员，而是"空中战魂"，是当时中国空军的信心基石、力量之源。）

高志航指挥中国空军机群向敌机群俯冲而去，将敌机分割包围。毫无防备的敌机登时大乱，四下逃窜。

一个分队长在攻击一架敌机时，由于经验不足，在最佳射程外就开火了。高志航发现后，急忙从高处俯冲而下，灵活地闪避着敌机两个护尾狙击手密集的火力。他把首要攻击目标定为狙击手，先开火将两个狙击手击毙，然后就没有后顾之忧地逼近敌机。在距离敌机数十米时，高志航火力全开，扫射敌机。敌机左发动机被摧毁，随后油箱着火，引爆了机舱内的全部炸弹。这架敌机在空中炸得四分五裂，残骸冒着浓浓黑烟落入江中。

在这之后，高志航发现几名队员正在围攻另一架敌机。他按下机头，再次贴近敌机尾部，将扳机扣到底。密集的子弹呼啸着冲出枪膛，打在敌机上。这架敌机左发动机当场起火。

高志航正想给这架敌机致命一击时，座机的燃油却即将耗尽，他只能操纵座机滑回跑道。这架敌机勉强用右发动机飞回基地，着陆后全毁。事后，敌人发现，这架飞机竟然中弹共73发。

"八一四"空战，高志航率第4大队与敌人在空中厮杀20多分钟，击落敌机3架（一说6架），击伤1架，而第4大队人员无一损伤，取得了中国空军抗击日本空军的首次胜利，粉碎了日本侵略军妄图消灭中国空军力量的计划。

第二天，为了报复中国空军，日本海军航空精锐队分批出动34架轰炸机飞往杭州。

第4大队21架飞机从笕桥机场起飞迎敌，与敌人展开激战。高志航一面指挥队员打乱敌人阵形，一面身先士卒，以娴熟的技术，灵活冲入日机防御火力网，将敌人的长机（空中编队中负责带队的飞机，一般由空中指挥员驾驶）击落。随后，他驾机咬住第二架敌机，打算迫降敌机，活捉敌军飞行员。但敌军飞行员不从，开火击伤了高志航的胳膊。高志航忍痛扣下扳机，将敌机击落，紧接着驾机顺利返航。

随后，士气高昂的第4大队不断击落敌机，接连告捷。其中，乐以琴分队长驾驶战机猛然从3000米高的云层钻出，冲入敌机群。他驾机敏捷地穿梭其中，先后射中4架敌机，打得敌人神魂俱裂、望风而逃。"八一五"空战，中国空军战果颇丰，共击落击伤十几架敌机。（高志航坚决完成任务的战斗意志、英勇抗击敌人的精神，鼓舞并激励着第4大队的每位飞行员。因此，即使在敌机较多、大队长负伤返航的不利情况下，几位飞行员依然士气高昂，斩获丰硕战果。）

战后，高志航因伤住院，出院后晋升为中国空军上校驱逐司令。在他住院养伤期间，针对中国军队的战机，日本空军更新了战机。高志航出院后，便将现有战机进行轻量化改装，使其成为专用制空格斗战机，能有效对付新型敌机。

1937年9月26日，中日空军在南京紫金山上空再次展开激战。敌我双方都派出了空军主力部队，战斗规模并不大，但激烈程度尤甚以往。这次，日本侵略军全部换上了新型战机，由"四大天王"（指日寇培养、评选出的4名最优秀的飞行员。与中国空军"四大天王"为保卫祖国领空、为正义而战不同，日本空军"四大天王"深受军国主义侵略扩张思想驱使，一心为日本帝国主义开辟疆土，扩大生存空间。在侵华战争初期，这几名刽子手手上沾满了中国人民的鲜血，后相继被歼或被俘）中的山下七郎领航。中国空军则集体换上了更为轻巧灵活的改装机，飞行员阵容豪华，其中包括"四大天王"及数位王牌飞行员。

战斗一开始，高志航就识别出山下七郎的座机，驾机直冲而去。二人激烈交锋，从高空打到低空，甚至互相追尾数次。不久，高志航就抓住了山下七郎的弱点，双枪齐发，将其座机击伤。山下七郎只得狼狈驶离战场。此时，高志航在"八一五"空战中受的旧伤复发，只能放弃追击。随后，山下七郎所驾战机被多架中国战机击中，受伤颇重，山下七郎在苏州以东迫降被俘。

1937年11月21日，高志航率一批伊—16战机飞抵周家口机场加油。由于汉奸告密，日寇得知了中国空军的准确行踪，出动大批战机轰炸周家口机场。

由于地面监视哨的延误，敌机飞临机场上空的前一刻，高志航才接到防空警报。他当即登机，准备起飞迎战，队员们劝他暂避一下。高志航义愤填膺地说："身为中国空军，怎么能让敌人的飞机飞在头上！"

然而，由于伊—16战机的发动机问题很多，尤其是在气温较低的情况下启动极为困难。当高志航第3次发动战机时，密集的炸弹从天而降，年仅30岁的他连同14架战机消失在了火海中。牺牲时，他手里还紧握着飞机的操纵杆！高志航用自己的青春、鲜血、生命，实践了航空报国的志向。（"出师未捷身先死，长使英雄泪满襟"，抗战事业未竟，高志航却壮烈牺牲，令人扼腕痛惜。英雄已逝，但他英勇顽强、至死战斗的精神未泯，令人景仰，催人奋发，足启后世之风。）

名师赏析 / Mingshi Shangxi

1937年8月正式参战，11月即以身殉国，高志航的抗战生涯只有短短4个月，却被称为"空中战魂"。何故？他高超的飞行技术及超乎常人的胆略是一方面，但最主要的原因是高志航任教官期间，带出了空军的头号王牌部队，在空军人才队伍培养、中国空军驱逐部队战斗力建设等方面做出了卓越的贡献。同时，他不忘初心、始终坚持为祖国而战，不畏强敌、血洒长空的献身精神，是抗战军人与敌人抵死战斗的一面永不褪色的精神旗帜。

● 好词好句

当高志航第3次发动战机时，密集的炸弹从天而降，年仅30岁的他连同14架战机消失在了火海中。牺牲时，他手里还紧握着飞机的操纵杆！高志航用自己的青春、鲜血、生命，实践了航空报国的志向。

● 延伸思考

高志航为抗战做出的贡献主要体现在哪些方面？

文韬武略彭雪枫

"文能提笔安天下,武能上马定乾坤。"这是古人对兼具文韬武略的忠臣良将、能人志士的最高赞美。抗战时期,中华大地涌现出一批能文善武的英雄人物,新四军第4师师长兼政治委员彭雪枫就是其中之一。

彭雪枫,原名彭修道,1907年出生于河南镇平。他的祖父是私塾先生,他从小就跟着祖父读书识字。后来,天资聪颖又努力刻苦的他为求学投靠了天津的伯父,考进了南开中学。

在南开中学学习的这段时间,他逐渐接触、了解了先进的革命思想。当时的中国,内有北洋军阀的腐朽统治,外有帝国主义加紧蚕食,人民生活在水深火热之中。彭雪枫立志要为国家、为民族做出自己的贡献。

1925年,彭雪枫加入中国共产主义青年团,1926年转为中国共产党党员,领导了北京东城的学生运动。后来,他奉命来到中央苏区,参加了中央革命根据地历次反"围剿"作战,以及长征。(国家内忧外患之际,彭雪枫没有随波逐流,而是将振兴中华、民族复兴当作奋斗目标。他有理想、有本领、有担当,以实际行动,在时代洪流中写下了无愧于祖国和人民的答卷。)

1935年2月,一路长征的中央红军抵达云南,在扎西进行整编。40万国民党大军对红军已呈合围之势,蒋介石扬言要在此地"聚歼"红军。

尽管国民党军队将红军包围得如铁桶一般,但百密一疏,贵州的遵义就是其包围圈中最薄弱的环节，驻守在那里的兵力仅一个师。

早在同年1月，为保障［遵义会议］顺利召开，红军就曾攻占过遵义。此时，敌人大军压境，中央红军决定回师东进，再占遵义。

想再占遵义，必须先取娄山关。

娄山关，又名娄关、太平关，位于遵义市北大娄山中，海拔1500多米，号称"黔北第一险隘"。娄山关上万峰插天、峭壁绝立，川黔公路盘旋而过，自古就是川黔两省的交通要道。

攻打娄山关，是攸关红军存亡的重要战斗，只能胜，不能败。经过慎重考量，军团长彭德怀把战斗的指挥权交给了时任红13团团长的彭雪枫。

这次的战斗任务是紧迫而艰巨的，彭雪枫必须要在10小时内攻克娄山关。接到命令后，他马上率领红13团向娄山关疾进。

［2月25日凌晨，彭雪枫领兵抵达国民党重兵把守的娄山关。彭雪枫先是按兵不动，在隐蔽处进行实地侦察。他敏锐地发现，娄山关主峰点金山山势峭拔、极难攀登，是敌人防守最为薄弱的地方。

彭雪枫将兵力分成两部分，一部分从正面佯攻敌人，另一部分组成突击队，绕过敌人主力，从侧壁摸上点金山。

国民党军队果然中计，将全部主力部队投入正面战斗中。彭雪枫乘机亲率突击队摸到点金山侧壁下。

侧壁绝立，十分陡峭，攀爬难度太大。彭雪枫便让身手好的战士爬上崖顶，然后用绳子将其他战士拉上去。

就这样，突击队战士神不知鬼不觉地深入敌人后方——这里静悄悄的，没有敌军把守。

彭雪枫指挥突击队冲上点金山顶峰，居高临下，俯瞰战场。看清战况后，他马上命令战士从山上冲下去，包围了山下的敌人。

然而，国民党军队凭借凶猛的火力不断反攻，眼看就要突围，彭雪枫发现了国民党指挥官的所在，立刻命令狙击手将其"斩首"。

几声枪响过后，指挥官被毙，国民党军队当即乱作一团，很快便溃不成军。彭雪枫命令红13团发起总攻。

两军激战不断，反复争夺，最终红军成功攻克娄山关。2月28日，红军再次占领遵义城，歼灭了大批敌军。❷

娄山关战役的胜利，意味着打通了唯一一条生命线，红军战士的士气备受鼓舞，是红军长征路上的重要转折。

此后，红军开始突破国民党大军的包围圈，摆脱了被动局面。因此，战役过后，毛泽东策马行至娄山关时，触景生情，写下了气壮山河的诗词："雄关漫道真如铁，而今迈步从头越。"

1936年11月，彭雪枫带着毛泽东的亲笔信，奉命来到山西会晤阎锡山（民国时期政治、军事人物，拥有晋绥军30万，统占山西20余年，有山西"土皇帝"之称），目的是"联阎抗日"。

名师导读 / Mingshi Daodu

❶ 1935年1月，中共中央在贵州遵义召开的极其重要的政治局扩大会议。这次会议召开于中央红军第五次反"围剿"失败及长征初期严重受挫的情况下，结束了"左"倾教条主义在中央的统治，确立了毛泽东在中共中央和红军中的领导地位，在极其危急的情况下挽救了党，挽救了红军，挽救了中国革命，是中国共产党历史上一个生死攸关的转折点，中国革命从此打开了新局面。

❷ 针对地理环境、敌我形势及敌军的战略部署，彭雪枫先以静制动，再以变应变，为红军掌握战争主动权，以及获得娄山关战役的胜利打下了基础。

面对圆滑世故的阎锡山，彭雪枫有礼有节、不卑不亢，分析形势，直指要害，以雄辩的口才、敏捷的思维与其周旋。最后，彭雪枫抓住阎锡山想要"自保"的心态，诚恳游说，让他明白：在日本侵略军对其虎视眈眈、蒋介石企图将其吞并的危急形势下，唯有联共抗日才是上策。

最终，阎锡山同意跟中国共产党合作。这不仅促进了国共合作，也为之后的八路军由山西向华北挺进至敌人后方抗战铺平了道路。（彭雪枫之所以能够说服阎锡山，是因为他兼具深厚的文学素养和政治修养，还具备善于思考、了解他人心理的能力。他把话说到了阎锡山的心坎里，从而出色地完成了"联阎抗日"的任务。）

1937年，彭雪枫只身入晋，担任八路军驻晋办事处主任，大力宣传抗日主张，以壮大抗日力量。

当时，日本侵略军已攻占大同，剑指太原。面对步步紧逼的日本侵略军，阎锡山为求自保，便积极招纳新兵，时常邀请彭雪枫去宣讲抗日思想和游击战术。还有一些学校也时常慕名请彭雪枫去演讲。彭雪枫娓娓而谈，出口成章、妙语连珠，将抗日救亡的思想和道理讲得生动易懂，几乎每次演讲都座无虚席。

1937年冬，音乐家贺绿汀来山西采风和慰问演出。一天，彭雪枫为八路军临汾刘村镇学兵大队讲授游击战术时，他也在座。出于对游击队的崇拜及对战斗生活的好奇，他听得格外入迷。彭雪枫绘声绘色地讲述的八路军用缴获的武器创建了自己的炮兵团等事迹，极大地激发了贺绿汀的创作热情。当晚，贺绿汀灵感翻涌，难以入睡，一首《游击队之歌》一气呵成。

"没有吃，没有穿，自有那敌人送上前；没有枪，没有炮，敌人给我们造……"这首轻快、活泼、激越的抗日战歌迅速传遍大江南北，激励着全国军民反击侵略者，争取国家民族的自由与独立。彭雪枫的名字和他所在的八路军部队，也因这首歌而传扬开来，广为人知。

彭雪枫认为，若要打败侵略者，壮大抗日队伍，文艺宣传是必不可少的。因此，他紧抓军队文艺队伍建设工作，把文艺变成了团结人民、教育群众、打击敌人的有力武器。

1938年初，彭雪枫率新四军游击支队从山西临汾来到河南竹沟。4月底，为了庆祝劳动节，他责成教导大队主任组织剧团演出节目。

劳动节当天，剧团的表演广受观众好评。彭雪枫也全程观看了节目，还到后台鼓励表演者。两天后，也就是"五四"那天，由彭雪枫批准并命名的"拂晓剧团"正式成立。

拂晓剧团演出的往往是赞美抗日英雄、歌颂军民鱼水情、宣传抗日思想、揭露汉奸和日寇罪行的话剧、活报剧等，这些节目不仅丰富了部队的文化生活，给根据地和抗日前线带来了热烈的气氛，还起到了教育群众的作用。当地群众纷纷称赞拂晓剧团是盛开在抗日根据地的"文艺鲜花"。

同年9月，在率军多次粉碎日本侵略军的"围剿"后，彭雪枫于东征干部动员大会上宣布随军报社成立。

其实，从很早之前，彭雪枫就曾提议创建一份报纸。他说："抗日战争是全民族生死存亡的战争。只有把全民族动员起来，万众一心，才能战胜敌人。报纸是传播革命道理最迅速、最有力的工具之一。革命靠枪杆子，也要靠笔杆子，武功文治，自古皆然。"

报社成立后，关于报纸的名称，大家展开了讨论，有人主张叫"战斗"，有人取名为"曙光"，有人提议叫"胜利"。彭雪枫说"拂晓"有"光明就要来临"的意思，于是报纸被定名为"拂晓"。（身处武装抗日的浪潮中，彭雪枫深知并高度重视文艺工作在宣传思想工作中的重要作用。因而，他接连创办拂晓剧团、《拂晓报》，将之变为讴歌祖国、讴歌党，以及鞭挞日寇、批判汉奸的文艺阵地，对激励中国军民奋发图强、英勇抗日起到了推波助澜的作用。）

随后，彭雪枫为《拂晓报》题写了报头，并撰写了创刊词。创刊词全文不足500字，他却写得文采斐然、慷慨激昂："'拂晓'代表着朝气、希望、革命、勇敢、进取、迈进、有为、胜利就来的意思。军人们在拂晓要出发，要进攻敌人了。志士们在拂晓要奋起，要闻鸡起舞了。拂晓催我们斗争，拂晓引来了光明。我们的报纸定名为'拂晓'，是包含着这些个庄重而又伟大的意义的。"

9月29日，《拂晓报》正式创刊。30日晨，在物资极为匮乏的情况下，《拂晓报》创刊号诞生了。它是一份仅3版的油印小报，除了创刊词，还刊发了《东进誓词》《三大纪律，八项注意》《行军注意事项》《东进战歌》等，透出抗敌出征、奋发向上的锐气，给即将出征的全体指战员带来了莫大的鼓舞。

在这之后，《拂晓报》跟着游击支队跋山涉水、南征北战，在抗战的硝烟中茁壮成长。

彭雪枫为《拂晓报》付出了大量的心血和精力。尽管当时条件艰苦，物资匮乏，但他像治军一样，狠抓新闻队伍建设，对报纸的要求也十分严格。

从创刊开始，每期报纸印出来，彭雪枫都要最先过目，然后认真地用红蓝铅笔批改。如发现原则性错误，他立刻指出，让报社按他的批示订正并重新印刷。对于文章中出现的错别字、用错标点这类小事，他也从不敷衍了事。他屡次叮嘱报社工作人员留心文风问题，还制定、出台了《宣传规约》，以应对宣传工作中存在的疏漏。（前面提到彭雪枫像治军一样办报，后面细述他办报时精益求精的态度，侧面反映出其治军之严谨。）

不论寒暑，不论身在何地，不论面对怎样艰难困苦，彭雪枫都坚持为《拂晓报》撰文，期望借此激励全国军民的抗战信心，希望更多爱国志士在了解共产党抗日救亡的主张后加入抗战队伍。

每天吃完晚饭，他都会来到报社，跟工作人员畅谈一番，他的言传身教如春风化雨般沁入工作人员的心田。报社的工作人员从他那里接受了革命思想的教育与熏陶，提高了专业素养。

《拂晓报》主要用于宣传中国共产党的抗日主张，传达党中央的方针政策，如实记录抗日游击队撼天动地的英雄业绩，深受抗日军民喜爱。

伴随着抗日救亡运动的浪潮，《拂晓报》传遍长城内外，声震大江南北，有"人民的喉舌""叫破五更的报晓鸡"等美誉。

后来，新四军队伍逐渐壮大，抗日根据地也不断扩大，为了培养更多抗日骨干，彭雪枫创办了随营学校。该校于1938年11月在河南杞县成立，校长由彭雪枫兼任。

部队打到哪里，这所学校就办到哪里，大树下、空农舍、寺庙等都成了课堂。学员放下枪就上课，背起枪就打仗。因此，这所学校又被人称为"马背学校"。

学校创办初期，没有合适的教材。尽管军务繁忙，彭雪枫仍旧抽时间编写了《游击战术》《战略战术讲授提纲》等教材。针对师资不足的问题，彭雪枫一边与其他各级领导干部一起组织、指导开展教学活动，一边亲自授课。由于讲课生动幽默、浅显易懂，彭雪枫有"金牌教员"

之称，颇受学员爱戴。

　　1940年3月，这所学校被扩建为中国人民抗日军事政治大学第4分校，彭雪枫继续兼任校长。在他的领导下，第4分校发展迅速，培训规模不断扩大，成了新四军规模、影响最大的一所学校，为抗日队伍输送了大量人才。（军校主要用于培育军事作战人才，培养士兵个人素质与战斗力，提高军队整体作战能力等，是抗日队伍的育人阵地。彭雪枫注重为国家、为党培育人才，在百忙之中创办随营学校，为争取抗日战争的最后胜利做出了重大贡献。）

　　1944年8月，彭雪枫奉命率部西征，一路所向披靡。但在9月11日拂晓，彭雪枫在河南夏邑八里庄指挥部队围歼敌军，不幸身中流弹，壮烈牺牲，时年37岁。

名师赏析 / Mingshi Shangxi

　　彭雪枫血战娄山关，再占遵义城，为红军长征以来的首次大捷做出重大贡献；说服阎锡山，建立联合抗战地区，为八路军深入山西敌后抗日奠定了基础；创立拂晓剧团，创办《拂晓报》，巩固文艺战线；为国家、为党培育、输送大量新闻、军事等领域的人才……彭雪枫的一生，是为建立抗日民族统一战线、争取国家民族的自由独立而奔波、奋斗的一生。2009年，彭雪枫被中央有关部门评为"100位为新中国成立作出突出贡献的英雄模范人物"。在国家生死存亡之际，彭雪枫挺身而出，挥洒青春热血，奏响抗敌保国最强音。战火已散，英魂不泯，历史不会忘记，祖国不会忘记，人民更不会忘记。

● **好词好句**

　　抗日战争是全民族生死存亡的战争。只有把全民族动员起来，万众一心，才能战胜敌人。报纸是传播革命道理最迅速、最有力的工具之一。革命靠枪杆子，也要靠笔杆子，武功文治，自古皆然。

　　"拂晓"代表着朝气、希望、革命、勇敢、进取、迈进、有为、胜利就来的意思。军人们在拂晓要出发，要进攻敌人了。志士们在拂晓要奋起，要闻鸡起舞了。拂晓催我们斗争，拂晓引来了光明。

● **延伸思考**

1.最能体现彭雪枫"武略"才能的是哪个事件？请用自己的话简述这一事件。

2.彭雪枫为什么要在物资极其匮乏的抗战时期创办《拂晓报》？

双星碧血沃塘马

1941年11月28日,在塘马村(位于江苏省溧阳市)周围发生了一场惨烈的战斗——"塘马战斗"。在这场顽强抗击日本侵略军的战斗中,新四军痛失两位名将,他们分别是第6师参谋长兼第16旅旅长罗忠毅、第6师16旅政治委员兼政治部主任廖海涛。

1941年11月27日深夜,近4000日伪军兵分三路,从东北、西南、西北三个方向突袭溧阳塘马村,企图彻底摧毁16旅旅部及苏南地方党政军领导机关。

28日黎明,晨雾弥漫,能见度很低。6时,16旅哨兵在塘马东北方向率先发现敌情。

霎时,一记枪声响彻大地,塘马战斗正式打响。

得知敌情,廖海涛当即下令,让侦察连抢占村前、村侧有利地形,先行阻击敌军。随后,他和罗忠毅迅速赶到前线坐镇指挥。两人很快判断出:敌人用"分进合击"战术,目的是铲除16旅旅部和苏南党政军领导机关。于是,他们在村头召开紧急作战会议,积极布防,迎战敌军。(敌人突袭,廖海涛第一时间命人抢占有利地形,阻敌于村外;罗忠毅第一时间赶来与其会合,商议战况;两人快速组织召开会议,判断敌人所用战术及目的,配合默契。这一系列细节说明,两人对敌作战经验丰富且合作已久。)

对着与会的十几名指战员,廖海涛反复强调:"不管敌人采取怎样的攻势，我们一定要沉住气，顽强抵抗，坚决阻敌前进，保证旅部、党政领导机关和人民群众安全转移。"

廖海涛把目光移向罗忠毅，沉着地说："现在，请旅长下令！"

当时，16旅所属的两个团都在外执行任务，而与旅部同驻塘马村的部队，加上地方武装也仅有500多人，处境极为险恶。

罗忠毅冷静地做出部署：18团2营营长率军占据塘马村西的高地，阻敌前进；旅参谋长王胜等人带领旅部及党政军领导机关1300余人向东转移，同时抽调48团2营6连掩护其撤退。他自己和廖海涛则亲临一线指挥作战。（以500多人迎战4000多日寇，这是怎样一场敌我悬殊的战斗！但是，罗忠毅、廖海涛没有丝毫犹豫。他们快速进行部署，指挥部队战斗，尽显抗战军人视死如归、血战到底的英雄气概，不屈不挠、砥砺向前的坚定信念。）

此时，敌人的枪声越来越近，包围圈越来越小。

为了给转移的旅部、机关干部和人民群众争取时间，罗、廖二人率领战士坚守塘马村，冒死阻击敌人。

经过一个小时的激战，罗、廖二人将旅部特务连和48团2营的剩余人员集中到塘马村东南、三面环河的王家庄，占据地利，继续拖住敌人。战斗越来越激烈，二人始终坚守在前线。

在新四军被日本侵略军三面包围的危急时刻，驻守在东南方向的国民党军队却放任日本侵略军经过自己的防区，使新四军被日本侵略军四面合围。日本侵略军对王家庄发起了疯狂的进攻。

敌人的炮弹如密雨般倾注到王家庄一线阵地。炮击过后，日本侵略军步兵展开冲锋，轻重机枪、步枪的子弹密集地射向16旅战士。我军两名连长及多数班排长接连阵亡，战士伤亡惨重。

我军战士越来越少，敌人的包围圈越来越小。看到身边的机枪手已然阵亡，罗忠毅拾起机枪，对着逼近阵地的敌人一阵扫射，打退了一波敌人。

〔此时，罗忠毅才发现，数十倍于己的敌人已将阵地包围。他来到廖海涛身边，说："老廖，你先带一部分人撤出阵地，这里由我指挥。"

廖海涛坚决地摇了摇头，说："不，你先走，我留下！"〕

这时，敌人又发起了新一轮的冲锋，两人再次投入战斗。

敌人的攻势变得更加猛烈。眼看阵地即将失守，罗忠毅振臂高喊："共产党员站出来！真正革命的同志站出来！我们一定要跟敌人血拼到底！"

阵地上冲出几十个战士，他们多数带伤，浑身是血。但面对人数远超己方的敌军，他们毫无惧色，给长枪上刺刀，端起枪向敌人猛冲过去，与敌人展开白刃战。

阵地上顿时杀声震天。

刚打退了一波敌人，另一波敌人又摸了上来，警卫员担心罗忠毅的安全，让他暂避。

罗忠毅却说："不用担心，我们的任务是消灭敌人，拖住敌人！"说完，罗忠毅让一个连长带着两个排去支援坚守在另一个方向的廖海涛，自己留在第一线观察敌情。突然，罗忠毅的头部被子弹击中，他身子一晃，倒了下去。

〔罗忠毅的牺牲，激起了16旅战士的满腔仇恨。距离罗忠毅仅100多米的廖海涛接过了指挥重任，沉痛地发出动员："继续打，我们要为罗司令报仇！"

战士将满腔悲愤化作奋勇杀敌的力量，一颗颗子弹、一枚枚手榴弹挟着复仇的怒火飞向敌人。敌人被这阵猛烈的反击打得惊慌失措，败下阵来。

接下来，面对敌人的多路进攻，廖海涛临危不乱，下令集中力量将攻势最为凶猛的东南方向敌人打退。他一边高喊"同志们，我们要跟日寇血拼到底，坚决不当俘虏"，一边端起机枪，瞄准敌人猛扫。

敌人被打退了，廖海涛却因腹部中弹，倒在了阵地上。他用手捂着血流如注的伤口，继续指挥战斗，终因伤势过重、失血过多，壮烈牺牲。

双星陨落，血沃塘马。子弹早就打光了的战士们怒火中烧，等敌人爬到阵地前，就端起刺刀，与敌人展开惨烈的肉搏战，直到全部牺牲。] ❷

塘马战斗，罗忠毅、廖海涛率旅直属队500余人与8倍于我的敌人浴血鏖战，包括罗忠毅、廖海涛在内的270余名指战员壮烈牺牲。他们与敌人进行殊死搏斗，阻挡了敌人的疯狂进攻，毙伤敌军500余人，死死拖住敌人，成功掩护旅部、苏南党政军领导机关及人民群众安全转移，树立了抵死抗日、威武不屈的光辉范例。

苏南人民将罗、廖二人及其他战士的遗体安葬在塘马，并为之献上挽联，其中一副写道：

名师导读 / Mingshi Daodu

❶ 生死关头，廖海涛和罗忠毅坚守阵地，誓死不退，却都想把生的希望让给自己的老战友。这一情节既彰显了他们为革命勇于献身的精神，又流露出他们之间真挚而深厚的战斗友谊。

❷ 罗忠毅和廖海涛双双血洒塘马，以实际行动践行了共产党人的初心使命。他们虽然牺牲了，但精神仍鼓舞着新四军战士的斗志。幸存的战士抱着必死的信念，战斗到最后一刻，用热血与生命谱写了一曲感天动地的英雄壮歌。

"忠勇为国，毅然丈夫，一朝杀身成仁，气凛沙场寒敌胆；海崖生波，涛震寰宇，异日流芳百世，节届纪念慰忠魂。"

名师赏析 / Mingshi Shangxi

　　面对八倍于我的敌人，罗忠毅与廖海涛果断迎战。大敌当前，他们默契配合，精密部署，接连打退敌人多次攻击。战场上，他们共进退，齐杀敌，在死亡迫近时，却都想把生的机会留给对方。为了拖住敌人，二人始终坚守阵地，直至献出生命。一场塘马战役，两位英雄将领，尽显拳拳爱国心、铮铮英雄骨。他们不惜此身战敌寇，甘将碧血沃塘马，不仅让我们看到了中国抗战军人生死与共的战友情谊，也让我们看到了中国共产党人的坚定信仰与必胜信念。

● **延伸思考**

1.塘马战役表现了中国军人怎样的精神？

2.从哪些情节可以看出罗廖二人深挚的战友情谊？

军工英雄安顺花

九一八事变后，日本侵略军占领了我国东北三省。为了打垮东北抗日武装，日伪政府实行"清剿"政策。他们派兵严密封锁交通，掠夺百姓的粮食物资。眼看严冬就要来了，抗日游击队得不到补给，不仅缺少粮食，衣服、棉被等物资也相当匮乏，生活极为艰苦。

这时候，有一位英雄冒着生命危险，想方设法筹集了一批御寒物资，并几经周折，将这些宝贵的物资送到了游击队战士手中。这位雪中送炭的英雄名叫安顺花，朝鲜咸镜南道瑞川郡人。（正义不分国界。安顺花虽然是朝鲜人，却在中国为抗击日本侵略者进行着顽强的斗争。她强烈的正义感、勇于反抗的精神，令人钦佩。）

安顺花（1908—1937），自幼家境贫寒，15岁便嫁给李凤洙为妻，婆家生活也十分困苦。1930年，瑞川郡发生灾荒，安顺花和李凤洙逃荒到中国吉林珲春县炮台村，在一个地主家当佃农。李凤洙租种地主的土地，安顺花到地主家当长工。一家人不分昼夜地劳作，只能勉强维持温饱。

在遭受地主层层剥削的同时，安顺花一家还生活在日本侵略者的铁蹄之下。当时，日寇在东北地区活动猖獗，无恶不作。

安顺花目睹了日寇侵略朝鲜的恶行，对日寇深感痛恨；如今见日寇又将罪恶之手伸向了中国东北，她更为愤慨。

1930年10月，珲春县委成立，在中国共产党的领导下，炮台村村民纷纷加入声势浩大的反对帝国主义侵略和反对封建地主剥削的斗争中，安顺花一家也不例外。

安顺花和李凤洙一起加入共产党领导的"反日会",从事通信联络工作。安顺花工作积极认真,每次都把任务完成得相当出色。1931年1月,她成为中国共产党朝鲜籍党员,被分配到城区从事妇女工作。

1932年,李凤洙被调到金区党委工作,安顺花一家开始受到敌人的严密监视,处境相当危险。为了保障一家老小的安全,县委决定让安顺花转移到烟筒砬子抗日根据地工作。

安顺花同意了。她有4个儿女,实在照顾不过来,便忍痛将大儿子寄养到一位大娘家,然后毅然带着公婆和其他3个孩子前往根据地,担任葫芦鳖村的党支部委员兼妇女主任。

一到葫芦鳖村,安顺花就挨家挨户走访,做思想动员工作,然后组织当地妇女学文化、学政治,并承担起为游击队运粮、做军装等任务。

当时,日寇已全面占领东北三省。为了扑灭东北地区的抗日烽火,日伪政府想方设法断绝抗日游击队与百姓之间的联系,加紧了对抗日游击队的"讨伐"。

1933年3月之后,敌人对烟筒砬子根据地的"讨伐"越来越频繁,封锁越来越严密,抗日游击队的斗争环境也越来越严峻。在这段危机四伏的日子里,安顺花一直带着几名妇女为游击队赶制军装,与敌人周旋。

安顺花一面悄悄出村侦察,发现敌情就赶紧发警报,让游击队转移;一面发动关系,从城里筹集急需的衣物、棉被等物资,并亲自带队运送。

一路上,她经过敌人设置的10余道关卡,渡过重重危机,终于将物资送到了战士们手中,为游击队解了燃眉之急。(在敌人眼皮底下运送抗战物资,这势必是一段如履薄冰的路程,一次险象环生的行动。但安顺花圆满完成了这次任务，足见她具备敏捷的反应能力、过人的胆识和强大的心理素质。）

一年后，安顺花及其领导的7名缝纫人员被编为东北人民革命军第2军独立师4团缝纫队，安顺花担任队长，艰辛的军工生活自此开始。在她的带领下，缝纫队背着缝纫机和布匹随部队转战四方，既要在日伪军的频繁"讨伐"中坚持生产军服，还要照顾、转移伤员和保管部队的粮食、弹药。敌人进犯，她们就赶紧把机器、布匹等藏起来或埋起来；敌人撤离，她们便马上开始做军衣。其间，安顺花和缝纫队的其他队员克服了重重困难，付出了常人无法想象的努力与心血。

有一次，缝纫队刚接到两天内赶制几十套军装的任务，却正逢敌人进行大"扫荡"。安顺花指挥大家把缝纫机搬进了芦苇荡里。

4月，东北的天气还没有回暖，8个人泡在齐膝深的冷水中，顾不上寒冷和饥饿，不眠不休地赶制军装。安顺花全身心投入工作，全然忘记了身旁昏睡的小儿子。小儿子还不到一岁半，正发着高烧，一觉醒来，便大哭起来。

敌人就在芦苇荡外巡视，绝对不能暴露目标！安顺花急忙用一块布堵住了孩子的嘴。等敌人离开后，她赶紧把布拿开，但为时已晚，孩子因为生病及窒息离开了人世。爱子夭折，安顺花肝肠寸断，几近崩溃。她强忍悲痛，继续完成军工任务。（每位母亲都希望孩子能够平安健康地长大，安顺花也不例外。但为了保全缝纫队，按时完成军工任务，她在家国大义与个人情感之间果断地做出了抉择。这种舍小我、为大局的牺牲精神，令人动容。）

后来，由于部队大量增员，上级要求缝纫队一星期赶制出500多套军衣。尽管缝纫队也增加了一些人员，但仍很难保证按时完成任务。

此时,她恰好收到了家书,信中说公公病倒了,她的二儿子没有鞋穿冻伤了脚。大家都劝她回家看看,顺便做双鞋带回去。安顺花却说:"刚入伍的战士还没有衣服穿,我怎么能回家?"随后,她便投入紧张的生产工作中。

　　安顺花夜以继日地工作,发动群众帮忙缝制军装,动员男战士做简单的缝制工作,终于如期完成了任务。可迎接安顺花的却是家中传来的噩耗:穷凶极恶的敌人摧毁了安顺花在中国的家——她的公婆和二儿子都被敌人杀害了!

　　1934年,第2军独立师分两路转移。为了安心工作,安顺花带着小女儿,跟着丈夫李凤洙一起转移到宁安县（今黑龙江省宁安市一带）,任务是护理伤员和担任炊事员。为了节省粮食,让大家尽量吃饱,安顺花的锅里半个月都没有煮过一粒米,只有野菜和树皮。

　　有一次,她跑到很远的山上挖野菜,却遇到了敌人。她赶紧躲进山洞,第二天凌晨才返回部队。可是,回去以后,她发现丈夫患上了严重的伤寒,卧床不起;小女儿因为饥饿和疾病,生命垂危。安顺花顾不上悲伤,赶紧为大家煮饭。然而,幼小的女儿没能熬过这次劫难,当晚便离开了这个世界。安顺花伤心欲绝,万念俱灰。但在哭过之后,她顶住悲恸,依然坚持工作。

　　1937年3月下旬的一天,安顺花接到了上级关于缝纫队随主力向原始森林转移的指示。由于第二天就要出发,队里的同伴都劝安顺花去跟在卫生队工作的丈夫告别。

　　夫妻见面后,安顺花却从丈夫那里听到了大儿子和收养他的大娘遭敌人杀害的消息。

　　安顺花感到天旋地转,几乎瘫倒在地。她一共生了4个儿女,但都被日寇害死了。

安顺花对着丈夫叹息自己的命运，在悼念儿女的同时，更加坚定了抗日到底的信念。当晚，夫妻二人洒泪而别。（法国著名小说家莫泊桑说过："一个人可能遭受的最大痛苦，莫过于母亲失去孩子，孩子失去母亲了，这种痛苦很强烈、很可怕，它可以动天地泣鬼神，撕肝裂肺。"这种痛苦，安顺花经历了4次。可是，她没有被打垮，也没有动摇抗战到底的意志，尽显坚忍不拔的意志、英勇无畏的气概和无私奉献的精神。）

次日清晨，天刚蒙蒙亮，缝纫队的几十名女工就踩着冰霜悄悄出发，安顺花走在最前面。一天后，她们驻扎在宁安县头道沟。停止行军后，她们赶紧布置好生产场地，忙碌起来，有的染布，有的裁剪布料，有的缝制军服。

在紧张有序的生产车间，人们总能看到安顺花忙碌的身影。安顺花是缝纫能手，不管男女战士，无论体型如何，她只要打量一下，就能为其裁出一套合身的服装。

由于工作出色，安顺花的名字被列入抗联军工史册，她领导的缝纫队有"出色的缝纫队"的美称。

3月26日清晨，安顺花收到消息：一股敌人正逼近缝纫队。她立即带领大家把弹药、粮食、布匹和缝纫工具埋进山涧两米多深的积雪下，然后迅速转移。

9点左右，突然天降大雪，行军变得十分艰难。敌人越来越近，眼看就来到缝纫队身后了。

安顺花清楚，现在几乎不可能摆脱这股敌人了。于是，她决定引开敌人，掩护缝纫队撤离。

安顺花指挥缝纫队向丛林深处转移，自己落在后面，故意露出身影吸引敌人，然后向敌人开火，再跑向与缝纫队相反方向的丛林。敌人中计，向安顺花追了过来。

　　安顺花发现几个敌人暴露在一片空地上，刚想向他们射击，却发现已经没有子弹了。她把枪埋在积雪下，向一个岩洞跑去。但没跑几步，她的双腿被子弹击中了。

　　为了拖延时间，让缝纫队走得更远，安顺花用尽力气撑着身体，拖着鲜血淋漓的腿朝前爬去，终因失血过多，体力不支，昏了过去。（对安顺花中弹后的场面进行细致描写，还原了她"为了拖延时间，让缝纫队走得更远"而拼尽力气拖着伤腿爬行的情景，将她意志之坚决、精神之不屈渲染到极致，有力地激起了读者对日本侵略者的憎恶，以及对安顺花的深深崇敬之情。）

　　一个汉奸认出她就是缝纫队队长。残暴的敌人把安顺花带回缝纫队的营棚前，对她进行了惨无人道的刑讯。

　　"说，你们的人都去哪儿了？东西都埋在哪儿？"敌人狂妄地叫嚣着，"只要你老实交代，我们就饶你一命！"

　　"抗联战士决不会向敌人投降！"安顺花厉声回答。

　　暴虐的敌人见安顺花态度坚决，就对她施加了更加狠毒的刑罚。安顺花始终守口如瓶，没有透露任何秘密，直至被折磨到气绝身亡。这位年仅29岁的朝鲜籍抗日战士从此长眠在了中国东北的万顷山林里。

名师赏析 /Mingshi Shangxi

　　在烽火四起的中国抗日战场上，既有国人前仆后继、冲锋陷阵，也有为和平正义而战的国际友人出生入死、不懈奋斗。安顺花就是这样一位为中国抗战事业舍生忘死、无私奉献的国际主义战士。面对在中国东北恣意横行的日寇，她奋起反抗；为了给游击队运送物资，她冒死穿过敌人的封锁线；军工任务艰巨，她排除万难，确保完成，甚至为顾全大局失去至亲骨肉；在遭受敌人非人的折磨时，她以钢铁般的意志顽强抵抗，直至献出生命。安顺花用自己的无畏、坚守谱写出不朽的革命英雄主义乐章，用生命和实际行动履行了使命担当。安顺花具有矢志不渝的斗争精神、舍生取义的崇高气节，值得我们永远尊敬和缅怀。

● **好词好句**

想方设法　燃眉之急　不眠不休　穷凶极恶　伤心欲绝　天旋地转　守口如瓶

● **延伸思考**

1.文中说安顺花"工作出色"，具体体现在哪些方面？请结合文章内容简要分析。

2.文中哪些情节最能表现安顺花的英勇顽强、不屈不挠？

学生爱国主义教育系列丛书
抗日英雄的故事

赵尚志威震敌胆

抗战时期，东北人民将两位令日寇闻风丧胆的中国将领称为"南杨北赵"。"南杨"指东北抗日联军第1路军总司令杨靖宇，"北赵"指东北抗日联军第2路军副总指挥兼第3军军长赵尚志。

赵尚志（1908—1942），热河朝阳（今属辽宁）人，黄埔军校第五期毕业生，东北抗日联军创建人和领导人之一。

一提起赵尚志，日寇是既头痛又害怕，甚至这样感叹："小小的'满洲国'（即伪'满洲国'，简称'伪满'，日寇侵占中国东北后扶植的傀儡政权，1932年3月9日成立，1945年随着中国抗日战争的胜利而覆灭），大大的赵尚志。"那么，赵尚志究竟做了哪些事，以至敌人对他又怕、又气、又敬呢？

早在1933年初，赵尚志就曾以"声东击西，围魏救赵"的方式智救义勇队，因巧破日伪军包围圈而一鸣惊人。

当时，有一个外号叫"孙朝阳"的旧东北军团长，他的部队——"朝阳队"是一支颇为有名的义勇军（九一八事变后，由国民党军队中一些爱国官兵和东北人民组成的抗日武装之一）。当时，赵尚志投奔了他的部队，当了一名马夫，在队伍里宣传积极抗日的思想。尽管赵尚志个子不高、其貌不扬，但大家都信赖他、佩服他。

后来，这支队伍在宾州（今宾县，位于黑龙江省南部、松花江南岸，属哈尔滨）东山被日伪军三面包围。正当孙朝阳无计可施、准备背水一战时，赵尚志找到他，对他说："我有一个能突出重围的办法。"

"什么办法？"孙朝阳连忙问。

赵尚志胸有成竹地说："目前，敌人用3000多人来包围我们，后方势必空虚。而宾州是哈东重镇，也是日军的老巢。我们现在出兵攻打宾州城，敌人一定会撤兵回援。我们的危机即刻就会解除。"

孙朝阳听从了赵尚志的建议，让赵尚志带领一支精锐队伍攻打宾州城。在赵尚志的带领下，这支队伍很快成功突袭了宾州城守敌。随后，赵尚志带兵攻入城门，缴获不少枪支弹药。

包围"朝阳队"的敌人听说宾州城被袭，慌忙回撤，"朝阳队"得以轻松解围。此后，孙朝阳破格提拔赵尚志，使赵尚志从一名马夫一跃成为参谋长。（在此战中，赵尚志运用逆向思维，绕开眼前困境，以动摇敌军之根本——宾州城，使敌人乱了手脚，从而一招制胜。可以说，这一战充分体现了赵尚志的头脑灵活、多谋善断。）

此后，赵尚志奉命来到哈尔滨珠河县，创建了珠河反日游击队。此后，他奔走于各支抗日义勇军、山林队之间，反复做思想教育工作，终于使众首领同意联合起来抗日。1934年3月，他召集各抗日义勇军首领召开联合军事会议。会上，众首领均表示愿意与共产党领导的游击队合作，共同抗击日本侵略者。会后，"东北反日联合军总司令部"成立，赵尚志任总司令。不到一年时间，他们与日伪军进行了上百次战斗，使抗日根据地不断扩大，巩固了东北地区的抗日民族统一战线。

后来，日寇对已占领城镇进行了严密布防，并叫嚣游击队一定不敢攻打城镇。为了打击侵华日军和敌伪势力的嚣张气焰，赵尚志决定带兵再次攻打宾州城。

宾州城距哈尔滨仅数十千米，日伪当局将重要据点设在这里，并对工事进行加固，防守也比之前更为森严。眼下，宾州城变得极难攻克：城墙高8米多，城池深2米多；城墙设有暗堡，四角建有炮台；守城的有日本守备队、伪警察队等武装。

经过细致的考察，赵尚志与其他联军领导研究后认为，欲克此城，必须要用重武器。可是，没有重武器怎么办？自己造！

赵尚志利用在军校学到的知识，带领专家经过多次试验，终于制成了新型重武器——木炮。

1934年5月，赵尚志觉得时机已经成熟，决定尽快攻打宾州城。他先命令一部分战士以火力压制守城的敌人，又命令另一部分战士用一株高大树木当炮架，把木炮的炮筒牢牢捆在树干上，炮口对准城门。

［一声巨响过后，城门被轰开了一个大缺口。抗联战士从缺口攻入城内，打得敌人溃不成军。在这次战役中，日本侵略军伤亡七八十人，中国军队仅牺牲2人。此后，赵尚志率部又用这门木炮击沉一艘日本侵略军货轮，缴获大量军需物资。对此，当地百姓交口称赞："自制木炮显神力，抗联声威震敌胆。"］

赵尚志不仅在创制武器方面颇有心得，战略战术也运用得炉火纯青。他指挥的战役中从来不乏以少胜多、以弱胜强的战例，比如著名的肖田地战役。

同年11月，赵尚志率领东北反日游击队200多名战士行军至毗邻宾州城的肖田地，正巧遭遇了700多名日伪军。

［日伪军率先发现赵尚志部，急忙抢占了有利地形，并倚仗火力优势，将赵尚志部置于十分危险的境地。面对险境与强敌，赵尚志依然镇定地排兵布阵，指挥战士们接连打退了敌人数次冲锋。

日本侵略军指挥官望月见强攻不成，便发挥日伪军人数多的优势，指挥军队将赵尚志部团团包围。两军激战到天黑，日伪军的包围圈越来越小，赵尚志一只手臂受了伤，血流不止。

当敌人认为这支抗联队伍肯定逃不出自己的手心时，他们防备最薄弱的地方遭到了突袭。原来，赵尚志命几名擅长骑术的战士，带着几十匹战马，借着夜色的掩护，从日本侵略军和伪军结合处强行突围，主力依然隐藏、停留在原阵地。

日伪军以为赵尚志部打算全军突围，便将大部分兵力调出阵地，追击突围马群。此时，赵尚志指挥战士们从阵地冲出来，痛击敌背。敌军乱作一团，死伤惨重。乘敌人混乱之际，赵尚志率军将敌人的包围圈彻底撕裂。

最后，负伤的赵尚志指挥部队安全退入深山。这次战役，日伪军伤亡100多人，游击队仅伤亡3人。日本侵略军指挥官望月惊叹道："指挥这次战役的必定是位名将！"❷

除战术运用娴熟灵活外，赵尚志还十分擅长利用地形打击敌人。而说到巧用地形伏击敌人，就不得不提他指挥的冰趟子战役。

1937年3月初，东北山林里寒风刺骨、冰雪遍地。800多名日伪军尾随着时任抗联第3军军长的赵尚志及其率领的200多名战士，来到了东

名师导读 / Mingshi Daodu

❶ 此次战役，赵尚志决策科学，指挥沉着果断：先以新研发的重武器轰城，打乱敌军阵脚，再辅以抗联战士勇猛的攻击行动。因此，抗联才取得了前所未有的胜利，给敌人以沉重的打击，震慑了气焰嚣张的敌人。赵尚志"木炮轰宾州"一事一度在珠河传为美谈。百姓交口称赞，说明他们拥护、信赖抗联。这也对发展群众力量抗日起到了极为重要的作用。

❷ 在肖田地战役中，赵尚志展现了高超的指挥艺术。抗联队伍因此发挥出强大的战斗力，打败了超出我军多倍的敌人。过人的睿智、非凡的胆识、丰富的战斗经验，是赵尚志制胜的不二法门。

北山林里一个叫冰趟子的地方。

这里是县城进出山沟的必经之地，坡上有山路，路旁有4座很大的木营，每座木营能容纳上百人，木营一旁有经年流淌的泉水。由于从山上流下来的泉水在山路北面形成了高低起伏的冰川，冰面上覆盖着积雪，异常光滑，故而得名"冰趟子"。

赵尚志仔细察看地形后，决定在这里阻击敌人。他召集部下做了战前动员讲话："这里地形很好，我们可守可攻。伐木工人修建的4座木营能用来防守。深沟两边有树林，便于我们伏击敌人。沟口细窄，能将敌人的退路切断。只要把鬼子引入冰川中，他们就插翅难逃了。"（从这段话我们可以看出，赵尚志在战前就已观察好地势、考虑好全局，并在排兵布阵、应对敌人等方面做好了周密的计划和部署。所以，即便大敌当前，赵尚志依然从容不迫、应付自如。）

然后，赵尚志指挥战士们紧急抢修工事，用冰雪浇注交通壕，在木营的墙上挖出成排的枪眼，在沟林旁设好伏击阵地。

他把战士分为三部分：一部分埋伏在山腰处；另一部分占据东面的山上，负责正面伏击；还有一部分则藏身于东南边的山上，以防敌人迂回包抄。最后，他将指挥部安置在冰趟子东北角的一座小山上，准备通过旗语兵传达命令。

开战前，赵尚志先带领战士们在冰趟子走了一会儿，在雪地上留下清晰的足迹，以迷惑敌人，然后指挥战士们分成两路迂回并埋伏在冰趟子两边的密林中。

傍晚，当日伪军随着抗联战士的脚印踏进伏击圈时，赵尚志立即下令开战，霎时枪声四起。

在抗联队伍猛烈的攻击下，敌人大乱。这时，又有几百名日伪军从远处冲杀过来。虽然他们人数较多、装备先进，但在冰川上站不稳，所以无法进行有效攻击，只能趴在冰面上不动。并且，由于他们的行军背包上都有一块黄白色狍子皮（坐在地上时可以防冷），所以相当显眼。抗联战士抓紧机会，瞄准狍子皮，用机枪猛烈扫射，打得日伪军溃不成军、死伤无数。

战斗一直打到晚上，气温骤降，趴在冰上的日伪军被冻得浑身麻木。此时，枪支已经冻得打不响，抗联战士的手指也已冻僵，很难扣动扳机。于是，抗联战士分成几组，轮流伏击敌人，撤下来的战士就进木营烤火、吃饭，然后继续战斗。（赵尚志计深虑远、指挥得当，抗联战士养精蓄锐、"慢火煎鱼"，将以逸待劳发挥到极致。当敌人疲惫不堪、锐气削减时，我军仍精神抖擞、士气高昂，从而把战争的主动权牢牢攥在自己手中，大大消耗了敌人的有生力量。）

活下来的敌人趁着夜色，狼狈地向沟口处逃窜。赵尚志立刻命令埋伏在沟口的抗联战士痛击敌人。在这里，抗联战士与敌人激战了一小时，重创日伪军。

这次战役，日伪军冻伤100多人，被击毙200多人，其中包括多名日本军官，抗联仅牺牲7人，还缴获了大量军用物资。

冰趟子战役是赵尚志指挥抗联进行的一次较大规模的战役，也是抗联第3军建军后取得最大的一次胜利。这次胜利对敌人产生了极强的威慑作用，使他们再也不敢到东北山林里征讨抗联。

在这之后，赵尚志又率领抗联开展游击战争，多次重创日本侵略军。

1942年2月12日，赵尚志率部袭击萝北县鹤岗梧桐河伪警察分所时，遭特务枪击，身负重伤被俘。他拒绝医治，壮烈殉国，时年34岁。

名师赏析 /Mingshi Shangxi

赵尚志具有高超的军事指挥水平和丰富的作战经验：声东击西，围魏救赵，智破敌军包围圈；研发武器，就地取材，令敌人防不胜防；活用战术，以弱胜强，率军虎口脱险；作战机动，以少胜多，威震敌胆。他屡次大败日寇，在抗战史上写下了光辉的一页。

● 写作借鉴

这是一篇多事件写人文。这种有多个材料的文章，一定要注意详略取舍，即最能凸显主题的材料要详写，辅助表现主题的材料要略写。本文记述了赵尚志指挥的4次战役，前3次为略写，起到了为后文铺垫、蓄势的作用；对第4次也就是冰趟子战役进行了详写，因为这次战役规模较大，对日寇威慑力最强，由此强调并突出了"威震敌胆"的主题，也使赵尚志运筹帷幄、足智多谋的形象深入人心。

● 延伸思考

简要概括冰趟子战役的起因、经过和结果，并指出赵尚志指挥战斗的高明之处。

地道战英雄张森林

在广阔的冀中平原上,有一个名叫冉庄(位于河北保定清苑区西南部)的小村子。村里农舍俨然、古槐参天,村外农田遍布、庄稼繁茂,原野上绿草如茵、繁花似锦……它似乎与冀中其他村庄没有什么不同,但就是这么一个看似平常的小村子,却因一位英雄及其开创、领导的抗战新模式而声名远播。这位英雄的名字叫作张森林,是冉庄地道战的开创者、组织者。(文章开头运用了"曲径通幽"法,在铺陈冉庄优美的田园风光后,指出它的"平淡无奇",然后话锋一转,亮出了真正的描写对象——张森林及冉庄地道战。开篇言此而意在彼,增强了曲折感,使文章可读性更强。)

日寇侵占我国华北后,实施野蛮的侵略政策,进行了疯狂的、惨绝人寰的大破坏、大屠杀。饱受摧残的广大冀中人民奋起抵抗。

张森林(1909—1943),是冉庄一户农家的子弟。他亲眼见到同胞被侵略者残杀,冀中平原受到日本帝国主义铁蹄的蹂躏。对日寇的仇恨、报效国家的热情在他胸中激荡,他毅然投身抗日救亡运动。1938年,他加入中国共产党,成了冉庄第一名共产党员,兼任村党支部书记与民兵连指导员。但是,由于敌人时常进村骚扰,冉庄军民的对敌斗争充满了艰难与危机。

一天清晨,日伪军突然包围了冉庄,在村中到处搜捕张森林。张森林正巧外出开会,躲过了一劫。

张森林回来后，心想：下次如果被敌人堵在家里该怎么办呢？自己单枪匹马，很难冲出去。

突然，他灵机一动，想到了挖洞藏身的办法，然后花几天时间在家中的井里挖了个洞。（张森林偶然躲过一劫，不仅没有心生退意，反而想着如何将偶然变成必然，并且很快就想到了挖洞藏身的办法，表现出不畏强敌的品质、勇敢机智的个性。）

藏身洞刚刚挖好，敌人又来到张森林家里抓他。一听到敌人的动静，他就迅速躲进井里。敌人把张森林家翻了个遍也没找到他，只好悻悻地离开了。

敌人走后，张森林陷入了深思：民兵武器落后，跟敌人硬拼显然行不通；要想更好地保存军事力量和打击敌人，挖隐蔽洞不失为一个好办法！于是，他开始组织党员、民兵和村民挖隐蔽洞，借此跟敌人周旋。

1940年秋，冉庄已经挖了百余个隐蔽洞，用于藏身、藏物。利用这些隐蔽洞，冉庄军民粉碎了敌人的多次"扫荡"。

其他村庄见状，纷纷效仿冉庄，也挖了大量隐蔽洞。然而，一段时间后，各村有大量隐蔽洞的秘密被敌人知道了。

经过慎重思考，张森林又动员大家将各村的单口洞改挖成双口洞。如果敌人从一个口进洞，人们就可以从另一个口逃走。地道的雏形就这样形成了。张森林及其他干部白天藏在洞中，晚上出来秘密进行抗日活动。

1941年夏，反"扫荡"行动开始后，冀中人民响应号召，开挖地道，初步形成"户户相通""村村相连"的地道网。

11月，日伪军开始在冉庄修筑炮楼、挖封锁沟，企图破坏冉庄地道，进而消灭抗日武装。

为了粉碎敌人的计划，张森林带领冉庄父老完成了主干线2000多米的地道，又沿东西、南北方向修出支线各10余条，加上联村地道4条，全长约16千米。

在修筑地道期间，张森林一直带领几个技术人员工作在第一线，夜以继日地进行总体规划，核对方位，检查质量，设计伪装等。

冉庄地道修建得越来越坚固，设施也越来越完善：有路标，有照明灯，还有仓库、厨房、厕所和休息室。

地道的出入口设计得隐蔽而巧妙，如墙根、牲口槽、炕面、锅灶、井口、橱柜、织布机底下等，极难被敌人发现。地道还分为对敌作战的军用和供群众藏身的民用两种。并且，地道还具有防火、防水、防破坏、防封锁、防毒气等优点。

另外，为方便打击敌人，村中几个主要路口都建起了侦察点、地堡、密室、墙角枪眼等工事。这些工事都与地道连通，不仅能侦察敌情，还能出其不意地击毙敌人。有的工事周围还埋设了地雷，其引线通进地道。（几段文字用墨如泼，详细描写冉庄地道设施之完善、设计之巧妙、作用之完备。这样的地道是在张森林的带领、指导下完成的，可想而知，凝聚了他多少心血、汗水和设计智慧。）

这样一来，冉庄的工事便将村落战、地道战和地雷战巧妙地结合起来，可攻可守，组成了一张"地上地下一齐打"的战斗网。

张森林带领民兵，利用地道灵活而顽强地抗击敌人，一次次粉碎了敌人的"扫荡"和突袭。

一天清晨，上千名日本侵略军带着机枪、火炮气势汹汹地包围了冉庄。敌人的枪声刚刚响起，村民就钻进了地道，张森林带领民兵迅速进入战斗岗位。

敌人进村后，只见地雷爆炸、子弹乱飞，却看不到一个人影。他们越打越怕，最后惊恐万状地逃出了冉庄。

此后，敌人多次进攻冉庄，均告失败。直到日本投降，驻扎在附近的日伪军都没能攻下冉庄，只留下这样一句广为流传的感叹："宁绕黑风口，不从冉庄走。"（日寇大举侵犯，地形平坦、无天险可守的冉庄成为其多次进犯、烧杀抢掠的目标。自从构筑起这一能打能藏、可攻可守、进退自如的"地下长城"，加上冉庄人民在抗击日寇实践中开创的多种打法，冉庄就变成了抗击敌人的坚实堡垒，为华北的抗日斗争做出了不朽的贡献。）

1943年秋，张森林到耿庄参加抗日会议，却不幸被俘。但张森林"誓死不说半句投降话，宁死不当亡国奴"，最终被残暴的敌人活埋在段庄村，牺牲时年仅34岁。

张森林牺牲后，冉庄村民将他的遗体偷运回村，在他的衣袋里发现了这样一首《就义辞》："鳞伤遍体做徒囚，山河未复志未酬。敌酋逼书归降字，誓将碧血染春秋。人去留得英魂在，唤起民众报国仇。"

名师赏析 / Mingshi Shangxi

面对强敌，张森林毫不气馁，和敌人斗智斗勇，开创了神出鬼没、出奇制胜的地道战，使敌人"宁绕黑风口，不从冉庄走"；被俘后，他坚守秘密，"誓将碧血染春秋"。张森林既有高超的智慧、强大的执行力和领导力，又有宁为玉碎、慷慨赴死的英雄豪情，足以让后人敬佩不已。

● **好词好句**

　　这样一来，冉庄的工事便将村落战、地道战和地雷战巧妙地结合起来，可攻可守，组成了一张"地上地下一齐打"的战斗网。

　　敌人进村后，只见地雷爆炸、子弹乱飞，却看不到一个人影。他们越打越怕，最后惊恐万状地逃出了冉庄。

● **写作借鉴**

　　人物处在不同情境中时，心理状态也不同。如果能写出特定情境中人物的心理，就能凸显人物性格，丰富人物形象。本文对张森林两次逃脱敌人抓捕后的心理进行了描写，将其想法直接展现给读者。面对敌人的抓捕，他不但没有惴惴不安、心生退意，还想着如何避免被敌人抓捕，进而找到与敌人对抗的新作战模式，展示了他敢想敢为、机智果敢的性格特点。

● **延伸思考**

1.请用自己的话简述冉庄地道战的开创过程。
2.张森林及其开创的冉庄地道战给你留下了怎样的印象？

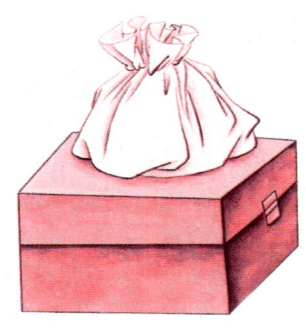

节振国威震冀东

节振国，1910年出生于山东武城县刘堂村（今河北故城县郑口镇刘堂村）一个农民家庭。他家境贫寒，10岁时随家人逃荒到河北唐山，14岁便到开滦赵各庄煤矿当工人。在备尝艰辛的同时，他养成了刚强勇敢的性格，还学到了一身高强的武艺。

他刚强坚毅，爱憎分明，胆色超群，因而在1938年3月开滦煤矿大罢工（开滦煤矿原本由中国官僚资本创办，后被英国资本控制。英国资本家漠视工人生命，无视工人提出的增加薪资、改善待遇等合理要求。此后，在中国共产党的领导下，受尽剥削的矿工开展了轰轰烈烈的罢工运动）中，他被推举为赵各庄矿工纠察队队长。这场反抗英国资本家的罢工运动取得了胜利，却惊动了日寇。

尽管煤矿是英国资本家投资开办的，但日寇与其有一定的利益关系，并且这些煤矿生产的煤炭是日寇侵华所必需的战略物资。所以，日寇要帮助英方镇压工人，铲除罢工领袖。

5月6日，节家被大批日伪军包围。日本宪兵队长高野带兵破门而入，抓住了节振国的哥哥，逼问他节振国的去向。

节振国刚从矿井上来，就听到哥哥被抓的消息。他火冒三丈，跑回家中。在门前站岗的伪军不认识节振国，对他举起了枪，喊道："不许进！"

节振国大力推开伪军，三步并作两步进了院子。看到哥哥满身是血，被绑在堂屋前，节振国怒火中烧，几步跨进堂屋，高声喊道："我就是节振国！放了我哥哥，我跟你们走！"

［屋里的日本宪兵都愣住了。队长高野吃惊地看着节振国，没想到他居然敢回来，还大模大样地出现在自己眼前。］❶

很快，高野便叫人把节振国绑了起来。看节振国没有反抗，高野放心地问："你的枪在哪儿？"

［"在东屋柜子里。"节振国随口答道。于是，几个日本宪兵都跑到东屋找枪去了。节振国便用灶旁的菜刀割断绳子，又赶紧给哥哥松绑。

高野听到堂屋有异响，急忙赶回来。他一掀门帘，节振国对着他劈头就是一刀。高野被砍倒在地，当场毙命。

其他日本宪兵闻声跑来，见高野倒在血泊中，大惊失色。节振国一把抽出高野的军刀，同敌人展开殊死搏斗，一阵拼杀过后，砍死砍伤日伪军5人。］❷

其他日伪军见节振国满脸满身都是血，吓得魂飞魄散、落荒而逃。趁此机会，节振国打算翻墙而走。

节振国刚跳上院墙，日伪军就对着他连发几枪，他腿部中弹。他咬着牙冲向敌人，又把一个日本宪兵砍倒在地。

名师导读 / Mingshi Daodu

❶ 节振国"明知山有虎，偏向虎山行"；敌人始料未及，甚至愣在当场。这一细节突出了节振国胆色过人的特点。

❷ 面对穷凶极恶的日本宪兵，节振国大胆而不失机巧：先支开日本宪兵，借机自救，再解救哥哥；与敌人迎头撞上也毫不胆怯，而是迅速拿起武器，毙敌于刀下；面对一拥而上的日伪军，便倚仗高超的武艺杀伤敌人。从这一情节可以看出，他不仅有勇，还有智有谋。

日伪军急忙将矿警队、巡警等调来，抓捕节振国。矿警队、伪警察队中有不少人是节振国的朋友或老乡，他们一面暗暗为节振国叫好，一面想办法营救。在他们和其他父老乡亲的帮助下，节振国顺利地逃过了敌人的搜捕。

　　节振国刀劈日本宪兵的消息传遍了矿厂，轰动了整个赵各庄，冀东群情振奋。

　　节振国伤愈后回到滦县，联络了几十名矿工，在滦县树起了抗日大旗。然后，他带人深入滦县榛子镇，对伪警察队晓以大义，不费一兵一弹就收缴了一批枪支。

　　几天后，他率队投奔中国共产党领导的冀东抗日联军李运昌部。

　　一走进司令部，节振国就说："我是节振国，要抗日报仇，你们收不收？"（节振国的这句自我介绍，简单、坦率、恳切，反映了他直率爽朗、正直敢言的性格特点。）

　　得知这个壮实的汉子就是刀劈日寇的节振国，李运昌喜出望外，忙说："收！收！"

　　从此，节振国的队伍被编为冀东抗日联军第2路司令部直属特务第1大队，节振国任大队长。

　　没过多久，冀东人民武装抗日大暴动爆发。在这股席卷冀东的暴动浪潮中，矿区工人的抗日情绪空前高涨。其间，节振国不断发动工人加入特务大队。陆续加入队伍的工人达3000多人，多个矿区成立了抗日游击队，为当地抗日斗争的顺利展开奠定了坚实的基础。

　　节振国率工人特务大队活跃在各矿区及农村地区，多次奇袭敌营，两度收复赵各庄、唐家庄矿区，抓获多名特务汉奸，使赵各庄日伪统治机关几乎停摆，沉重地打击了日寇的侵略计划，威震冀东。

工人特务大队作战英勇，战绩突出，为开辟冀东抗日新局面做出了重要的贡献，后被改编为八路军第12团1连。节振国于1939年秋光荣地加入了中国共产党。1940年8月，节振国率部在尤各庄与日伪军激战时壮烈牺牲，时年30岁。

名师赏析 /Mingshi Shangxi

节振国不畏强暴，勇战日寇。他刀劈日本兵，从敌人眼皮子底下逃脱抓捕，领导中国第一支工人抗日武装……种种壮举，桩桩事迹，极富传奇色彩。他崇高的民族气节、勇于反抗的精神，将永远激励后人。

● **延伸思考**

1.中国矿工发起的开滦煤矿罢工运动，原本针对的是英国资本家，为何来抓捕节振国的却是日本宪兵？

2.用自己的话简单概括节振国反抗日本宪兵的过程。

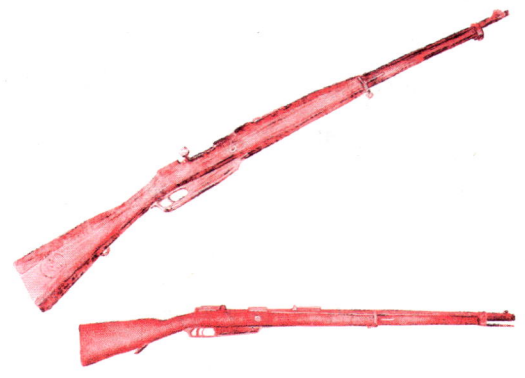

特工李白智斗日寇

1958年，一部名为《永不消逝的电波》的电影在中国上映。这部由真人真事改编的电影一经上映便轰动了全国，甚至达到了万人空巷、一票难求的地步。而这部电影主人公的原型李白也随着电影的广泛传播而家喻户晓。

李白，原名李华初，曾化名李霞、李朴、李静安等，1910年出生在湖南省浏阳市，1925年加入中国共产党，1927年参加秋收起义（中国共产党在湖南东部、江西西部领导的一次武装起义），1930年参加中国工农红军。

此后，李白被派到瑞金中国工农红军通信学校电讯班学习无线电技术。结业后，忠诚可靠、业务精湛的他担任了红五军团电台台长及政治委员，参加了长征。

当时，李白向同僚及下属发出了"电台重于生命"的号召，这句话也成了他一生的座右铭。

1937年，抗日战争全面爆发后，中共设在上海的原地下电台遭日寇摧毁，党中央和上海党组织之间的联系被切断。

为重建电台、及时获取情报，李白被中共中央派遣到上海从事地下工作，重建秘密电台。

10月，李白化名李霞，以小学老师的身份住进了上海一家旅馆。在给上级的报告中，李白表示："希望尽早展开工作，争取用最快的速度，架设起秘密电台。"

李白选了一个比较安全、隐蔽的房子准备架设电台，却遇到了重重困难。当时，各国军队、警察、特务在上海横行，秘密电台的安全很难得到保障。另外，上海当局对所有能用于组装收、发电报机的零部件实行了极为严格的管控，很难采买齐全。李白只能通过黑市或其他渠道慢慢收集。

1938年春，李白克服了种种困难，终于集齐所需零部件，将秘密电台架设完成。

一天夜里，万籁俱寂，李白拉好窗帘，打开发报机，轻按电钮，一道红色的电波从上海传到了延安。之后，一阵嘶嘶的电流声响起。这信号来自延安！李白心满意足地笑了——秘密电台通过了检验，正式"竣工"。（将李白发报、收报的动作逐步分解，并详细描述出来；同时以李白收报后满意的笑容，侧面表现出他的心理状态。正面描写与侧面描写结合，牵扯着读者的情绪，让读者先随着李白的动作而捉摸不定、骤然紧张，再随着他满意的笑容而如释重负、倍感轻松。）

为了更好地隐蔽自己，李白将发报机的功率从70瓦降至30瓦。可由于功率太小，阻隔和干扰过多，电波很难传到千里之外的延安。

经过反复琢磨和调试，李白总结出了一套发报规律。他选择0点到凌晨4点为通报时间，因为，此时人们都已入睡，空中干扰及敌人侦察也比较少。

从此，李白用无线电搭建起了上海至延安的"空中桥梁"，一道道红色电波传递了大量重要情报。

为了方便李白展开工作，党组织让一名叫裘慧英的女同志假扮他的妻子。两人密切合作，夜以继日地收发电报，一方面将延安发出的指示传达给上海的地下党,另一方面则将收到的关于日伪军的重要情报传达给中共中央。

李白经常这样叮嘱裘慧英:"我们一旦被捕,绝不能使党的利益受到丝毫损害,也不能连累任何同志。"后来,经党组织批准,李白和裘慧英结为真正的夫妻。

1942年,为镇压中国军民的抗日运动,日寇在上海疯狂搜捕共产党员,同时加紧侦测秘密电台。尽管李白将电台的功率降到了十几瓦,还是被日本特务机关侦测出来了。

[中秋节前夜,日本宪兵和几个特务砸开门闯入李白的住所。李白赶紧发完最后一封电报,并在电报结尾连加三个"再见",向远方的战友暗示自己已遇险。随后,他快速拆解了电报机。

敌人在李白的房间里四处搜查,没有发现电报机,却发现了一台摸上去很热的收音机。他们凶狠地问李白:"这个收音机为什么这么烫?"

"我在听广播啊!"李白冷静地回答道。]

敌人找了半天,什么也没找到,只好无可奈何地向房外走去。不料,一个日本宪兵一脚踩坏了一块地板,李白夫妇所藏的发报机零件露了出来。

敌人不由分说,立刻抓走了李白夫妇,把两人押送至日本宪兵队监狱。然后,他们将李白夫妇分别关押,严刑逼供。尽管受尽折磨,但李白夫妇一直严格保守党的秘密。

在审讯过程中,李白发现,日本人多次问他:"你的电报到底发给哪里?延安,还是重庆?"

李白松了一口气,原来敌人对自己一无所知。于是,李白坚称自己是生意人,所谓的电报机是拿来了解商业行情的。

抗日英雄的故事

[日本特务难以判断真假，只好将裘慧英释放，把李白转移到其他地方关押起来。可是，日本特务费了好一番功夫才找到李白夫妇，为什么这么轻易就释放了裘慧英呢？

原来，当时上海的确有不少人私自架设商用电台。日本特务为确定李白的身份，找来好几个无线电专家对李白的电报机进行技术鉴定。

无线电专家的检测结果是：这台"收音机"是不能作为电台使用的，所以"绝不是"电台；另外，它的功率只有15瓦，一般来说，信号极为微弱，无法把消息传到延安和重庆。

然而，日本特务哪里知道，李白的电报机在平时就是个普通的收音机。但李白将收音机进行了简单的改装，只要在收音机上接上两个铜丝小线圈，它就摇身一变，成了收报机。在日本宪兵进门搜查的几秒钟里，李白迅速扯掉两个小线圈，并把它们丢到一边，收报机立刻变回了收音机。

另外，发报机的功率虽小，但经李白潜心研究，通过改变发报时段、使用波长、天线摆放位置等，就能将信号清晰地传回延安。]❷

李白以敏捷的应变能力和高超的技术巧妙地骗过了日本特务和无线电专家，也为自己赢得了一线生机。

名师导读 / Mingshi Daodu

❶ 无论特务怎么盘问、搜查，李白始终处变不惊、不卑不亢，与特务机智周旋，凸显了他沉着、冷静的品质。

❷ 如果想写出能激发读者阅读兴趣的文章，在动笔前一定要认真构思，精心安排情节。本文在讲述李白智斗日寇的情节时，采取了设置悬念的方法，即将事情的结果——敌人找不到证据而释放裘慧英的结果放在前面说，让读者感到疑惑；再揭露原因为读者答疑，让读者恍然大悟，进而对李白的聪明机智更为敬佩。

学生爱国主义教育系列丛书

抗日英雄的故事

后来，经过党组织的多方营救，李白终于在1943年5月获释。获释后，李白继续为党从事战略情报工作，为抗战事业贡献力量。1948年12月，李白被国民党当局逮捕。敌人施尽酷刑，也未能从他口中得到我党的机密。1949年5月7日晚，李白被国民党特务杀害，时年39岁。

名师赏析 / Mingshi Shangxi

对于抗日英雄，我们了解更多的是勇猛搏杀、智谋过人的将士，然而还有李白这样的仁人志士在没有硝烟的战场上与敌人进行殊死斗争。李白克服重重困难，打赢了一场又一场信息战。其过程之曲折，斗争之激烈，情况之凶险，一点也不逊于实战。而李白精湛的无线电技术、敏捷的应变能力和非凡的勇气则给我们留下了难以磨灭的印象。

● 好词好句

万人空巷　一票难求　家喻户晓　万籁俱寂

● 延伸思考

1.李白重建秘密电台时遭遇了哪些困难？

2.李白用什么办法骗过了日本特务？

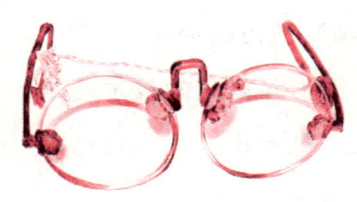

抗联名将李兆麟

抗日战争时期，在中国共产党的领导下，东北抗日联军与日本侵略者进行了艰苦卓绝的英勇斗争。其间，涌现出无数英雄人物，李兆麟就是其中一位。

李兆麟，东北抗日联军创建人和领导人之一，原名李超兰，化名李烈生、张寿篯，1910年11月2日生于辽宁省辽阳小荣官屯（今属灯塔市）的一户农民家中。

李兆麟自幼勤奋好学，写得一手好字，是乡里出名的"小秀才"。可是，李兆麟中学还没毕业，父亲就在贫病交加中过世了，他不得不辍学。回乡务农后，李兆麟没有放弃学业，利用所有闲暇时间刻苦读书。他志向高远，常以治水造福百姓的大禹自比，发誓要为国家做贡献、为人民谋福祉。

九一八事变后，以蒋介石为首的国民党当局实行"不抵抗"政策，将东北三省拱手让给了日寇。面对国土沦丧，李兆麟愤而在书箱上刻下"运思出奇，横扫千军……夺回我河山"的座右铭，表达自己收复祖国河山的宏愿。不久，李兆麟告别家乡和亲人，来到北平，义无反顾地投身抗日救亡的洪流。（山河破碎，外敌当前，李兆麟下定武装抗敌的决心，毅然投身抗战，尽显当时革命青年的凌云壮志与积极向上的精神面貌。）

为了工作更加方便，李兆麟化名李烈生，入读私立华北大学。他以学生身份做掩护，在北平开展救亡活动。他整日奔波，急促的脚步踏过城市、农村，忙碌的身影出现在工厂、田间，传递情报，散发传单，组织学生上街游行，广泛传播共产党的抗日主张……

1932年春，李兆麟奉命回到家乡组织抗日义勇军，以开展武装斗争，抗击日本侵略者。他冒着生命危险，往来于辽阳、沈阳、本溪之间，联络分散的义勇军和山林队。

这些义勇军和山林队之间关系错综，私怨颇多。一个不慎，李兆麟就可能因遭某一方误会而丧命。

有一次，在给一支打着"抗日"旗号的山林队做工作时，李兆麟受到了死亡威胁。他面不改色，义正词严："我们都是中国人，现在日本侵略中国，我们的枪应该对准谁？"这支山林队自觉理亏，同时受到李兆麟人格力量的感召，终于决定联合其他山林队抗日。（李兆麟联络零散武装力量的凶险程度，堪比在刀林剑丛中行走。他冒着生命危险，只为实现救国救民的抱负，展现出以天下为己任的博大胸怀和崇高无私的献身精神。）

为了团结一切可以团结的抗日力量，李兆麟不顾个人安危，四处奔走、呼号。最终，多支山林队共1000多人达成合作，组成"第24路东北民众抗日义勇军"，团结一心，一致抗日，李兆麟代行指挥职责。

从此，他带领着义勇军展开了轰轰烈烈的抗日救亡斗争：首战攻打铧子沟矿告捷，活捉前日本关东军工兵司令；继战韭菜台（村名，位于辽阳灯塔市），围歼汉奸土匪武装；三战辽阳，消灭当地势力庞大的亲日地主武装。

战斗接连告捷，唤起了当地群众的抗战激情，他们纷纷加入义勇军。短短几个月时间，义勇队就发展到六七千人。辽南地区的抗日斗争呈现出风起云涌的大好局面。

当时，沈阳城被日本关东军重兵驻守。李兆麟收到消息：8月前后，日本关东军换了新的指挥官，原本盘踞在沈阳城的日本侵略军被派往各地"围剿"义勇军，沈阳城内兵力空虚。这正是攻打沈阳城的好时机。8月末到9月初，在李兆麟的积极联络下，三路大军联合出战，数次袭击沈阳城。他们攻入南关和飞机场，摧毁飞机库，破坏日伪军电台，缴获大量军用物资，给刚上任的日本关东军司令送上了一份"厚礼"。日本侵略军则把这系列战斗看作"满洲"形势"十分可虑"的事件之一。（当时，沈阳是日寇侵占的东北第一大城市，也是关东军司令部所在地。义勇军屡次对其实施打击，不但削弱了敌人的战力，打击了敌人的气焰，而且彰显了中国人不屈不挠的精神，坚定了东北人民乃至全国人民的抗日信心，在全中国产生了深远影响，具有非同凡响的意义。）

1934年，东北的抗日斗争陷入低谷。年初，李兆麟来到珠河，化名张寿篯，在赵尚志领导的游击队任副队长。在多次对敌斗争的锤炼中，珠河反日游击队成了当地抗日救国的一面旗帜，各路义勇军和山林队纷纷前来投靠。6月，东北反日游击队哈东支队成立，赵尚志任司令，李兆麟任政治委员。在赵、李二人的领导下，哈东支队在多次对敌作战中取得重大胜利，威名远播。

1936年1月，"东北抗日联军总司令部"成立，李兆麟任总政治部主任。

李兆麟注重并紧抓抗日游击根据地建设工作，为各根据地的建设付出了大量的时间和精力。为将极具战略意义的小兴安岭汤旺河一带牢牢掌握在我军手中，扩大抗日游击区，李兆麟决心找准时机一举消灭盘踞在岔巴气（今金山屯，位于小兴安岭西南山）、南岔（县名，位于小兴安岭东南麓）、老钱柜（在今上甘岭区，位于小兴安岭中腹部）一带的敌伪势力——伪森林警察大队。

这支伪森林警察大队属日本侵略军直辖部队，以汉奸于四炮为首，有100余人枪，主要驻地在老钱柜，对汤旺河游击根据地构成了很大威胁。

3月19日下午，李兆麟率领150多名战士，冒着冷风，踩着积雪，沿着汤旺河快速向岔巴气推进。队伍抵达岔巴气时，天色已晚。李兆麟带人摸到一个岗楼，透过窗户看到两个伪警察正在喝酒。

几名战士破门而入，用枪抵住两个伪警察，厉声问："东岸有多少人？归谁管？有几个哨兵？"

"别开枪，我说，我说！"伪警察吓得浑身打战。

从这两个伪警察口中，李兆麟得知：东边的大院套里住着40多名伪警察，东院里住着中队长"黄毛"等人，只有一个岗哨。

李兆麟让两个伪警察带路，进入东边的大院套，然后命令战士分成两路：一路缴了岗哨，直奔西院；李兆麟带另一路突袭东院。

东院里，"黄毛"和几个伪警察正在炕上躺着。一听到响动，他们立即起身去拿挂在墙上的枪。只听"砰"的一声，李兆麟开了一枪，把灯打落在地，然后用枪指着他们说："不许动！""黄毛"等人顿时吓得不敢动弹。此时，其他抗联战士的枪都从窗户伸了进去，然后几名战士进屋缴了他们的械。与此同时，西院的敌人也已乖乖就范。（孤军深入敌方腹地，出奇兵以取胜，是一记妙招，也是一记险招。一进入敌营，抗联就处在了变故频生、危机四伏的境地，但李兆麟带队快速且成功地缴了敌人的械。这说明李兆麟具有一个优秀领导者所应具备的多种素质：不凡的胆识，迅捷的反应速度，备预不虞的能力。）

李兆麟让小部分兵力留守岔巴气，以防敌人去请援兵，自己带着大部分兵力前往南岔。李兆麟叫战士们换上伪军的衣服，押着"黄毛"等人乘雪橇出发了。中途，他们碰到了伪军哨兵。这些哨兵是于四炮的把兄弟兼得力干将宋喜斌派来的。他们告诉"黄毛"，宋喜斌正带着几个人坐在后面的雪橇上巡视，马上就到。李兆麟便让"黄毛"等人坐在最前面的雪橇上，接着赶路。

没过多久，他们就碰到了坐着雪橇的宋喜斌，宋喜斌后面还跟着很多雪橇。李兆麟用枪抵着"黄毛"的背，让"黄毛"问："你后面那么多雪橇是做什么的？"

"送粮的。"宋喜斌答道。

李兆麟等人当即展开突袭，速度疾如闪电。宋喜斌还没反应过来，就成了抗联战士的俘虏。随后，在李兆麟的说服教育下，宋喜斌同意带路去缴南岔伪警察的枪械。因为宋喜斌是驻守南岔的伪军头目，所以缴械进行得相当顺利。

接下来，李兆麟一行人顶着凛冽刺骨的寒风，终于在次日晚上赶到了老钱柜。由于抗联战士穿着伪军的衣服，又有宋喜斌帮忙迷惑敌人，所以对老钱柜伪警察的缴械行动也很顺利。

现在，老钱柜只剩下最后一个敌军营垒了，那里住着以森山大尉为首的7名日本侵略军指导官。李兆麟指挥突袭队直奔数千米外的敌营。在宋喜斌的配合下，外围警戒被很快解除，突袭队将木房子团团包围。很快，抗联战士就将负隅顽抗的7名日本侵略军指导官全部消灭，除了于四炮外出没有抓到，其余敌人全部生俘。

至此，突袭队攻打老钱柜的作战任务圆满完成，猖獗一时的伪森林警察大队被连根拔除，抗联威名大震。

为了满足抗战需要，抗联抽调兵力留守汤旺河一带，建起了兵工厂、被服厂、军校、医院等，为中国军队长期抗战提供了有力的支持和保障。其中，贡献尤为重大的就是李兆麟参与创办的军校。这所军校先后为抗日队伍培养、输送了大量军政人才。

1937年，七七事变爆发后，中华民族走向全面抗战。在全国抗战形势的鼓舞下，东北人民掀起了抗日斗争高潮。然而，日本侵略者疯狂破坏中共地下党组织，不断"讨伐"抗联，"蚕食"游击区，抗日斗争形势日益严峻。同年冬天，为粉碎日寇"聚歼"抗联的阴谋，北满抗联主力分3批西征，到小兴安岭西麓开辟新的根据地。

11月，李兆麟率军组成远征队，开始西征。西征途中，李兆麟及抗联将士经受了常人难以想象的艰难困苦。东北的深山老林天寒地冻，朔风刺骨，人迹罕至。抗联战士忍受着饥饿、严寒和疲惫，长途跋涉。很多人还没有到达目的地，就倒在了林海雪原之中。

一路上，李兆麟和战士同甘共苦。面对艰难困苦，他始终保持旺盛的革命精神，常帮体弱战士背行李、枪支，利用休息时间给大家上政治课、教唱歌、讲故事，鼓舞大家不畏艰难、赢得胜利。在这段艰苦的岁月，李兆麟写下了著名的《露营之歌》（《露营之歌》由抗联战士传抄流传下来，因此有多个版本，各版本词句略有不同）：

铁岭绝岩，林木丛生，暴雨狂风，荒原水畔战马鸣。围火齐团结，普照满天红。同志们！锐意哪怕松江晚浪生。起来哟，果敢冲锋！逐日寇，复东北，天破晓，光华万丈涌！

浓荫蔽天，野雾弥漫，湿云低暗，足溃汗滴气喘难。烟火冲空起，蚊吮血透衫。兄弟们！镜泊瀑泉唤起午梦酣。携手吧，共赴国难！振长缨，缚强奴，山河变，万里息烽烟。

荒田遍野，白露横天，野火熊熊，敌垒频惊马不前。草枯金风疾，霜沾火不燃。战士们！热忱踏破兴安万重山。奋斗呀，重任在肩！突封锁，破重围，曙光至，黑暗一扫完。

朔风怒吼，大雪飞扬，征马踟蹰，冷风侵人夜难眠。火烤胸前暖，风吹背后寒。壮士们！精诚奋发横扫嫩江原！伟志兮，何能消减！全民族，各阶级，团结起，夺回我河山。

（在东北的野山密林、冰天雪地中，抗联战士不仅物资匮乏，精神生活也相当贫瘠。戎马倥偬之际，李兆麟写下气壮山河的《露营之歌》。歌词真切地描绘了东北抗联的露营生活与战斗经历，歌颂了祖国的大好河山，真实再现了西征艰苦的生活，抒发了抗联战士对抗战信念的坚守和对敌人的憎恨，歌颂了抗联将士蔑视困难的英雄气概和无私的奉献精神，丰富了抗联战士的精神生活。此后，这四段词被配以古曲，迅速在联军各部中传唱开来，极大地鼓舞了东北抗联的士气。）

在日伪军的围攻和追逐下，李兆麟带着这支抗联远征军历时近两个月，行程千余里，历尽磨难，终于来到抗联后方营地白马石（在今辽宁省葫芦岛市），与前期抵达的抗联部队会合，西征胜利结束。

西征保存了抗联的有生力量，为开辟新的抗日根据地和游击区、坚持东北抗战奠定了坚实的基础，在东北抗联斗争史上留下了浓墨重彩的一笔。

1945年8月，李兆麟领导东北抗联向黑龙江、吉林进发，与苏联红军联手痛击日本关东军，解放了被侵占14年的东北，终于从日寇手中"夺回我河山"。

名师赏析 /Mingshi Shangxi

在白山黑水间，李兆麟不遗余力联络武装力量抗日，率军攻打日寇盘踞的沈阳城，打出了中国军人的血性与气势；带队直捣"老钱柜",指挥勇敢沉着,行动疾如风迅如雷,巩固并扩大了抗日根据地;西征途中,与战士同甘共苦,自觉担当,作《露营之歌》鼓舞战士战胜极端残酷的环境;戎马驰骋在东北三省间,与日寇浴血奋战,最终实现"夺回我河山"的夙愿。李兆麟身上凝聚的勇赴国难、无私奉献、不畏艰险、百折不挠等品质,是东北抗联精神的具体体现,是国人弥足珍贵的精神财富,更是激励我们奋勇前进、顽强拼搏的强大精神动力。

● **好词好句**

朔风怒吼,大雪飞扬,征马踟蹰,冷风侵人夜难眠。火烤胸前暖,风吹背后寒。壮士们!精诚奋发横扫嫩江原!伟志兮,何能消减!全民族,各阶段,团结起,夺回我河山。

● **延伸思考**

文中,"夺回我河山"一共出现了3次,分别有什么作用?请简要分析。

"小白龙"白乙化

1940年2月,数千名日本侵略军对八路军平西根据地实施"围剿"行动。在青白口、东胡林(村名,均位于北京门头沟区)一带,赶来阻击的八路军冀热察挺进军第10团与日本侵略军遭遇。

两军激战数天后,日本侵略军凭借重炮轰击和飞机空袭,压制住了八路军的攻势,第10团伤亡惨重。

此时,怒不可遏的第10团团长命令战士对空扫射,然后拿过一杆步枪,瞄准一架低空盘旋的敌机连开几枪。子弹击中了驾驶员,随后,失去控制的敌机摇晃着一头撞在了山上。(由于飞机速度快、火力猛、视野广,狙击手若想将其击落,成功概率很低。但第10团团长成功了,这就说明他智勇兼备、能力拔萃,具有精准的枪法、不怕暴露的勇气。)

这位身怀绝技、用步枪打下飞机的八路军团长名叫白乙化(1911—1941),辽宁辽阳人。白乙化天资聪颖,7岁入学,13岁能作诗,先后入读东北讲武堂及北平的中国大学,后于1930年加入中国共产党。

九一八事变爆发后,正在大学就读的白乙化拍案而起,向校方提出了回乡抗战的申请。他坚定地说:"国家兴亡,匹夫有责!我应先杀敌,再求学。如果我战死在抗日战场上,那就算偿了我的心愿了!"校方批准了他的申请,并保留了他的学籍。

白乙化回到家乡辽阳后,组织抗日义勇军反击日寇,并担任了司令一职。由于他乳名叫作"小龙",喜欢穿白色衣服,指挥军队作战十分灵活，因此人称"小白龙"。

在白乙化的带领下，这支军队转战于辽西、热北等地，屡战屡胜。但是，因受国民党欺骗，这支军队于1933年被缴械，白乙化只能含恨回到大学继续读书。此后，他在中国共产党的领导下，一直进行各种抗日活动。

[七七事变爆发后，他积极筹备、组织武装暴动，成立了抗日民族先锋队，并担任总大队长一职。白乙化率领抗日先锋队渡黄河，穿沙漠，过草原，迎着向南而逃的国民党军队，与日寇同时抵达河曲县（位于山西省忻州市西北部）。]

日本侵略军火力凶猛，先锋队将士的意见发生了分歧，有的提议留在河曲，有的提议回渡黄河。两派争执不下之时，白乙化站了出来："大家今天说要抗日，明天也说要抗日。眼下，抗日终于来了。这时候我们怎么能动摇呢？"

白乙化力排众议，率军迎战日寇，并大获全胜。这次战斗，沉重地打击了敌人的气焰，有力地保卫了晋西北。

1939年4月，先锋队来到平西抗日根据地，与另一支战斗力较弱的队伍合编为"华北人民抗日联军"，白乙化升任副司令员。在白乙化的整顿和管理下，这支队伍战力大大增强。白乙化成了平西人民眼中的传奇英雄，深受拥护与爱戴。

同年夏天，一个日本中队悍然进犯斋堂镇（位于今北京门头沟区），气焰相当嚣张。这个中队的指挥官是有"侵华功臣"之称的过村。

在白乙化巧妙的布防和指挥下，中国军队于沿河城一带大胜日本侵略军，不可一世的过村被击毙。在中国军队缴获的物品中，除了大量军用物资，还有过村的"奖状"。

白乙化不但用兵有道,还是八路军队伍中公认的"神枪手"。

[1939年底,华北抗联被改编为冀热察挺进军第10团,白乙化担任团长。在一次战役中,第10团把日本侵略军一个大队引入了伏击圈。这队日本侵略军相当凶顽,队伍被切断后,队形依然保持得很好。

白乙化细心地观察了一会儿,发现日本侵略军指挥官正利用旗语指挥手下士兵。他立刻端起步枪,瞄准旗语兵连开3枪,立毙3人。精准的枪法将旗语兵吓破了胆,他们纷纷卧倒在地,日本侵略军队伍立刻大乱。

白乙化和10团战士纷纷上刺刀,冲进敌阵展开肉搏战,彻底击溃了这队日本侵略军,共计打死打伤130多人。

1940年2月,本文开篇的那一幕出现了——白乙化创造了以1杆步枪将1架敌机击落的神话。一时间,"小白龙"声名鹊起,敌人闻风丧胆。] ❷

除了"神枪手"的美誉,白乙化还拥有"投弹能手"的称号。他投手榴弹远且准。与别人攥着木柄甩的投弹方式不同,他往往先拉弦,再用手转一下,然后攥着铁头往前扔。这样既能够缩短引爆时间,不给敌人捡拾的机

名师导读 / Mingshi Daodu

❶ 白乙化率队抗日,与弃城而逃的国民党军队迎面相撞。两支队伍形成鲜明的对比。抗日民族先锋队奋楫逆行、不怕牺牲的奉献精神与义无反顾、不惧强敌的斗争精神显得更加难能可贵。

❷ 3枪击毙3个旗语兵,1杆步枪击落1架敌机,看似不可能,但白乙化做到了。"小白龙"之所以能缔造战争神话,依靠的并非运气,而是强大的实力。

会，又能够增加准确度。

　　1940年6月，白乙化率第10团第1营将士开赴滦平、丰宁境内。他传令下去，让每个班在宿营时挖出一个排的灶坑。

　　敌人诚惶诚恐，以为八路军的大部队就在附近，便纠集300人尾随其后，不敢接近，又担心跟丢，更不敢贸然攻击。附近的敌据点气氛骤然紧张。

　　白乙化率军牵着敌人的鼻子在山里转悠了几天。一天夜里，他们乘敌不备，甩掉敌人，接连捣毁4个日伪军据点，然后便失去了踪影。

　　敌人正原地打转时，白乙化的部队已经来到百里外的丰宁县大草坪据点前。这个据点的守敌多达一个营，装备精良。白乙化带队攻至中心炮楼附近。可敌人倚仗火力优势，压制了我军的攻势。

　　此时，白乙化距守敌有几十米远。他向战友要来3枚手榴弹，以其特有的方式将手榴弹扔进了炮楼的枪眼。

　　几声巨响过后，敌人的机枪哑了。1营战士冲进炮楼，将一个营的守敌全部歼灭。消息一经传出，日伪军高层大为震动。（白乙化先布疑阵，误导敌人，让敌人摸不清虚实；再以"牵牛鼻子"战术调动、分散敌人，创造有利战机，出其不意攻入敌营；最后精准投弹，消灭敌人火力，反手制敌。白乙化机动考量形势变化，灵活运用战术，显示出过人的谋略和出色的指挥才能。）

　　1941年2月4日，几百名日本侵略军企图偷袭位于密云山区的中国军队的阵地。但抵达鹿皮关之后，他们发现自己在不知不觉中已经钻进白乙化所设的埋伏圈。白乙化指挥战士和日本侵略军鏖战一天一夜，消灭了160多名敌人。

　　这时，由于增援的敌人越来越多，白乙化亲临战斗第一线进行指挥。为了尽快结束战斗，白乙化站在山顶大石上指挥战士冲锋，却不幸被流弹打中头部。这位充满传奇色彩的英雄以身殉国，实践了他曾许下的诺言。

名师赏析 / Mingshi Shangxi

在抗战时期，多少英雄前仆后继，上阵杀敌，舍生忘死。"小白龙"白乙化就是这些英雄的杰出代表：弃文从戎，以战死沙场为荣；枪法精准，举手间立毙旗语兵；以步枪击毁敌机，扬我军威；率部痛击敌寇，灭其气焰；巧用游击战术，牵制、震慑敌军。我们应牢记他们的英雄事迹，从中汲取智慧、勇气和宝贵的精神力量，在人生道路上不畏坎坷、奋勇前行。

● 写作借鉴

这也是一篇多事件写人文。这类文章在行文时，一定要安排好事与事之间的过渡。例如，本文开头用倒叙手法吸引读者注意力，随后把话题转移到主人公的身份、经历上，自然而然地完成了从倒叙到正叙的转换，给读者以条理清晰、内容连贯、浑然一体之感。

● 延伸思考

在白乙化指挥的几场战斗中，哪一场给你的印象最深？为什么？

百胜团长叶成焕

他，敢打敢拼，攻如猛虎，克敌制胜，立下不朽功勋；他，英勇善战，守如泰山，重创敌军，以极小的代价换取了最大的战果；他勇谋兼备，意志坚定，不管遇到怎样的情况，都能出色地完成上级交代的任务，人称"百胜团长"。（开篇运用排比修辞，列举出"他"——一位抗日英雄的最大特点与累累功勋，简明扼要，语势充沛。）

这位抗日将领名叫叶成焕，1914年出生在河南省新县郭家河，15岁参加革命，同年加入中国共产党，16岁参加红军。多年军旅生涯，他历经战火硝烟的洗礼，从一名普通的战士逐渐成长为一名优秀的指挥官。每次战斗，叶成焕总是冲锋在前，撤退在后，勇猛如虎，战士们无不钦佩，因此称他"叶老虎"。

1937年7月，抗日战争全面爆发后，中央红军主力被改编为国民革命军第八路军，叶成焕担任八路军第129师386旅772团团长。

386旅是一支劲旅，由悍将辈出的主力红军红31军改编，尽管才改编不久，还未进行扩编，但指战员个个身经百战，战斗力强。叶成焕所在的772团更是386旅的头号主力。

叶成焕文质彬彬，果敢英勇，多谋善虑。他的指挥才能在长生口（共两场战役）、神头岭、响堂铺等著名战斗中得到了充分发挥，为129师在全面抗战初期的"三战三捷"做出了重大贡献。

1937年9月，叶成焕奉命率领772团挺进太行山地区。

太行山绵延千里,像一条青色巨龙,盘踞在豫晋冀三省辽阔的大地上。其横谷被称为"陉",是三省往来的交通要道,也是重要的军事关隘,以"太行八陉"最为著名。井陉关(在今河北省西部井陉县的井陉山上)为八陉中的第五陉,既是周围三省物资交流集散地,也是晋冀通衢中最具战略地位的要冲。

同年10月,日本侵略军两个师团占领井陉后,主力继续向娘子关(位于山西平定县,扼晋冀之咽喉,有"三晋门户""万里长城第九关"之称)推进,部分兵力则经板桥村、长生口和核桃园向娘子关西南的井陉关进发,计划迂回到娘子关后,与正面进攻的主力前后夹击中国军队。

八路军挺进太行山地区后,将井陉当成了打击、削弱日本侵略军的重要作战目标。10月19日,叶成焕率部抵达平定县(属山西省阳泉市)东部的石门口乡。

此时,日寇正对娘子关实施猛攻,中国军队被围困在旧关(井陉关西出口)以南,娘子关告急。

与此同时,八路军386旅前往娘子关侧后,准备牵制进犯的日本侵略军。旅长陈赓下达给叶成焕的命令是:率772团隐蔽集结于于家沟村(位于山西省原平市解村乡),伺机而动。

此前,772团从未与日本侵略军正面遭遇过,这次是初战。叶成焕审时度势,深思熟虑,最后决定趁夜发起突袭。他派副团长王近山率第3营提前进入地形复杂的长生口村(属井陉县天长镇,位于晋冀交界、太行山腹部)设下埋伏。

长生口村在井陉西部,东临板桥村,西接核桃园,再往西就是娘子关,在井陉地区军事地理上占据着重要位置。

21日夜，一个日本侵略军中队钻进了3营的伏击圈。3营战士立刻用手榴弹将日本侵略军炸得人仰马翻。日本侵略军搞不清状况，胡乱还击，慌乱中退进了长生口村的打谷场。

打谷场平坦空旷，缺少遮蔽物，日本侵略军全部暴露在我军的视野中。3营战士没有给日本侵略军喘息的机会，向其猛掷手榴弹，再借硝烟的掩护冲向敌阵。激战1小时后，除少数日本侵略军侥幸逃脱外，3营共毙敌50余人。

这场长生口伏击战规模虽不大，却是772团的抗战首战。首战告捷，刚踏上战场的772团，乃至386旅军心大振。同时，日本侵略军也因此大受震动，被迫暂缓攻势，延迟攻打娘子关。这大大缓解了中国军队正面战场的压力。（772团在这次战斗中表现出相当高的战斗素养：开战前，抢占有利地形，预置兵力以伏击敌人，占得了先机，掌握了战斗的主动权；交战时，先是打得果断迅猛，后是将伏击顺势转变为追击，不给敌人喘息和反攻的机会。由此可见，772团是"386旅的头号主力"一说，并非浪得虚名。）

1938年2月，叶成焕再次接到命令，率领有"夜老虎"之称的2营，再次在长生口伏击日本侵略军。叶成焕率军在22日凌晨出发，于黎明前抵达长生口南山，并选好有利地形设伏。

早上6时，载着200多名日本士兵的8辆运输车全部进入伏击圈，叶成焕立即下令开战。2营战士居高临下，以凶猛的火力痛击日本侵略军。

日本侵略军始料未及，乱作一团，许多士兵来不及下车就被击毙。由于指挥官也在战斗打响后不久被消灭，日本侵略军无法组织有效的攻击。

2营战士以火力死死压制，随后顺势发起冲锋，与敌人近身肉搏，彻底击溃了这批日本侵略军。战斗历时半小时，以八路军取胜告终。

抗日英雄的故事

第二次长生口伏击战共歼灭、俘虏日本侵略军130余人，破坏汽车5辆，缴获迫击炮2门及大量枪支弹药。

八路军386旅772团在此取得两胜，引起了日本侵略军的恐慌。日本侵略军不得不暂缓对晋南的攻势，一面调来重兵对付八路军，一面收缩兵力巩固后方及运输线。

1938年3月，日本侵略军出动3万兵力入侵晋东南。为策应正面战场，破坏敌交通线，八路军129师决定发挥游击战优势，用吸敌打援的战术重创日本侵略军：386旅769团负责佯攻黎城县（在山西省东南部，邻接河北省，属长治市）的日本侵略军，引诱潞城县（今山西省长治市潞城区）的日本侵略军前来支援；772团在其必经之地——神头岭（位于潞城县东北）伏击援敌。

旅长陈赓带众指挥员勘察地形后发现：神头岭以东是高地，以西是矮坡；公路为南北走向，从沟底的坡上穿过；公路两边地势平坦开阔，只有国民党军队留下的残破不堪、坍塌严重的工事，数千人的部队实难隐藏。

然而，在与众指挥员商议后，陈赓做出了惊人的决策——在神头岭布下"口袋阵"，将伏兵设在路边。

随后，陈赓问叶成焕："假如让你们团的2营埋伏在神头岭对面的申家山，战斗打响后，能不能在40分钟内冲上公路？"

叶成焕胸有成竹地说："用不了那么长时间，半个小时，我保证能拼上刺刀！"

于是，陈赓令772团3营担任警戒、断敌退路的任务；令772团主力利用旧工事隐蔽伪装，埋伏在邯长（河北邯郸至山西长治）公路以北、神头岭以东高地，负责主要突击任务。为了便于隐蔽，陈赓还命令设伏部队要严格维持旧工事原状，不得对周围事物做任何改变，哪怕是踩过的野草也要按风向扶正。

在叶成焕的带领下，772团主力部队进入伏击区域做好伪装。战士们近的就埋伏在公路边10米左右的旧工事里，相当于就在日本侵略军眼皮底下，远的则埋伏在相距公路几十米的地方。

3月16日凌晨，769团开始猛攻黎城，守城的日本侵略军急忙请求支援。8时，潞城方面派出1500余日本侵略军支援黎城。

这批援军派出了先遣部队探路。先遣部队乘两辆汽车，带着小股骑兵迅速赶往黎城。

日本侵略军先遣部队经过神头岭时，叶成焕用望远镜发现了他们的行踪，急令772团战士："注意隐蔽，随时准备战斗。"

［日本侵略军的骑兵侦察队向772团的埋伏地搜索而来。20米、15米、10米、9米、8米……日本侵略军的马蹄就快踩到772团战士的头上了，情况十分危急。772团战士坚决执行叶成焕的命令，个个屏住呼吸，纹丝不动，毫不慌乱。所幸，日本侵略军的马蹄在快踩到八路军战士的帽子时停了下来。日本侵略军对脚下的破烂工事看都没看一眼，就大摇大摆地离开了，压根没发现八路军的踪迹，更不会想到八路军就埋伏在他们脚下。］

经过漫长的等待，日本侵略军援军全部进入"口袋阵"。叶成焕一声令下，发动全面进攻；772团将士一跃而起，齐齐将手榴弹掷向敌群。一时间，手榴弹雨点般落在日本侵略军队伍中，喊杀声、枪炮声、爆炸声震耳欲聋。日本侵略军呆在当场，不明白人数众多的八路军是从哪儿来的。他们反应过来，已经错过了最佳的反击时机。我军战士高喊上前，用刺刀、长矛勇猛杀敌。战场上寒光闪闪，鲜血四溅。

敌我激战正酣，一阵喊杀声传来，埋伏在申家山的772团2营将士居高临下，猛烈开火，随后犹如神兵天降，冲入敌营，将敌队切成数段。失去指挥的日本侵略军立刻一窝蜂似的望风而逃。一股约300人的残敌狼狈逃窜至西边的神头村，打算利用民宅和窑洞固守，等待支援。

［叶成焕得知情况，马上派出一个排追击日本侵略军，接着率一个连与其展开激烈的拉锯战。最终，这股残敌抵挡不住八路军战士迅猛的攻击，被全部歼灭。］❷

神头岭伏击战，129师共歼敌1500余人，毙伤和缴获骡马600余匹及大批武器装备。这次战斗重创入侵晋东南地区的日寇，破坏了其交通运输线，牵制了日本侵略军的攻势，成功策应了其他中国军队于晋西地区的作战行动。

15天后，在晋冀交界的响堂铺，叶成焕再次率部伏击日本侵略军，并大获全胜。

这几场战争就是全面抗战初期著名的"三战三捷"，叶成焕率772团有力地打击、钳制了日本侵略军，贡献卓越，战功赫赫。

叶成焕不仅擅长进攻，也擅长防守。在1937年11月初的黄崖底战斗中，他便发挥了"守如泰山"的优势。

当时，八路军129师为打击由冀向晋进犯

名师导读 / Mingshi Daodu

❶ 772团依计埋伏在敌人眼皮底下，还要不被敌人发现，这是何等艰巨的任务。但772团圆满地完成了。哪怕是敌人即将踩在自己的头顶上，772团全员也严格遵守军令，具有严明的组织纪律性及高度的思想自觉性。叶成焕治军之严可见一斑。

❷ 战场上，将领身先士卒、不惧艰险，士兵自然争先恐后、悍勇无畏。772团作战迅如风，全歼顽敌，这与叶成焕奋勇当先、亲临一线指挥作战所起的榜样作用是分不开的。

的日本侵略军，在黄崖底利用两侧高地，诱伏敌军一个约700人的营。叶成焕率领772团与兄弟部队771团协同作战。771团诱敌深入至黄崖底河滩内，772团于日本侵略军翼侧，居高临下，以凶猛的火力猛袭，杀伤大量敌军。此后，日本侵略军集中主要兵力向772团阵地接连组织起3次反扑，攻势猛烈。但叶成焕率领的772团死守阵地，狠狠压制住其攻势。日本侵略军败退时，772团战士又向其投掷数百枚手榴弹，炸死大批敌军。

黄崖底战斗我军仅伤亡30余人，却歼敌300余人，以极小的代价换取了最大的战果，取得了前所未有的胜利。

1938年4月初，日本侵略军集结3万人，兵分九路向晋东南抗日根据地发起大规模围攻，企图歼灭八路军第129师。晋东南抗日根据地军民遂发起粉碎日本侵略军"九路围攻"的作战。

4月中旬，一股3000余人的日本侵略军放弃武乡县（位于山西省东南部、浊漳河上游，属长治市），沿浊漳河向东撤退。129师师长刘伯承决定集中兵力追击这股日本侵略军，在浊漳河河谷将其歼灭。

当时，叶成焕患了严重的肺病，陈赓旅长想让他多休息一段时间。叶成焕知道后，却坚决要求"打完这一仗"。他带病奔赴前线，率部沿河追击，在武乡以东的长乐村将这股日本侵略军大部截住，旋即发起猛攻，将日本侵略军截为数段，压缩到狭窄的河谷里基本歼灭。

这时，一股上千人的日本侵略军部队前来支援，刘伯承急令部队撤退。叶成焕领命后，一面令部队迅速清理战场，尽快撤离，一面站在山坡上用望远镜观察敌人动向。

突然，一颗子弹打中了叶成焕的头部，他倒了下去。战士们急忙抬起叶成焕向山下撤退，一路上鲜血淋漓，叶成焕时昏时醒。

"哎，队伍，队伍呢？"这是他临终前说的最后一句话。4月18日凌晨，叶成焕因伤势过重，失血过多，壮烈牺牲，年仅24岁。

　　长乐村战役对粉碎日本侵略军的"九路围攻"起到了决定性作用。此后，日本侵略军各路纷纷溃退，"九路围攻"计划彻底破产。八路军从此在太行站稳了脚跟，开创了雄踞太行的局面。

名师赏析 / Mingshi Shangxi

　　叶成焕骁勇善战，带出攻势凌厉的772团，在八路军抗战初期立下显赫战功；在黄崖底，率团严防死守，将敌人牢牢困于我军所布的伏击阵中；长乐村一战，带病上阵，追歼日寇，为粉碎敌人"九路围攻"的计划做出了突出贡献。尽管生命短暂，但他攻无不克的钢铁意志与敢打敢拼的英雄气概，已经成为中国人的自觉追求和精神动力。

● **好词好句**

　　他，敢打敢拼，攻如猛虎，克敌制胜，立下不朽功勋；他，英勇善战，守如泰山，重创敌军，以极小的代价换取了最大的战果；他勇谋兼备，意志坚定，不管遇到怎样的情况，都能出色地完成上级交代的任务，人称"百胜团长"。

● **延伸思考**

叶成焕参加的"三战三捷"指哪几场战役？他做出了什么贡献？

学生爱国主义教育系列丛书

抗日英雄的故事

双枪女英雄李林

曾经，在晋北的抗日游击队中，活跃着一位"双枪女英雄"。每次对敌作战时，她总是骑一匹棕色战马，手持双枪，威风凛凛。（外貌描写，就是对人物的容貌、体态、衣着、神情等进行准确、生动、形象的描绘，以形传神，揭示人物的思想、品质、性格。这里在展示李林的外貌时，抓住李林骑棕马、持双枪、气势足的特点进行描绘，使其提枪纵马的飒爽英姿跃然纸上，尽显其英勇果敢的性格特征。）

这位英雄名叫李林，原名李秀若，福建龙溪人，幼年时家徒壁立，被父母卖给印度尼西亚一个商人当女儿，在印度尼西亚的爪哇度过了童年时代。

在爪哇，李林看到荷兰殖民者经常欺侮、抓捕中国人，就问自己的小学老师："同样是人，为什么荷兰人要欺压中国人？"

老师也是中国人，无可奈何地回答她："这是因为祖国不够强大，我们华侨没有坚实的后盾。我们的祖国要是强大了，那就谁也不敢欺辱我们了。"

"老师，我是中国人！我长大以后一定要让祖国强大起来，让所有同胞再也不被欺辱！"李林斩钉截铁地说。

小学毕业后，李林归国求学。1935年，李林抱着"读书救国"的想法，入读上海爱国女子中学。然而，当时的上海到处是帝国主义的租界，女中附近就驻扎着一批日本兵。

李林时常能听到日本兵进行实战演练时发出的跑步声、枪炮声。她怒火中烧，义愤填膺地说："当初郑成功能率军赶走荷兰侵略者，现在我们要心甘情愿当亡国奴吗？"

李林开始探索救国救民的道路。后来，她接触到了一批进步青年，阅读了大量进步书籍，便萌生了投身革命的志向，走上了抗日的道路。

"一二·九"学生爱国运动的浪潮席卷上海，上海大中学校的进步青年学生积极响应，走上街头游行示威。

在游行队列里，李林和数百名青年学生一起振臂高喊：

"反对卖国求荣的投降主义！"

"停止内战，一致抗日！"

"打倒日本帝国主义！"

…………

在学生运动的浪潮中，李林得到了历练，1936年加入了青年学生进步组织——"抗日救亡青年团"，写下了"甘愿征战血染衣，不平倭寇誓不休"的豪言。

李林品学兼优且多才多艺，一有机会就积极参加社会活动。暑假期间，她与"抗日救亡青年团"的伙伴们组织起"抗日宣传团"，到乡下宣传抗日救国的思想，组织动员群众开展反日斗争。

宣传团到了松江县（今上海松江区）。李林在宣讲抗日思想时动情地唱起了抗日歌曲，以悲凉的曲调控诉日寇侵犯中国的罪行，唱出了九一八事变后中国人民的苦难遭遇，以及盼望国家复兴、家园复得的强烈祈盼。歌声如泣如诉，感人肺腑，激起了全场听众强烈的抗日斗志与救国热情：

"打倒日本帝国主义！"

"反对卖国政府的投降主义！"

……………

听众的口号声震耳欲聋，一浪高过一浪。松江伪政府官员大惊失色，忙叫伪军警过来镇压。

面对气势汹汹的伪军警，李林镇定自若地说："日寇强占了我东北三省，现在又进犯我华北地区。我们要宣传抗日救亡的道理！难道爱国有罪，卖国有功吗？我们决不当亡国奴！"

听了李林的话，全场听众情绪更加激昂，纷纷振臂高喊反日救国的口号。伪军警自知理亏，不敢开枪，就把李林等爱国学生强行押上火车，送回了学校。（李林以唤醒民众为己任，不惧反动势力，怒斥凶蛮伪军警。"我们决不当亡国奴"，铿锵有力、正气凛然，透出极强的民族自尊心与民族自豪感。）

新学期刚开学，李林正准备学习新课程。此时，反动当局突然命令爱国女子中学开除李林。

李林气愤难平，但只能遗憾地说："爱国女子中学就像我的母亲，将我培育成爱国之人。我实在难舍母亲的怀抱。不过，只要我拥有爱国之心，到哪里都能爱国，都能革命！"

之后，李林告别母校与同伴，毅然奔赴北平，继续抗日救亡运动。1936年12月，李林加入中国共产党，并积极响应党组织的号召前往太原，参加了山西牺牲救国同盟会（简称"牺盟会"）。从此，她开始了横刀立马、杀敌保国的战斗生活。

在太原，李林一边进行军事训练，一边做着女生连党支书的工作。

训练时，李林勤勉不懈且吃苦耐劳：反复练习射击，就算双肘磨破，鲜血直流，她也从不喊苦叫累；学习骑术，她不怕摔跤，也不怕受伤，锲而不舍地坚持训练。一段时间后，就算最难驯服的大马，她都能一跃而上。

李林的枪法和骑术越来越精湛，她甚至能在奔驰的马背上双手持枪射击，因而成了学员模范，备受其他学员敬重。

1937年11月，李林受命于偏关（县名，在山西省忻州市）一带组建了雁北抗日游击队第8支队，并任支队长。李林严于律己、宽以待人，对战士们关爱有加，因此战士们对她十分拥护。

但是，有一些新战士对这名"女华侨"感到很不以为然。

有一天，一个被称为"神枪手"的新战士找到李林，提出要跟她比试枪法。

李林答应了。她飞身上马，双枪齐发，只听"啪啪啪啪"4声脆响，4个瓶子应声破裂。

围观的战士顿时爆发出热烈的掌声和喝彩声。

新战士心服口服，连忙跑到李林的马前，冲着她抱拳道："您果然枪法如神，我服了！"（八路军队伍人才济济，战力卓越。如果领导者没有出类拔萃的技能，是很难服众的。李林律己极严、训练刻苦，练就精湛的枪法和骑术，才赢得了众多战士的尊重与拥戴。）

1938年，李林出任八路军120师6支队骑兵营教导员。她率军纵横雁北（抗战时期，雁北地区辖13县，其中7县今归大同，6县今归朔州），与日伪军作战，战绩卓著，威名远扬。同年12月，她与牺盟会特派员屈健结为夫妻。

当时，雁北抗日根据地位于敌占区心腹位置，如同插进敌人胸口的一把利刃，日寇视其为"眼中钉"，决心不惜一切代价除掉。

1940年4月26日，1.2万日伪军倾巢出动，兵分三路扑向洪涛山区，对晋绥边区发动了规模空前的大"扫荡"。

晋绥边区特委快速做出了反"扫荡"部署:边区特委、机关人员,以及当地群众1000余人向平鲁方向转移。李林率领队伍转移至西平太村(在今山西省朔州市平鲁区)时,敌人追了过来,并对西平太村形成包围之势。

为帮助干部队伍及群众突围,李林的骑兵连接过了掩护任务。已有3个月身孕的李林跨上战马,毅然担起指挥重任。她一马当先,率领骑兵连冲向枪声密集的西平太村沟口,吸引日寇的注意。

日寇果然上当,误以为被包围的八路军主力正全部向东突围,包围圈立刻变成一条直线去追击李林。干部队伍立即趁机向相反方向突围,因此得以安全转移。

敌人调集了远超骑兵连数倍的兵力向李林等人猛扑过来。李林带着骑兵连与敌人展开了殊死斗争。骑兵连的战士接连牺牲,最后只剩下李林一个人了。

在战马受伤倒地、胸部中弹的情况下,李林仍坚持战斗。她双枪齐发,连毙数名敌人,吓得敌人只敢从远处扫射。

最后,李林只剩下一颗子弹了。面对包围过来的敌人,她将最后一颗子弹射进了自己的喉部,壮烈殉国,时年25岁。

名师赏析 / Mingshi Shangxi

李林不甘同胞受欺侮,立志兴国,有极强的民族荣辱感;身在校园,心系国家,为抗日救国奔走呐喊,有志亦有为;弃文从戎,苦练枪法骑术,技艺突飞猛进,堪称军人楷模;跃马提枪，征战雁北，赫赫威名震慑敌军；身怀六甲，单枪匹马，依然骁勇，令大批敌人不敢近身。她短暂而悲壮的一生，就如她墓碑上所题的那首诗一样："浩气贯洪涛，碧血染桑乾。忠勇报国志，永活在人间。"

● **好词好句**

曾经，在晋北的抗日游击队中，活跃着一位"双枪女英雄"。每次对敌作战时，她总是骑一匹棕色战马，手持双枪，威风凛凛。

● **延伸思考**

1.什么事让年幼的李林产生了振兴祖国的愿望？
2.李林是怎样成为学员模范的？

爆破大王马立训

抗日战争时期，中国军队的各个领域涌现出大批人杰。他们磨炼本领，勇于创新，成为领域佼佼者，为抗战的最终胜利做出了重大贡献。"爆破大王"马立训就是一位在爆破领域潜心钻研、不断创新的优秀人才。他发明的多种爆破法不单在当时创造了一次次战争奇迹，有些甚至沿用至今。

马立训，1920年出生于山东淄川（今淄博市淄川区）。他的祖父和父亲都是矿工，先后死在中日资本家的残酷压榨下。他12岁就来到煤窑做苦工，不久后参加了国民党的军队。1940年4月，马立训所在的国民党部队被八路军击溃，他加入了八路军山东纵队第4支队3营12连。5月，他所在连队被整编为第4支队3团1营1连。

在八路军队伍中，马立训成长得很快。没过多久，他就成了一名觉悟高、技术好、作战勇猛的八路军战士。

10月，马立训所在部队被调往沂蒙山区。部队抵达沂蒙地界后，接到了拔掉抗日根据地内敌人据点的任务。

八路军指挥官要挑选一批勇士组成突击队，夜袭敌营。马立训第一个报了名。战斗打响后，他和战友一起连克数个险要据点。

在拔除青驼寺（在山东省临沂市沂南县青驼镇境内）据点时，马立训及战友遇到了一伙顽敌。在敌人的炮火中，马立训冒着生命危险，只身一人，手提浇了油的自制"土炸弹"，直奔围墙，将"土炸弹"点燃扔进了敌人的据点。据点里顿时火光冲天，黑烟滚滚，不可一世的敌人吓得魂飞魄散、仓皇逃窜。突击队成功攻占据点。（作为一名普通战士，马立训能够自制"土炸弹"并一举炸毁敌人据点，说明他拥有不凡的机智与才能，以及能将之成功应用在实战方面的出色手段。这为他成为八路军队伍中不可多得的爆破人才奠定了基础。）

1941年春，马立训协助战友炸毁莱芜吴家洼据点，歼敌30余人。同年5月，沂水县出动700多驻防日本侵略军到根据地朱宝庄抢粮。马立训所在的连队接过了反击日本侵略军的任务。

战斗中，我军机枪手阵亡，马立训立刻拿起机枪，对着日本侵略军猛扫，压下了敌人的火力，成功掩护部队冲进朱宝庄。在随后的巷战中，他机智地将机枪架在墙头，居高临下，将日本侵略军打得狼狈不堪。战斗结束后，日本侵略军伤亡100余人，士气严重受挫；根据地广大军民则备受鼓舞。马立训因表现英勇出色，被任命为机枪班班长。

1942年7月，马立训所在部队奉命挺进蒙山（也叫"东蒙山"，位于山东省中部）。部队为了打破敌人封锁，与之展开了针锋相对的斗争。距离八路军最近的岳家村据点成了最大的威胁，3团接到了铲除这一据点的命令。

岳家村据点设有5个牢固的大碉堡，碉堡四面围墙高大结实，墙外附设有壕沟等防护设施，居高临下，针插不进，水泼不入，八路军形象地将之称为"乌龟壳"。

〔为了打掉这个"乌龟壳"，3团首长号召全团战士学习爆破技术。马立训第一时间报了名，与几个战友一起潜心研究，反复试验，不断总结经验。

前两次攻打岳家村时，他们将炸药放进瓦罐里，用自制的导火索引爆,结果失败了。此后,马立训提出了用手榴弹引爆的设想:先把炸药用破旧的布或麻袋片包裹起来,再把手榴弹和炸药绑在一起,然后用木棍将其支在敌人的碉堡下面。]

这个想法得到了团首长的赞许和支持。首长立刻让通讯员找来两条破军毯,将毯子剪成4块,捆了4个炸药包。

当晚,3团第三次攻打岳家村。马立训紧紧抱着炸药包,在战友的火力掩护下,冒着敌人的炮火,直奔鹿砦(用树木建成的状如鹿角的障碍物,常用于阻滞人或车辆装备的行动)下。"轰隆"一声巨响,敌人的鹿砦飞上了半空。

马立训高兴极了,连忙抱起第二包炸药,炸开了据点的围墙。马立训受到鼓舞,接过战友递来的第三包炸药,在浓重的硝烟中直奔敌人的碉堡。

伴随着响彻云霄的爆炸声,敌人和碉堡一起"一飞冲天"。八路军战士呐喊着攻入岳家村,将守敌100余人全部歼灭。马立训成了全团有名的爆破能手。

[同年8月,在泗水孙徐(山东省济宁市泗水县圣水峪镇南孙徐村)战斗中,马立训先用炸药将"铜墙铁壁"(指孙徐李家寨,这里按县城样式修建,寨墙高五六米,用坚固的青石砌成,地面以上5层均用长约2米、厚约1米的青石条垒成,5层以上石块渐小,号称"铜墙铁壁")炸开一个缺口,使部队得以顺利突击;后接连炸毁敌人碉堡4座,炸死日伪军60余人,打得敌人魂飞胆丧。

1943年春,马立训所在部队奉命前往鲁南开辟根据地,多次与当地守敌展开激战。在攻克敌人多个据点的战斗中,马立训总是带着炸药包冲锋在前,利用"偷爆"等技术成功摧毁据点。敌人设下的鹿砦和碉堡都在他的爆破下灰飞烟灭。

马立训在实战中不断累积经验，总结教训，刻苦钻研，革新爆破技术。在歼灭顽匪刘黑七的战役中，马立训更是立下了汗马功劳。] ❷

刘黑七，本名刘桂棠，1892年生，山东人，1915年成为土匪。抗战爆发后，他率众两次投靠日寇，成为侵华日军的走狗，并屡次协助日寇"扫荡"抗日根据地，烧杀掳掠，无恶不作。1938年，他来到鲁中山区，翌年被国民党任命为师长。此后，刘黑七移驻鲁南的费县，长期与日寇狼狈为奸，袭击八路军，残杀抗日人士和无辜百姓。

1943年11月，马立训所在团接到任务——攻打刘黑七老巢柱子村。柱子村是刘黑七苦心经营的堡垒，他的司令部和主力部队都驻扎在这里。整个柱子村被两道高3米多、厚1米多的石头墙围着，围墙四周建有坚固的炮楼，号称"铜帮铁底"。

11月15日晚上9时，部队带着捆好的炸药包到了柱子村外围，几名爆破兵隐蔽起来，随时待命。

战斗打响后，连长一发出爆破命令，马立训就抱着炸药包从掩体中跳出来，借着夜色迅

---

❶ 学习爆破技术，也就意味着要与杀伤力巨大的炸药为伍，马立训报名参加，并与战友同心协力，刻苦钻研更新、更有效的爆破技术。这一事件集中体现了马立训敢为人先、蹈锋饮血、勇于创新的性格特点。

❷ 从这几段文字中，我们可以窥见马立训在爆破领域的迅速成长：技术愈加娴熟，战法愈加灵活，经验愈加丰富，能力愈加强大。

速向敌人的据点冲去。

围墙上的敌人发现了马立训,将密集的子弹射向他。马立训立即翻身一滚,躲进围墙下的壕沟。经过仔细观察,他决定把炸药包放在炮楼与围墙的结合部。这样既能炸毁炮楼,又能破坏围墙。

可是,敌人的机枪火力太猛,选定的爆破点很难接近。马立训的一个战友把两枚手榴弹扔到围墙上,打算引开敌人的火力,但仅吸引了小部分火力,大部分火力仍对着马立训扫射。

怎样才能到爆破点?马立训苦苦思索着。突然,"嗖"的一声,一发子弹从他的帽子上呼啸而过。马立训灵机一动,从地上捡起一根树枝,将帽子挑起来晃了几下,再把帽子挂在壕沟沿上。

敌人中了计,火力都转向了马立训的帽子。马立训抓准时机,抱着炸药包跳出壕沟,灵活移动到围墙下,把炸药包放在爆破点,猛地拉开导火索,迅速滚进旁边的沟里。

"轰隆"一声巨响,围墙被炸出一个大缺口,敌人的炮楼也随之坍塌。(马立训巧妙吸引敌人火力,以灵活的动作快速、安全地抵达围墙下实行爆破。一系列行动反映出马立训胆大心细的性格与身手敏捷的特点。)

八路军突击队从缺口冲进去,突破了第一道防线。刘黑七率部退到了第二道围墙里,企图负隅顽抗。第二道围墙比第一道牢固得多。马立训奉命对敌人的第二道防线实施爆破。他躲过敌人的火力网,将炸药带到东门。很快,东门就被炸开了。部队发起冲锋,直捣刘黑七司令部。老奸巨猾的刘黑七带着护兵望风而逃,后被4连通讯员击毙。八路军大获全胜。

刘黑七及其势力被消灭的消息一经传开,鲁南地区百姓无不欢欣鼓舞、额手称庆。从此以后，马立训得到了"开路先锋""鲁南3团的一门'神炮'"等美誉。

1945年2月，马立训所在部队奉命攻打泗水城，马立训所在的1营负责攻打西门。泗水是一座古城，围墙牢固，有很多炮楼。

为了顺利完成任务，1营选定两个突破点，兵分两路同时出击。很快，泗水守敌荣子恒的司令部就被我军一举占领。荣子恒在逃窜过程中被我军击毙，残敌则逃进了一个核心大碉堡。这个碉堡高十几米，异常坚固，日本侵略军指挥官、日本顾问、伪县长和汉奸队长等约200人躲在里面，打算据守顽抗。

马立训带领爆破组连夜勘察地形，将爆破点选定在碉堡的西北角。第一个爆破兵抱着炸药包冲了出去，才到碉堡附近，就被敌人击中阵亡。马立训立刻从掩体中跃出，接过约60斤的炸药包，冲向碉堡。

在守敌的枪林弹雨中，马立训一会儿跃进，一会儿卧倒，灵活变换路线，迂回前进。战友望着他，揪心不已。突然，马立训倒了下去。大家紧张得大气都不敢喘，正想再派一名爆破兵接替他时，马立训却猛地飞身而起，接近敌堡，安放好了炸药包。

"轰"的一声巨响过后，大碉堡被炸开了一个大洞。躲在里面的守敌被炸得晕头转向。我军趁机冲进去，击毙日本侵略军指挥官，俘虏了伪县长等人。泗水城终于解放了！战后，山东军区首长通令嘉奖参战部队，马立训又立一功。

"神炮"的威名越来越响亮，日伪军无不心惊胆战。临沂西部的伪军司令王洪九一方面执行日寇命令，张贴布告，悬赏捉拿"神炮"，一方面加固各据点工事。他自己驻防的寿衣庄据点，围墙被加筑成双层，墙脚下堆起厚厚的积土，形成斜坡，阻止八路军发挥爆破优势。

学生爱国主义教育系列丛书

抗日英雄的故事

　　针对王洪九改造的地形，马立训想出了"空爆"法：把炸药包捆绑在云梯上，专炸碉堡上部。他的想法得到了部队首长的支持，为实施"空爆"法，营里专门派火力组、投弹组对爆破组进行掩护。

　　马立训带着十几名战士抬着云梯和炸药冲到敌人的炮楼下。他们紧握云梯的支撑杆，把云梯向炮楼捅去，紧接着拉开用绳子连接的导火索。一声巨响，炸药炸开，但炮楼毫发无伤。原因是炸药太重，造成云梯倾斜，只炸在了炮楼下的积土上。

　　马立训迅速带领爆破组回撤，以最快的速度改造了"空爆"工具——在云梯上加了两条支撑杆。

　　然后，他们再次冲向炮楼，将云梯牢牢支撑在炮楼上。马立训一拉绳子，随着一声巨响，炮楼开了个大洞。很快，八路军便攻克了寿衣庄据点。（爆破手的作战任务总是伴随着硝烟与危机，爆破过程总是充满困难与波折。但马立训总能用过人的勇气、非凡的智慧、过硬的技术圆满完成任务。"神炮"美誉，实至名归。）

　　1945年8月，3团奉命攻打滕县（今滕州）阎村据点。马立训及其带领的爆破组又挑起了爆破敌人工事的重担。8月3日晚9时，马立训在担任爆破任务时，成功炸开了敌人的炮楼，却不幸被敌人的子弹打中胸部，壮烈牺牲，时年25岁。

　　临终前，马立训对战友说的最后一句话是："碉堡炸开的缺口太小……不能冲锋。"

　　听到马立训牺牲的消息，全团指战员心情沉痛，决心为马立训报仇。部队向敌营发起总攻，气势锐不可当，很快便攻克阎村，活捉伪军司令及参谋长，全歼守敌。

　　战斗结束后，部队为马立训举行了隆重的追悼会。为了纪念这位战功卓著的爆破英雄,八路军鲁南军区将马立训生前所在的2排命名为"马立训排",将他的牺牲地阎村改名为"立训村"。

名师赏析 / Mingshi Shangxi

军事爆破,就是利用炸药爆炸瞬间所释放的巨大能量,快速破坏军事目标、杀伤有生力量的手段。在抗战时期,中国军队的爆破技术发挥了重要的攻坚作用。爆破手往往面临着诸多技术困难与生命危险。马立训积极参加爆破班,苦练本领;在训练与实战中,充分发挥聪明才智,不断革新爆破技术。因此,在战场上,这位战士总能排除万难,扫除敌人堡垒,最终赢得"神炮"美名。马立训为爆破技术的发展与创新做出了不可磨灭的贡献,是战场上无坚不摧的开路先锋,也是八路军队伍中无可替代的精神武器。他机智顽强、不怕牺牲的斗争精神,更是激励后人继往开来、努力奋斗的精神坐标。

● 延伸思考

1.在马立训的战斗经历中,你认为哪场战斗最能体现马立训机智勇敢的特点?为什么?

2.试写一篇读后感,谈谈马立训的故事给了你怎样的启示。

抗日"猛虎"任常伦

"打仗赛猛虎,冲锋在头阵,完成任务坚决又认真,为人民牺牲也甘心……"这是一首传唱不衰的革命颂歌,歌颂对象是著名战斗英雄任常伦。

任常伦,1921年出生在山东省黄县(今龙口市)孙胡庄(今常伦庄)一户贫苦的农民家庭。他自幼父母双亡,寄居在叔父家,14岁便辍学打工,贴补家用。

1938年5月,中国共产党领导下的黄县抗日民主政府成立。同年夏天,孙胡庄成立了地方武装——抗日自卫团,任常伦成了村里第一批自卫团员。他和其他团员时常趁夜外出,用埋地雷、打伏击、割电线、破坏交通线等方式袭扰敌人,敌人不堪其扰、损失惨重。

［任常伦最大的心愿就是穿上军装,成为一名光荣的八路军战士。1940年,任常伦终于如愿以偿。但是没过几天,他就高兴不起来了——他没有领到枪。没有枪还怎么上战场,怎么保卫国家?

连队指导员发现任常伦情绪低落,便来找他谈话,问他是不是不适应部队生活。任常伦郁闷地摇了摇头。

"那你为什么情绪不高?"指导员又问。

"当兵的有几个没有枪啊。"任常伦说出了心里话。

指导员一下明白过来,对他说:"咱们敌后抗日根据地武器和物资紧缺,所以没有枪发给大家。你别太心急。"

"可是，打敌人时，我总不能赤手空拳上阵吧？"任常伦仍然心有不甘。

"你听过《游击队之歌》没有？没有枪，没有炮，敌人给我们造。没有枪，我们可以到敌人那里'领'呀！"指导员笑着说。

"到敌人那儿'领'？"任常伦恍然大悟，燃起了斗志，说，"指导员，我明白了！我一定能从敌人那儿'领'到枪！" ❶

1941年1月，任常伦所在部队攻打掖县（旧县名，位于山东省东部，后改设莱州市）城南郭家店（今属莱州市）据点。由于没有枪支，任常伦的任务是往阵地上运送弹药。

［这场战斗格外激烈，八路军战士的子弹打完了，就同敌人白刃肉搏。任常伦把最后一箱弹药运到阵地时，发现一个正与日本兵拼杀的战友明显体力不支。他立刻如猛虎扑食一般，从背后拦腰抱住日本兵。对面的战友乘机用刀一刺，刺中了日本兵的肩膀。任常伦瞅准机会，猛地一把夺下日本兵的三八式步枪，再回身一刺，将其毙于刀下。

战斗结束后，任常伦背着三八式步枪找到指导员，兴高采烈地说："报告，我从敌人那儿'领'到了一把枪！"］ ❷

指导员笑着说："营里决定了，这支枪归

名师导读 / Mingshi Daodu

❶ 任常伦当上八路军后，闷闷不乐，只因没枪无法上阵杀敌。在指导员的点拨下，他意识到要从敌人手中缴获枪支，且把到敌人手中"领"枪说得如同探囊取物般轻松。从这一情节可以看出，他是一个敢于斗争、胆略非凡之人。

❷ 任常伦初上战场，毫不怯场，面对悍敌，敢拼敢打；首战便斩获战利品，"领"到枪支。此等虎将，日后在战场上必将大有作为。

你了！"

任常伦心里悬着的石头放下了，脸上露出了满足的笑容。此后，他用这支缴获的枪苦练射击技术，随时准备上阵杀敌。

1941年初，为打击国民党顽固派的嚣张气焰，保护抗战成果，八路军胶东军区部队奋起反击。

在胶东（为山东胶莱谷地以东及山东半岛地区的习称），国民党最大的顽固派和亲日派头目是赵保原。他长期勾结日寇，侵犯抗日根据地，残杀八路军与抗日人士。

赵保原的老巢在发城（属山东省烟台市海阳市）。发城不大，但守敌众多，防御工事坚固。敌人曾狂妄地叫嚣道："八路军一没炮，二没坦克，别说攻占发城了，恐怕连周围的碉堡也打不下来。"

1941年夏，围攻赵保原老巢发城的战斗打响了，任常伦所在部队也参加了这次战斗。不到半天，八路军势如破竹，将发城周围的敌碉堡接连摧毁。发城守敌没想到八路军战斗力如此强悍，只能守着剩下的3个碉堡，继续顽抗。

7月26日，任常伦所在的5连1排接到了攻打最大碉堡的任务。

排长将战士们分为三组：第一组最先行动，担任砍鹿砦，为后续部队开路的任务；第二组担任架云梯、靠近碉堡的任务；第三组担任爬云梯、炸碉堡的任务。

任常伦报名加入第一组，为大部队开路。可是，由于时间紧，任务重，八路军没有很好的防护措施。怎样才能冲到鹿砦前呢？任常伦和战友群策群力，想出了自制"土坦克"的防御办法。

所谓的"土坦克"就是把湿透的棉被铺在破方桌上，再在棉被上盖上厚厚的土。执行任务时，人躲在桌下，顶着桌子迅速前进。"土坦克"虽然笨重，却能有效抵御敌人的火力袭击。

战斗打响后，任常伦和战友冒着枪林弹雨，顶着"土坦克"快速到达鹿砦前，挥舞大刀砍开鹿砦，扫清了部队冲锋的障碍。其他两组战士紧跟着第一组冲向碉堡。（任常伦奋勇当先，置个人安危于不顾，表现出誓死抗敌的赤诚之心与顽强的战斗意志。）

第二组战士齐心协力把云梯架上了敌人的碉堡，第三组战士快速攀上云梯。眼看着战友被敌人一一推下云梯，任常伦跟排长紧急商议了一下，决定火攻碉堡。

在肩部受伤的情况下，任常伦仍自告奋勇地说："我第一个上！"

"不行，你受了伤！"排长担心他的伤势，没有同意。

"为了消灭敌人，受点伤算什么！"任常伦说着，扛起一罐煤油冲向云梯。

在战友的火力掩护下，任常伦直奔碉堡下，浇上煤油，将碉堡下的柴草点燃。大火熊熊，浓烟四起，碉堡下层的敌人见势不妙，全部撤向上层。碉堡底层终于被我军攻下。

午夜，1排只余9名伤兵，但碉堡里的敌人仍躲在上层顽抗。任常伦和几个战友架起云梯，对上层实行强攻。一名战士先爬了上去，敌人急忙用石头砸、开水浇，这名战士不幸倒下了。

情况紧急，任常伦高喊一声："我来！"随后，他抄起一捆手榴弹，不顾肩伤和腿伤，沿云梯一级一级往上爬，冷汗从他的额头上不停地滚落。

刚接近碉堡上层的枪眼，任常伦突然被一块石头迎面砸中。他眼前一黑，头晕目眩，险些栽倒。但他极力稳住身体，迅速拉开引线，用尽全身力气将整捆手榴弹塞进了枪眼，随后从云梯上栽了下去。

手榴弹在碉堡中轰然炸开，敌人丧失了抵抗力。任常伦的战友冲进碉堡，歼灭了全部敌人。

1942年6月，在战斗中表现突出的任常伦升任班长。1943年10月，任常伦所在部队接到任务——深入鲁南开辟抗日根据地。

在这里，八路军战士与追随日本侵略军、鱼肉乡里的伪军头子李永平交战3场，场场告捷。在这3场战役中，任常伦表现得勇武非常，尤其是在第二场近枝（近枝子村，在山东潍坊市诸城市）战役中，他的表现相当出色。

近枝是李永平的重要据点之一。他在这里修筑了坚固的工事，且派了重兵驻守。

任常伦带领的1班接到了爆破敌人碉堡的任务。战斗进行两小时后，敌人难以抵挡八路军的攻势，退到了碉堡里。

任常伦带着全班战士直奔碉堡。龟缩在碉堡里的顽敌火力十分凶猛。在兄弟班的火力掩护下，1班冒着敌人的炮火，将云梯架上碉堡。副班长带着几名战士快速爬了上去，但很快就牺牲在了敌人枪下。

眼看战友接连阵亡，任常伦胸中燃起怒火。他猛地冲过敌人的火力封锁区，用尽全身力气，将一颗手雷扔进了敌人的碉堡。然后，他抓起副班长身边的炸药包，"嚓"一下将导火索点燃，纵身一跃，上了云梯。

碉堡里的敌人被他的气势惊得瞠目结舌。他们还来不及反应，任常伦便一把将炸药包扔了进去。

震耳欲聋的爆炸声过后，碉堡被炸出一个大洞。碉堡里的敌人吓得魂飞魄散，集体缴械投降。（战友牺牲，任常伦依然迎着敌人的炮火前进，表现出不怕牺牲的精神。）

1944年8月，在山东军区战斗英雄代表大会上，任常伦被选为主席团成员，并荣获军区一等战斗英雄称号。

其间，经常有记者采访任常伦，但任常伦总说："跟其他英雄比，我做的还远远不够，你们多写写别人吧。我只要想起毛主席，想起党，想起穷人受的苦，就什么都能豁出去了。"

11月中旬，一股装备精良、约700人的日寇南下莱阳，八路军胶东军区第5旅14团准备将这股敌人聚歼于海阳长沙堡西山一带。14团首长迅速布好"口袋阵"迎敌，14团战士则提前进入作战区域，快速抢修工事，张网待敌。

此时，已升任14团1营3排副排长的任常伦带着一个班的战士，守着阵地前的一块小高地。这里是"口袋阵"的出口，他们的任务是"扎紧口袋"，严防敌人出来。

没过多久，这股日寇就大摇大摆地钻进了我军的"口袋"。霎时，信号弹升空，我军炮火齐发。日寇被轰得晕头转向，到处乱窜。

日寇好不容易回过神来，开始组织反击，寻找突破口。他们看中了制高点左侧的小高地，像发现新大陆一样猛扑过去。在凶猛炮火的掩护下，几十名敌人抢占了小高地，并架起了机枪，使八路军团指挥部的安全受到了严重的威胁。

危急时刻，任常伦立刻向排长请战夺取小高地。获准后，任常伦带领9班战士迅速来到小高地正面断崖下。他让两名战士从正面佯攻，自己带其他战士沿断崖迂回至敌人后侧发起突袭，用一排手榴弹炸得日寇落荒而逃，借机夺取了小高地。

然而，敌人不甘失败，在炮火的支援下，发起了疯狂的反扑，妄图夺回小高地。在任常伦的带领下，9班战士与10倍于我的敌人展开激战，打退了日寇的数次冲锋。

敌人越来越多，攻势越来越猛烈。

通讯员从后方绕到阵地上，对任常伦说："首长要你们守住这里，决不能让敌人突围。"

"你回去报告首长，说我们一定守住！人在阵地在！"任常伦斩钉截铁地说。

日寇在猛烈炮火的掩护下，又一次发起了冲锋。9班的战士接连阵亡，任常伦受了伤，弹药也快打光了。

眼看敌人就要冲到我军阵地上了，任常伦带着9班战士与敌人展开白刃战。他挥舞着大刀，接连砍死砍倒五六个日本兵，自己身上也被敌人刺伤多处。

后来，增援部队赶到，任常伦仍带伤坚持战斗。激战中，一颗子弹打中了他的头部。任常伦倒了下去，因伤势过重，以身殉国，年仅23岁。（敌众我寡，任常伦身先士卒，誓死完成任务的决心与意志极大地鼓舞了士气，表现了中国军人敢打必胜的血性与舍生忘死、向死而生的风骨。）

"冲啊，为任排长报仇！为死去的兄弟们报仇！"八路军战士将满腔悲愤化作杀敌的动力，终于打退了日本侵略军的进攻。最终，日本侵略军扔下200多具尸体，惨败而归。

名师赏析 Mingshi Shangxi

任常伦的一生是短暂而光荣的。有人总结过：他共参加大小战斗120多次，负伤10余次。可以说，从参军到牺牲，任常伦一直就像歌曲中唱的那样"打仗赛猛虎，冲锋在头阵，完成任务坚决又认真"。他不怕负伤，不畏牺牲，不下火线，是一位顶天立地的勇士。"天地英雄气，千秋尚凛然。"用热血浇铸的"轻伤仍杀敌、重伤不叫苦、舍命杀顽敌、坚持干到底"的"任常伦精神"将代代相传、长存不朽。

● **好词好句**

任常伦把最后一箱弹药运到阵地时，发现一个正与日本兵拼杀的战友明显体力不支。他立刻如猛虎扑食一般，从背后拦腰抱住日本兵。对面的战友乘机用刀一刺，刺中了日本兵的肩膀。任常伦瞅准机会，猛地一把夺下日本兵的三八式步枪，再回身一刺，将其毙于刀下。

● **延伸思考**

1. "跟其他英雄比，我做的还远远不够，你们多写写别人吧。我只要想起毛主席，想起党，想起穷人受的苦，就什么都能豁出去了。"任常伦这番话反映了他怎样的性格特点？

2. 请试着给任常伦参加的几场战役各拟一个小标题。

学生爱国主义教育系列丛书
抗日英雄的故事

少年英雄王璞

王璞,1929年出生在河北省完县(今称顺平县)野场村。1937年,七七事变后,战火烧到了王璞的家乡。小小年纪的他目睹了日寇的暴行,胸中燃起民族仇恨的烈焰。

1938年,八路军来到野场村。很快,王璞的父亲就参加了抗日队伍,成了村里第一批共产党员;王璞的母亲则倾力支持父亲抗日。受家庭影响,没过多久,年幼的王璞就当上了儿童团员,开始为抗战贡献力量。

1940年,晋察冀抗日根据地进入巩固期,八路军面临的对敌斗争形势更加复杂:敌人妄图瓦解抗日根据地,经常派特务到各村打探情报,并对抗日军民实行野蛮的抓捕行动。八路军的后勤机关、军工厂等就设在野场村一带,因此野场村是敌人重点侦察地之一。

为了瓦解敌人破坏根据地的阴谋,野场村抗日儿童团担负起了站岗、放哨等任务。由于总是积极参加抗日活动,11岁的王璞被推选为村儿童团团长。他经常带着同村的儿童团员进行宣传活动,号召村民跟日本帝国主义斗争到底;拿着红缨枪站岗、放哨、查路条,防止特务进村探听情报;还负责给八路军送信、带路等。

在就读的抗日小学的墙上,王璞贴了自己写的《抗日公约》:"我们是抗日儿童团团员,誓与日本帝国主义斗争到底!坚决做到:不上鬼子学,不读鬼子书,不吃鬼子糖,不上鬼子当,不向鬼子说实话,不给鬼子带路,不暴露八路军,不说出村干部!"(这篇"儿童版"《抗日公约》语言稚嫩，明白如话，情感真挚，爱憎分明，道出了王璞对日寇的憎恨及与其斗争到底的决心，流露出他对八路军和村干部的拥护与爱戴，透出王璞朴素的是非观与正确的民族观、人生观。）

这年夏天的一个中午，人们大多在家吃饭、午睡，街道上、田地里几乎看不到人。

王璞和儿童团的一个伙伴一起在村头放哨。由于天气太热，他们爬到树上，骑在树杈上乘凉，同时不忘向四处眺望。

远远的西边多了一个人影。王璞一下子睁大了双眼，看看这个人影从小变大，越来越清楚了。王璞和伙伴急忙从树上跳下来，端起红缨枪，准备向那人要路条。那人却失去了踪影。

王璞让伙伴继续放哨，自己跑到后沟去找，果然找到了那人。

那人正加快脚步往村里走。

["站住！"王璞把红缨枪向前一伸，喝道，"交出你的路条！"

那人像没听见似的继续往前走。

"站住！你是哪个村的？来干什么？"

"大悲村的！来串亲戚！"那人不耐烦地回答。

"把路条拿出来！"

"都是乡亲，要什么路条呀！我还有急事。"那人在身上摸了半天，什么也没摸到，对王璞恳求道。

"少说废话！别说你是别村的了，就算是本村的，没有路条也不能随便进来！"

那人脸色一变："我是来办正事儿的！误了事，你得负责！"

"办正事，那就更得带路条了！"王璞坚持道。

这时候，儿童团的伙伴赶过来了。他们两个把那人押送到村公所。

经审查，那人果然是来村里打听消息的特务。王璞立了一功，受到了区上和村里干部的夸奖。]

是年秋天，日寇对晋察冀抗日根据地实行大"扫荡"。八路军化整为零，与敌人打起了游击战。野场村虽然被敌人包围，但东北处有一个莲花洞，八路军大部队就隐蔽在这里，准备在晚上掩护零散部队冲破敌人的包围圈。

一天晚上，八路军一个班长来找王璞的父亲带路去莲花洞。父亲不在家，王璞便自告奋勇地说："叔叔，我知道怎么走！我带你们去！"他带着几十名八路军战士，灵活地通过了日寇的关卡，顺利抵达莲花洞，为八路军部队成功突围贡献了力量。

1943年，日寇对各抗日根据地进行频繁的"围剿"和"扫荡"。从5月1日开始，日寇开始出动重兵对完县等地实施全面"扫荡"。来到野场村后，日伪军却发现村子里空空如也。他们在村子里转悠了半天，一无所获。

原来，八路军和村民提前收到了敌人"扫荡"的情报，将枪支弹药、粮食及其他物资埋了起来。王璞则带着儿童团协助大人挖地窖、搬东西。随后，参加游击队的青壮年都跟着八路军转移了。王璞和母亲及附近村子的上百名村民躲进了附近的石沟。即便如此，身为儿童团长的王璞依然每天坚持站岗放哨，保护村民安全。

5月7日，日伪军在汉奸的带领下，突然将野场村东的石沟一带包围了。他们端着刺刀，把躲藏在这里的100多名村民驱赶到一块空地上，又在山坡上架起机枪，将黑洞洞的枪口对准了手无寸铁的村民。

汉奸趾高气扬地嚷道："乡亲们，只要你们说出八路军军工厂的东西藏在哪儿，皇军重重有赏！"村民们怒视着敌人，一声不吭。日本军官恼羞成怒，一声令下，日本兵把子弹压上枪膛。

汉奸认出王璞是儿童团长，叫嚣道："快说，谁是八路军？八路军把东西藏在哪儿了？不说，第一个让你死！"

［几个日本兵把王璞从人群中拽出来，用枪托毒打他。王璞始终一言不发。

当敌人把刺刀架在王璞的脖子上，逼他指认八路军和村干部时，王璞却坚定地说："就算死，我也不当汉奸！"

王璞的母亲也站出来说："咱们谁也不说，决不当汉奸！"

随后，王璞带领在场的20多名儿童团员朗声背诵起了《抗日公约》。紧接着，山沟里响起全体村民的怒吼声："决不出卖八路军！""打倒日本帝国主义！"……］❷

见盘问不会有结果了，灭绝人性的日本军官当即举起军刀，作势下令开枪。

王璞毫无惧色，正义凛然地说道："宁可抗战死，不当亡国奴！"

日本军官的军刀落下，机关枪疯狂扫射的声音响彻了整个山沟！

年仅14岁的王璞、他的母亲以及100多名村民倒在了血泊中。

为了纪念王璞及其他牺牲村民，晋察冀边

名师导读 / Mingshi Daodu

❶ 大量对话描写交代了王璞与特务的交锋。面对王璞的盘问，特务先是装听不见，接着随口敷衍，然后是软语恳求，最后变脸威胁，表现出狡猾善变的特性。王璞以不变应万变，始终坚持让其交出路条，表现出强烈的责任感和使命感，突显了坚持原则、坚守职责的特点。

❷ 面对如此凶残的敌人，王璞却守口如瓶，誓死保护八路军和村干部，率领儿童团员、村民等与敌人斗争到底。他宁死不屈的刚强意志、勇于牺牲的精神，令人肃然起敬。

学生爱国主义教育系列丛书
抗日英雄的故事

区与当时的完县政府召开了追悼会，授予王璞"抗日民族小英雄"的称号，还在野场村旁树起了"抗日小英雄王璞烈士纪念碑"。

名师赏析 / Mingshi Shangxi

家国破碎，中华民族到了最危险的时刻，全国人民同仇敌忾，守卫疆土。在炮火硝烟中，也不乏少年英雄的身影。他们活跃在敌后方，为抗战事业贡献自己的力量。王璞是他们之中的一员。在野场村惨案中，14岁的他及他带领的儿童团表现得英勇而壮烈。他用一句"宁可抗战死，不当亡国奴"，充分展示了中华少年在面对外来侵略时威武不屈的血性铁骨，堪为世人表率。今天，我们仍面临着新的伟大斗争，需要像王璞这样的精神偶像激励我们铭记使命担当。国人有担当，民族才强悍，国家才富强。

● 延伸思考

1. 王璞抓特务时，本文用什么方式呈现了他与特务的性格特点？
2. "宁可抗战死，不当亡国奴！"这句话带给你怎样的感受？

学生爱国主义教育系列丛书

· 抗日英雄的故事 ·

第二章

著名抗日英雄群体

抗日烽火既锻造出闻名遐迩的孤胆英雄，也铸就了无数令敌人闻风丧胆的英雄群体。比如，保全大局、舍生取义的古北口长城抗战七勇士、抗联投江八女，临危受命、以寡敌众的四行仓库八百壮士、狼牙山五壮士，舍身为民的马石山十勇士……他们"陷绝地而不惊，知必死而不辱"。其形象光辉伟岸，其事迹可歌可泣，其精神撼人心魄。接下来，就请你翻开本章，重温其感人事迹，领略其卓然风采，学习其英勇无畏的精神吧！

古北口长城抗战七勇士

1933年，日本侵略军悍然吞并热河，华北门户洞开。很快，日寇便陈兵长城一线。

当时镇守山海关的东北军将领何柱国，决心率部给日寇迎头痛击，并向全军将士发布了亲自撰写的《告士兵书》："愿与我忠勇将士，共洒此最后一滴之血，于渤海湾头、长城窟里。为人类张正义，为民族争生存，为国家雪奇耻，为军人树人格。上以慰我炎黄祖宗在天之灵，下以救我东北民众沦亡之惨。"全军将士勠力同心，誓死杀敌。悲壮惨烈的长城抗战（1933年3—5月中国军队在长城冷口、喜峰口、古北口等地抗击日寇的作战）爆发。（开篇描写社会环境，作用有三：一、交代时代背景，让读者对当时发生的重大事件、战争起因、敌我形势等有大致的了解；二、渲染烘托气氛，奠定全文情感基调；三、为下文情节顺利展开及主要人物命运走向埋下伏笔。）

在长城抗战中，作战时间最长、战事最激烈的战斗就是古北口之战。1933年3月8日深夜，日本侵略军第8师团扑向古北口，长城前线告急。

古北口是长城要口之一，在燕山山脉中，地势险要，距北平较近。从此口一路南下，很快就能到达北平，途中再无天险可守。日寇一旦攻占古北口，就意味着打开了北平甚至中原的北大门。

3月10日凌晨，星夜兼程的国民革命军第17军25师师长关麟征率部抵达古北口。当日上午，关麟征率部与日本侵略军展开激战，尽管伤亡惨重，但击退了日本侵略军的进攻。

11日、12日两天，日本侵略军集结大批兵力，在重炮和战机的支援下，一次次发起猛攻。中日两军在长城上反复争夺，阵地几次易手。关麟征在率部反击时负伤，杜聿明作为代理师长指挥战斗。12日下午2时，由于日本侵略军战机炸毁25师指挥部，加上各部伤亡过大，杜聿明率军退至古北口以南的南天门一线。

3时，日本侵略军指挥官发现中国军队正有序地向南撤退，立即下令追击。十几辆运输车满载着日本士兵向中国军队穷追而去。他们在经过"帽儿山"山脚下的交通要道时，突然遭到一阵机枪扫射。

枪声过后，最前面那辆运输车的驾驶员一头歪倒在方向盘上，运输车失去了控制，一头撞在了一旁的巨石上。下一辆运输车猝不及防，与前车追尾，一车日本侵略军被撞了个七荤八素。

车上的日本侵略军好不容易回过神，纷纷跳下车来。此时，帽儿山上忽然机枪、步枪齐发。二三十个日本侵略军还没站稳就一命呜呼。

（前面提到中国军队全部撤出战斗，向南天门一线转移。因此，日本侵略军追击时才会无所顾忌，警备松懈。此时，日本侵略军突遭袭击，是中了中国军队的诱敌之计吗？这股伏击力量是从哪儿来的？能阻击敌人十几辆运输车的中国军队有多少兵力呢？层层悬念，留待后文解答，提起读者的阅读兴趣。）

很快，日本侵略军经过侦察，发现火力点在帽儿山上。

帽儿山是古北口东南、蟠龙山长城以南的一个几十米高的小山包，由花岗岩构成，因形似帽子而得名。帽儿山底边不到200米，东西长十几米，南北宽约3米。它的南、西、北三面几乎都是光秃秃的岩石，这几块岩石构成了极佳的机枪掩体，易守难攻。平时，人们只能从东北角绕着石块爬上山去。

日本侵略军端着机枪冲向帽儿山。突然，十几枚手榴弹从山上齐刷刷地落下来。一阵此起彼伏的爆炸声过后，一大片日本侵略军倒在了山脚下。

日本侵略军再次组织进攻，企图在天黑前攻下帽儿山。借着机枪的掩护，数十名日本侵略军从东北角摸上帽儿山。

山上的机枪一阵猛扫，步枪配合进行点射，将道路彻底封锁。日本侵略军或死或伤，接连从山上滚落。

帽儿山上的守军是中国精锐部队，守兵有数十甚至上百个。日本侵略军指挥官做出了这样的判断，并于13日早晨调来数门迫击炮及数挺重机枪，猛轰山顶。帽儿山山顶变成一片火海，硝烟、尘土遮天蔽日，山上的机枪声也随之停了下来。

日本侵略军见状，停用重武器，派步兵向帽儿山东北角冲锋。哪想到，他们刚爬到一半，山顶又响起了枪声，大量石块咆哮而下。尽管火力不如前一天猛烈，但日本侵略军不占地利，再次被打退。

过了半小时，5架敌机从帽儿山的上空飞过。一阵狂轰滥炸过后，日本侵略军组织敢死队冲上了山顶。守山的中国战士拿起刺刀、石块等所有能用来战斗的东西当武器，与日本侵略军拼死肉搏，直至全部壮烈牺牲。

战后，日本侵略军清点战场，把整座山都搜了一遍，才震惊地发现，顽强地抗击了他们两天，顶住了战机、迫击炮和机枪的轮番轰炸，毙伤了日本侵略军160多人的中国守军竟然只有7个人！

接到部下报告，日本侵略军指挥官简直不敢相信。在看到7位中国战士的尸体几乎都不完整，但仍保持战斗姿势时，他大感震撼，下令将7位勇士安葬在山南，并竖起一块近两米的木牌，上书"七勇士之墓"。

那么，这7位勇士为何会在帽儿山？为何大军撤退时，他们仍旧固守在这里？装备很差、势单力孤的他们又是如何与装备精良、人多势众的日本侵略军激战一天的呢？

原来，关麟征一到古北口，便命145团团长戴安澜用一个营的兵力镇守龙王峪。戴安澜在龙王峪察看地势时，发现帽儿山地理位置特殊：站在山顶上，可以观察四周各主要战场、阵地的状况，并且平时只有东北角能够绕着石块爬上去，山上的岩石是很好的机枪掩体，堪称战略要地。于是，戴安澜派出一个班的7个人组成侦察哨，并调来一挺机枪，镇守帽儿山，随时通过电话向师部报告敌情，同时警戒古北口长城右翼的军事行动。

中国军队主力撤退之前，帽儿山哨所与师部的电话线就已被炸断，7名战士与上级失去了联系。见日本侵略军追击后撤的中国军队主力，帽儿山哨所的7名战士立刻投入战斗，掩护大部队撤退。

7位战士仅靠1挺机枪、6杆步枪，死死拖住了大批日本侵略军，直到大部队全部撤离。本来，几名战士本来可以从山后的一条小路撤离。但由于通信中断，他们没有接到撤退命令，所以一个也没有离开。

随后，日本侵略军将帽儿山全部包围，7位战士再也无法撤离，便凭借居高临下的地势，顽强阻击日本侵略军。

激战中，中国军队3名战士牺牲，1名战士被炸断了腿，这名重伤战士接过机枪，继续扫射日本侵略军，直到子弹打光。

面对冲上来的大批日本侵略军，幸存的战士用石块砸，用刺刀、枪托、枪管等竭力拼杀，直到全部壮烈殉国。（本文采用了双视角写作手法。前文以日本侵略军视角记录这场战斗，设置悬念，引人入胜。这里则采用全视角写作，亮明真相，呼应前文，对事件进行补充交代，使内容完整充实、情节完善丰满，突出了七勇士力战不退的英雄壮举与舍生取义的崇高品质。）

名师赏析 / Mingshi Shangxi

7位战士，势孤力薄，勇阻十几车日本侵略军于中途；仅有1挺机枪和6杆步枪，装备如此之差，却敢与拥有迫击炮、重机枪、飞机的日寇抗衡；坚守哨所，不接撤退命令，至死坚守阵地。古北口长城抗战七勇士身上闪耀着爱国主义光辉，凝聚了英勇无畏的精神和坚贞不屈的民族气节。他们的坚守，他们的精神将永垂青史。

● 好词好句

愿与我忠勇将士，共洒此最后一滴之血，于渤海湾头、长城窟里。为人类张正义，为民族争生存，为国家雪奇耻，为军人树人格。上以慰我炎黄祖宗在天之灵，下以救我东北民众沦亡之惨。

● 延伸思考

在七勇士身上，你看到了怎样的精神与品质？

八百壮士四行仓库保卫战

1937年8月13日，淞沪会战爆发。在这场会战中，中日两国共投入兵力约100万，两军血战3个月，死伤数十万人，国际媒体将之形象地称为"血肉磨坊"。

血战持续到10月下旬，日本侵略军在杭州湾登陆，上海沦陷。中方统帅决定将主力部队转移，于10月26日命令数十万国民革命军退出上海战场，第9集团军88师留下一个团的兵力掩护。

26日深夜，国民革命军第9集团军88师524团副团长谢晋元被紧急召回团部，接到了88师师长孙元良的手令，上面写着："524团死守上海最后一块阵地。"

所谓的"最后一块阵地"，就是四行仓库。四行仓库是当时上海四家银行的联合仓库，仓库由钢筋水泥筑成，墙体厚、楼层高，十分坚固，易守难攻。它南临苏州河，东临英、美两国控制的公共租界，西、北两面已被日寇侵占，俨然是一座"孤岛"。

进入"孤岛"的中国守军势必成为"孤军"。这支孤军要完成的是一项几乎不可能完成的任务：坚守四行仓库7天，抗击日本王牌师团。

行动之前，为了表明心志，抚恤士兵家属，谢晋元让全体战士提前立下了遗嘱。谢晋元也写下了一封遗书：

晋元决心殉国，誓不轻易撤退，亦不作片刻偷生之计。在晋元未死之前，必向倭寇索取相当代价。余一枪一弹，亦必与敌周旋到底！

为了迷惑日本侵略军,谢晋元叫人根据原524团名册伪造了一份800人的名单,而实际上参加掩护行动的战士只有400多人。"八百壮士"因此而得名。

27日凌晨3点,谢晋元率战士边打边撤,从前线撤进四行仓库。

队伍进驻四行仓库后,谢晋元召开动员会议,要求全体将士抱着必死的决心,据守四行仓库,掩护大军撤离。谢晋元激励将士说:"四行仓库可能是我们最后的阵地,也可能是我们的坟墓。哪怕我们只剩一个人,也要同敌人拼到底!"

全体将士士气高涨,纷纷领命设防。他们在窗口堆放沙袋,在楼顶架设高射机枪。谢晋元还组建了一支敢死队,亲自指挥,随时准备跟日本侵略军决一死战。]

当天早上,日本侵略军发现中国军队正在全线撤退,便马上进行追击。下午2时,正在闸北(今上海市中心区北部)搜查的日本侵略军突遭四行仓库的中国军队扫射。日本侵略军一时陷入混乱,士兵死伤累累。

随后,两军展开激战,谢晋元带领部下痛击敌寇。日本侵略军兵力虽数倍于中国军队,却被打得抱头鼠窜。这一天,中国军队歼敌80多人,四行仓库毫发无损。

英租界记者亲眼见到中国守军的勇武不屈,便高声询问仓库里有多少人。"八百!"谢晋元朗声答道。从此以后,"四行孤军,八百壮士"的威名便传扬开来。

全闸北的日本侵略军都集结了过来,准备围攻四行仓库。早上,日本侵略军利用重炮和坦克从多个方向进攻四行仓库。四行仓库的墙体被日本侵略军用重炮轰出了许多弹洞。

[一队日本侵略军架起梯子,打算通过弹洞爬进仓库二楼。在二楼

督战的谢晋元夺过第一个爬上来的日本兵的枪，将他推了下去，接着向第二个日本兵射击，最后将梯子推倒。敌人强攻四行仓库的计划破灭了，但他们仍不死心。

当晚，一股日本侵略军顶着钢板潜入中国军队的射击死角，打算在这里炸出一个大洞。危急关头，在六楼守卫瞭望的敢死队员陈树生发现了这一情况。他全身绑满手榴弹，对准下面的敌人，从六楼一跃而下。

弹药炸开，硝烟四起，十几名敌人瞬间被消灭，而年仅21岁的陈树生也随之壮烈殉国。❷

隔岸观战的民众目睹这一幕后，既为日寇的死而拍手称快，又为勇士悲壮死去而热泪盈眶。

驻守公共租界的英军司令史摩莱见中国守军身陷绝境，多次找到谢晋元，劝其卸下武装，退进租界，声称会保证众将士的人身安全。

谢晋元拒绝了，态度相当坚决。他对史摩莱说："我们是中国军人，宁愿战死在闸北这块领土之内，也决不放弃杀敌的责任。"

史摩莱不死心，屡次来劝。谢晋元坚定拒绝道："我们的魂可以离开我们的身，但枪不

名师导读 / Mingshi Daodu

❶ 以400多人之力固守"孤岛"，对抗日本王牌师团，敌强我弱，局势分明。"八百壮士"这一去，势必九死一生。但他们依然义无反顾，展现出中国军人不避斧钺、以身许国的无畏气概。

❷ 在描写群体人物时，刻画典型人物是个好方法。例如，本文没有对八百壮士逐个描写，而是通过刻画最具代表性的人物——沉着果敢的谢晋元、以死报国的陈树生，以点带面，展现了孤军死守阵地的血性与壮烈，彰显了八百壮士英勇不屈的整体精神面貌。

能离开我们的手。没接到命令，我们死也不退！"

史摩莱闻言，十分钦佩中国守军视死如归的精神，称赞八百壮士是"勇敢的中国敢死队"。

很快，日本侵略军采取了断水断电断补给的措施，准备困死中国守军。但是，谢晋元率领孤军死守四行仓库，与日本侵略军对峙的消息已经传开，上海的爱国群众及支持中国抗战的外国人士纷纷自发为八百壮士提供粮食和物资。

10月30日，日本侵略军再次大举攻打四行仓库，用机枪及钢炮进行密集炸射。八百壮士顽强应战，将敌人一次次打退。（当时，中国军队主力退出上海战场，当地群众因此士气低落、精神萎靡。四行仓库守军坚持与日寇作战，用热血与生命守护民族尊严。四行仓库响起的枪声就如雄壮激越的战鼓声，成为信心之源，上海人民为之振奋鼓舞、重燃希望，于是形成了将领视死如归，战士前仆后继，军民万众一心的局面。）

日本侵略军久攻不下且伤亡很大，就向租界施加压力。租界为了自保，便要求中国撤军。

30日晚，谢晋元接到了蒋介石让军队撤入租界的命令。谢晋元回复道："四行仓库工事坚固，弹药、粮草充足，能很好地打击和牵制敌军，配合全国抗战。"但蒋介石屡次电令，谢晋元等壮士服从军令，含泪撤离。

31日凌晨，谢晋元率军冒死突围。八百壮士在日本侵略军密集的炮火中抢越桥头，英军司令史摩莱在桥头迎接，数万民众隔岸声援。尽管有伤亡，但八百壮士抵达租界后尚有370多人。

短短4个昼夜，八百壮士死守四行仓库，以牺牲9人、伤20余人的代价，打退日寇进攻几十次，歼敌200余人，圆满完成了掩护主力部队撤退的任务。

名师赏析 / Mingshi Shangxi

在四行仓库保卫战中，八百壮士孤军奋战，不辱使命，展现了中国军人抵抗侵略的决心与信心，感人肺腑，令人崇敬。

● 好词好句

晋元决心殉国，誓不轻易撤退，亦不作片刻偷生之计。在晋元未死之前，必向倭寇索取相当代价。余一枪一弹，亦必与敌周旋到底！

● 延伸思考

1. 明知敌人强大，八百壮士为什么还要留守四行仓库？
2. 四行仓库保卫战具有怎样的历史意义？

抗联十二烈士

"神枪纵横扫射处,倭奴伪狗血肉堆。竟日鏖战惊天地,胆壮气豪动鬼神。"这是东北抗日联军第5军军长、第2路军总指挥周保中(原名奚李元,东北抗日联军创建人和领导人之一)为纪念在宝清(县名,今属黑龙江)小孤山战斗中壮烈牺牲的12位烈士所作的悼诗。(本文引用诗句"开场",言简意赅,气势充沛,豪情与诗情并举,能够快速引起读者的阅读兴趣。)

这12位烈士是东北抗联第5军3师8团1连官兵,为了掩护大部队转移,他们在小孤山与400余敌人展开了一场惨烈的血战……

1937年,在松花江下游地区活跃的9支抗联部队,对日伪军的统治造成了严重的威胁。为打击抗联部队,日本侵略军增派重兵,以"篦梳""踩踏"等方式,对抗联游击区实施长期、彻底、反复的"清剿"。东北抗日游击战争举步维艰。

1938年初,抗联第2路军所辖各军被敌人逐步分割开来,周保中意识到日伪军大举围攻抗联的计划已在实施中,必须尽快突破包围圈。同年春,日伪军进犯密营(东北抗联建在深山野林中的秘密宿营地,用于储备军需、救治伤员、传递情报等抗日活动,抗联战士及当地百姓将之称为"密营")兰棒山。

3月16日,鉴于敌我力量悬殊,第2路军3师师长下令,要求宝清西沟与宝石河子之间尖山子一带各连队警戒队撤离,集中到密山、宝清、勃利三县交界处的兰棒山北麓李炮营。

驻守在兰棒山麓的是3师8团1连，成员为连长李海峰、指导员班路遗及60多名战士。1连成员多是猎手出身，是出名的"炮手（当时，东北称枪法好的人为炮手）连"，有"神枪手队"的美誉。其中，连长李海峰枪法最为精湛，有"射手之王"之称。

1连的驻地在兰棒山沟口，这里既是密营从山里到山外数十里防区的头道哨卡，又是通往抗联第2路军总指挥部和第5军3师部队根据地的要道。1连担负着警戒、保卫密营的任务。

当时，他们接到的命令是：18日凌晨撤出警戒，总指挥部交通副官张凤春到达之后，一起前往李炮营。

18日一早，张凤春抵达后，李海峰正准备带着由16人组成的小分队向李炮营转移，负责放哨的战士突然跑来报告说，有一伙敌人已经进到石灰窑沟。

这伙敌人由100多名日本侵略军和300多名伪兴安军（指伪蒙古"兴安军"骑兵，由日寇强征的蒙古族人组成。他们经过日寇的特别训练，马术娴熟，装备精良，以凶蛮著称）组成，准备突袭抗联5军的密营。

5军的后方医院、军工厂和部分机关人员都隐蔽在石灰窑沟，一旦被敌人发现，抗联将损失惨重。

与班路遗紧急商量后，李海峰当即下令："不要熄灯，也不要灭火，马上撤出，跑步占领前面的小孤山！"然后，他和班路遗鸣枪示警，率领全队退出哨卡房，快速向小孤山进发，打算利用小孤山的有利地形阻击敌人，为密营的同志转移争取时间。

小孤山位于宝清县正西兰棒山北麓的大尖子山下，是一座孤立的小山，海拔仅百余米，越往上山势越陡险，山顶上错落的岩石是理想的伏击阵地。

　　［李海峰率队撤上小孤山，迅速构筑起伏击阵地，做好战斗准备。为了有效阻击敌人，李海峰把队伍分成4组，让他们守在不同的阵地。

　　数百名日伪骑兵向小孤山扑来。他们向山上攀爬，半小时才前进不到50米，李海峰严密地监视着敌人的动向。又过了近半小时，敌人与我军距离仅百米左右了。

　　李海峰沉声命令道："每人瞄准一个，开火！"他两手握成一拳，从上到下猛地一劈，发出了射击信号。

　　霎时，1连小队机枪步枪齐响，第一批约40个敌人应声倒地。"神枪手队"大显身手。

　　日本侵略军指挥官见状，大惊失色，忙下令后撤。很快，日伪军又一次发起了冲锋。

　　李海峰一边望着山下成群结队、来势汹汹的敌人，一边说："我们的子弹不多，不要浪费，争取一枪干掉一个敌人！"

　　"瞄准，开火！"他又一次下令。

　　机枪步枪又一次齐声响起，冲在最前面的十几名日本侵略军齐刷刷倒了下去，后面的日本侵略军又慌忙退到山下。］

　　在山下指挥作战的日本侵略军指挥官这才知道，他这次遇到的对手有多厉害。战斗还没进行多久，枪法精准的对手就打死了他手下几十个士兵，再这样下去，只会折损更多士兵。

　　于是，日本侵略军指挥官下令调来几门迫击炮，又命伪兴安军在1连西北方向架起数挺机枪，用炮火、机枪掩护，发起了新一轮攻击。

　　炮弹在1连小队的阵地接连炸开，李海峰双腿被炸断，昏死过去。守在西北阵地的机枪手王发阵亡。

"机枪怎么没响？"李海峰从昏迷中醒来，不顾腿上传来的剧痛，急忙问道。

"机枪手牺牲了。"身边的战士答道。

[敌人攻势凶猛，没有机枪怎么行？李海峰立即下令："把我抬到机枪那儿！"

两名战士快速把李海峰的断腿包扎了一下，把他抬了过去。

李海峰抱着机枪，对着冲上来的敌人一阵猛打，充分发挥了"射手之王"的威力，把敌人打得鬼哭狼嚎、人仰马翻。

日本侵略军指挥官火冒三丈，下令兵分三路包围小孤山，向山顶发起了第三次冲锋。在步兵冲锋前，敌人又用迫击炮向山顶连续发射了十几枚炮弹。

1连的伤亡在不断增加，李海峰的杀敌信念却不曾动摇。

哪边的敌人攻势猛烈，他就让战士把自己和机枪抬到哪边去。

"打！狠狠地打！"他高声喊道，怀里的机枪喷射着愤怒的火舌。] ❷

冲上来的敌人死伤无数，山路上横七竖八地躺满了尸体。

两小时后，敌人再次撤退。

在李海峰的指挥下，英勇的1连小队已经打

名师导读 / Mingshi Daodu

❶ 下达命令果断迅速，执行任务干脆利落，攻击高效凌厉，声势慑敌，足见1连小队10余名指战员训练有素、身经百战、枪法过硬。

❷ 百折不挠、坚忍不拔的必胜信念支撑着行动不便的英雄李海峰不下火线、不避危难。英雄之所以能成为英雄，就是因为英雄在身处绝境时，依然能够坚定信念，爆发强大的精神力量，战胜肉体的痛苦，完成艰巨的任务。

退敌人的3次进攻。但在敌人炮火的疯狂攻击下，1连战士在一个接一个地倒下。

尽管日本侵略军指挥官知道山上只有十几个人，可是战斗从早晨打到了中午，数百士兵却怎么也攻不下小孤山，不禁恼羞成怒。他再次下令炮兵轰山，几乎将小孤山夷为平地。

很快，日伪军借势发动了第4次进攻。

然而，数百名日伪军依然不能近小孤山半步！

天色渐晚，精疲力竭的日伪军不得不停下攻击，在山坳处休整。

此时，1连小队仅剩下5人，唯一一个没负伤的便是交通副官张凤春了。

李海峰趁机把张凤春叫到身边，对他说："你带的文件很重要，你一定要冲出去，把文件交给上级！其他3名战士受了伤，你好好照顾他们，多一个战士就多一份抗日力量。还有，一定要把这里的情况报告给上级！"

张凤春眼含热泪，哽咽着问："你打算怎么办？"

"我的腿都断了，没有冲出去的希望了，只能跟他们拼到底了。"

一名战士爬到李海峰身边，坚持要留下来杀敌。

"我命令你突围出去！"李海峰严肃地说。

几名战士的子弹早就打光了。

"把不能用的枪毁掉，不能让它们落到敌人手里！"李海峰说，"我这支枪有八成新，还能消灭敌人，你们把它带上吧！"

几名战士含泪把其他枪支砸坏、拆解，零件扔到山下，又把所剩不多的弹药都集中到李海峰身旁。

在夜色的掩护下，日伪军从小孤山东南面向上爬来，张凤春饮泪告别李海峰，带着3名战士从西北面滑下山去。

为了掩护战友突围，李海峰用仅剩的弹药顽强抵抗，又毙敌数人。一群日伪军爬上山来，号叫着冲向李海峰……

张凤春等人逃出绝地，只听到小孤山上响起了激烈的枪声。而后，声音渐渐平息了……（此处用留白手法交代了李海峰的结局，即并未直接写明具体细节，而是让读者用想象去补充李海峰最后的遭遇，增强代入感，使悲壮、怆然的气氛更加浓重，鲜明地烘托了李海峰的英雄形象，突显出其坚定的革命信仰、不怕牺牲的伟大情操。）

为了保卫密营、掩护大部队转移，1连小队击退数百敌人数次猛攻，击毙击伤日伪军100余人，打死敌军马90余匹，为第2路军总指挥部及抗联大部队突围争取到十几个小时的宝贵时间。最终，英雄的1连小队共12人献出了宝贵的生命。他们分别是连长李海峰，指导员班路遗，排长朱雨亭，战士陈凤山、李才、李芳邻、王发、王仁志、魏希林、夏魁武、杨德才、张全富。

次日，收到消息的周保中热泪盈眶，亲赴小孤山，为12位烈士主持追悼会，并将小孤山命名为"十二烈士山"。此后，周保中又令5军3师政治部主任撰写了《宝清烈士山十二烈士苦战记》，并在文后附上自己作的悼诗，印发各军，广为宣传。全诗如下：

兰棒山顶云雾垂，宝石河边雪花飞。

寇贼凶焰犹未尽，十二壮士陷重围。

神枪纵横扫射处，倭奴伪狗血肉堆。

竟日鏖战惊天地，胆壮气豪动鬼神。

不惜捐躯为革命，但愿失土早归回。

他年民族全解放，指点沙场吊忠魂。

名师赏析 /Mingshi Shangxi

为了阻击日寇，12名抗联战士与数百名日伪军鏖战于小孤山巅。他们机智勇猛、生死相依，将大批敌人阻挡在山下，战至最后一刻，彰显出人民军队对国家、对民族的赤胆忠心。抗联十二烈士的英雄事迹在中华民族抗击外敌入侵的历史上写下了浓重的一笔。1991年，宝清县委、县政府在小孤山上修建了永久性十二烈士纪念碑。如今，来到"十二烈士山"缅怀、追忆烈士的人们眼可望茫茫孤山、苍苍野林，耳可闻北风猎猎、枪声杳杳，心可见凛凛烈士忠魂，巍巍立于山巅。

● 好词好句

兰棒山顶云雾垂，宝石河边雪花飞。
寇贼凶焰犹未尽，十二壮士陷重围。
神枪纵横扫射处，倭奴伪狗血肉堆。
竟日鏖战惊天地，胆壮气豪动鬼神。
不惜捐躯为革命，但愿失土早归回。
他年民族全解放，指点沙场吊忠魂。

● 延伸思考

1.在本文中择一处让你感触最深的情节或片段，谈谈你的感想。
2.试写一首诗歌，铭记、缅怀抗联十二烈士。

八女投江

1938年夏天，日本侵略军联合伪蒙、伪满军队在松花江下游大肆搜捕东北抗日联军。

为了摆脱敌人的搜捕，抗联第2路第4、第5军决定向西转移。在西征队伍中，有不少女战士。她们跟男战士一样爬冰卧雪、风餐露宿，在生与死、血与火中磨砺出刚强的意志。抗联来到村镇，她们充当宣传员，向村民宣传抗日救国的道理，以及党的路线、方针、政策；行军途中，她们担任勤务员、炊事员，是抗联西征队伍中不可忽视的力量。（在全民族抗战的时代背景中，千千万万女同胞加入共产党领导的队伍。她们中有不少人拿起武器，赴火线，成为优秀的射手、机枪手，也有不少人担任领导工作，秣马厉兵，枕戈待旦，还有不少人积极加入后勤管理工作。她们巾帼不让须眉，在艰苦的战斗生活中，表现出高度的自觉自强。对此，东北抗联领导者之一的周保中曾说："我的心房留着东北人民的两道最深的痕迹，永远不能消磨，其中一道就是抗日妇女的气节与倔强……"）

这年10月，抗联第5军第1师的一支队伍来到了牡丹江支流乌斯浑河岸边，准备渡过河去，借以摆脱敌人的围追堵截。

这支队伍有100余人，其中包括8名妇女团的战士，她们分别是指导员冷云（原名郑志民）、班长胡秀芝、杨贵珍、战士郭桂琴、黄桂清、李凤善、王惠民和被服厂厂长安顺福。

经过几天的日夜奔袭，抗联战士早已困饿交加。于是，师领导决定让队伍在岸边休息一晚，第二天一早再过河。

这个时节的东北已经非常寒冷了，在河边休息的部队点燃了几堆篝火以取暖。

但他们没想到，正是这几堆篝火暴露了部队的位置。

后半夜，1000多名日伪军悄悄地向抗联部队所在地进发，打算天亮后展开突袭。

次日凌晨，抗联战士一觉醒来，发现由于晚上河水暴涨，渡口已经看不到了。于是，师领导便派水性好的金世锋参谋带着8名女战士先去河边探路。

金世锋带着几名女战士来到河岸，自己跳入河中探了一会儿路，正准备回岸接她们时，突然枪炮轰鸣，原来敌人对抗联部队已形成包围之势，并发起了攻击。

抗联部队紧急组织反击，边打边寻找突破口。冷云等8名女战士则被隔在了河岸边的柳树丛中。

枪炮声一响，凭借丰富的对敌斗争经验，冷云立刻意识到情势危急。她冷静地思考了一会儿，接着示意其他7名女战士原地卧倒。由于地形的优势，敌军没有发现这几名女战士，径直扑向抗联大部队。

看清形势，冷云心里一沉：敌人人数太多，已对部队主力形成包围之势；我军部队主力面临全军覆没的危险。

"同志们，快，向敌人开火！"在这紧急关头，冷云当即命令其他几名女战士在敌军背后发动突袭，以吸引敌军的注意，为大部队突围、撤离赢得时间。（面对敌人突如其来的袭击，冷云不慌不忙，沉着应对。在认清形势后，她做出了突袭敌人、吸引敌人火力的决策。冷云行事沉稳、指挥果敢，展现出压倒并战胜一切的韧性与力量。）

几名女战士的枪声一响，敌人吓了一大跳，以为自己中了埋伏，于是急忙派遣一部分兵力去后方侦察、还击。

利用这个空当，大部队突破了敌人的包围，快速转移，撤进了密林。

见抗联部队主力突破了包围圈，日本侵略军气急败坏，调转枪口，齐向冷云等人扑来。

冷云让其他战士把手榴弹拿到手里，敌人一接近就一齐投出，将冲在前面的敌人炸得血肉横飞。

敌人一时搞不清柳树丛中埋伏着多少抗联战士，不敢贸然前进，都趴在地上，以密集的火力猛攻。

大部队摆脱危险后，发现8名女战士已经被日本侵略军重重包围，尽管多次组织营救，但都没能成功。

见此情形，8名女战士急忙大喊："同志们，快往外冲啊！一定要保住手里的枪，抗战到底！"

抗联部队的弹药已然不多，再坚持营救，只会落得全军覆没的结果。为了顾全大局，师领导只得忍痛带部队撤回了山上。

与此同时，日本侵略军也听到了喊声。

当确认在后方攻击他们的"伏兵"只是几名女战士时，他们便不再有所顾忌，开始疯狂地向8名女战士发动进攻，一边攻击还一边叫嚷道："赶快投降吧！"

敌人步步逼近，冷云等人陷入三面受敌、一面临水的绝境。她们的子弹打光了，手榴弹也只剩下一枚了。摆在她们面前的只有两个选择：投降或战死。

冷云沉着地对几名女战士说："同志们，我们都是共产党员，

名师导读 / Mingshi Daodu

❶ 出色的动作描写生动传神、极富表现力，不仅能推动故事情节的发展，还能表现人物的精神面貌。本文对8位女英雄投江时的动作进行了详细描写：先将最后的手榴弹"投向"敌人，"手挽手"向河中"走去"，在猛烈的炮火中"挺直"腰板，向水深处不断"前进"……一系列具体的动作描写，表现出8位女战士视死如归的英雄气概。

❷ 以8位英雄的壮语收束，简洁有力，掷地有声，令人精神为之一振。

也是抗联战士，我们宁可死也决不当俘虏！现在咱们没有弹药了，只能蹚水过河。能过去，就找到军部继续抗日，战斗到最后；过不去，就死在这里。为祖国的解放战斗而死，是我们最大的光荣！"

["好，过河！宁可站着死，决不跪着生！"她们将最后一枚手榴弹坚定地投向了敌人，利用敌人卧倒闪躲的时机，手挽手向冰冷的河水中走去。

8名女战士的英勇行为激怒了敌人，雨点般的子弹不断向她们的后背飞过来，最后敌人甚至架起迫击炮疯狂地向河面轰击。

即使是这样，她们依然挺直了腰板，坚定地向河水深处不断前进。] ❶

河水越来越深，8名女战士的大半个身子都泡在了水中。

敌人的一排炮弹在她们身边炸开了，伴随着一声声巨响，河面上掀起了高高的水柱。

过了一会儿，水面恢复了平静，却不见了8名女战士的身影。她们被河水淹没，壮烈牺牲了！

[这8位女英雄中最大的25岁，最小的只有13岁。她们用行动履行了自己的誓言："宁可站着死，决不跪着生！"] ❷

名师赏析 / Mingshi Shangxi

8位女英雄为掩护主力部队，在弹尽力竭时，决意投江。她们大无畏的献身精神，展示出中国军人同敌人血战到底的气魄，谱写了一曲慨然赴死的英雄赞歌。

● 好词好句

冷云沉着地对几名女战士说："同志们，我们都是共产党员，也是抗联战士，我们宁可死也决不当俘虏！现在咱们没有弹药了，只能蹚水过河。能过去，就找到军部继续抗日，战斗到最后；过不去，就死在这里。为祖国的解放战斗而死，是我们最大的光荣！"

"好，过河！宁可站着死，决不跪着生！"她们将最后一枚手榴弹坚定地投向了敌人，利用敌人卧倒闪躲的时机，手挽手向冰冷的河水中走去。

● 延伸思考

冷云具有怎样的性格特点？她在8位女英雄中具有怎样的地位？

苏村阻击战126烈士

1941年1月,为扩大百团大战战果,配合冀南军区反"扫荡"行动,鲁西军区司令员杨勇指挥主力部队第7团和特务第3营,妙用引蛇出洞、围点打援的战法,在郓城(县名,位于山东省西南部,属菏泽市)到潘溪渡(村名,位于郓城县西北)一带痛击日寇,全歼一个日本侵略军中队和一个伪军警备大队,毙俘日本侵略军少佐以下官兵160余人、伪军130余人,打破了日本侵略军所谓"死战不降"的神话,缴获一门九二式步兵炮。

日本侵略军华北方面军司令官冈村宁次闻讯恼羞成怒,迅速纠集万余兵力,并配以300余辆汽车、20余辆坦克、数十门大炮、10余架飞机,采用分进合击战术,对鲁西地区数县进行大"扫荡",企图荡平以濮县、范县、观城为中心的鲁西抗日根据地,消灭八路军主力部队和军区、行署机关。

当时,八路军的兵力仅有第115师教导3旅,武器弹药奇缺,没有坦克,也没有战机,仅有一门刚缴获的步兵炮。

1月15日,大批日伪军突然出现在鲁西抗日根据地。日本侵略军这次大"扫荡"来势迅猛:出动飞机在空中侦察的同时,数百辆汽车满载精锐野战步兵以极快速度出击。

为了保存有生力量,八路军分散突围。1月17日夜,鲁西军区、行署机关跳出敌人合击圈,抵达朝城(旧县名,位于山东省西部)西南马集一带。当时，其后方有一股日本侵略军一直穷追不舍，一路尾随而来；还有一股敌人自朝城南下，对八路军形成合击之势。

此时，鲁西军区、行署机关的兵力仅有军区警卫营——鲁西军区特务第3营营部和两个连，共200余人。

很快，特务第3营营长钟铭新接到命令：率9连、10连进驻距离马集几千米的苏村，连夜抢修工事，向朝城方向警戒。（当时的情势是敌强我弱，但敌人的军事实力强到什么程度，我军的又弱到什么程度呢？这里用列数据的方式，直观呈现了日寇之强与我军之弱。仅200余人的八路军战士要怎样与悍敌抗衡？他们又将如何保护军区、行署机关突出重围？这成了本文最大的悬念。）

为保证3营完成任务，军区直属政治处主任邱如发随队行动，帮助、指挥工作。

苏村，属山东莘县，坐落在朝城西南的平原上，与朝城相距两三千米，距敌人据点十几千米，是一个有百余户人家的村子。村西有一条抗日沟，沟西有一条河。村外本来有围寨，但年久失修，又遭严重破坏，只余残垣断壁。

听说要打仗，苏村村长带着村民全力帮忙。在村中青壮年的协助下，八路军战士得以在次日早上7时顺利完成修筑工事的任务。

营长钟铭新下令收工吃饭时，9连一个哨兵突然跑来报告，说在村东发现数辆驶向马集的敌军汽车。

此时，9连、10连接连鸣枪示警。钟铭新抄起枪，带着战士直奔设在村东的9连阵地，命令战士进入工事，准备迎敌。

敌人原本打算合击马集，但被苏村的枪声吸引过来，便以为鲁西军区、行署机关在苏村，随即向苏村扑来。

敌人一进入我军的火力范围，钟铭新就把枪一挥，一声令下："打！"霎时，八路军阵地枪声大作，火力全开。

敌人的汽车被迫停下，车上搭载的士兵迅速从车上翻滚下来，组成战斗队形，直奔9连阵地而来。

八路军指战员以猛烈的火力封锁了敌人的攻击路线，把日本侵略军打得抬不起头来。两次进攻失败后，死伤过半的日本侵略军只好隐蔽起来，等待援军。（即使前方有刀山火海、千军万马，也要勇往直前，用自己的胸膛迎向敌人的刺刀，以自己的血肉之躯抵挡敌人的枪炮，这就是英雄。明知是一场毫无胜算的战斗，特务3营却毅然与强敌交火，将敌人火力吸引到自己这边。他们守护的不仅是八路军首脑机关，还有中国军人的必胜信念以及国家和人民胜利而光明的未来。）

很快，敌人的增援部队到了。数十辆汽车停在村东数百米外，数百名日本侵略军在机枪和迫击炮的掩护下向八路军发起了冲锋。

9连、10连战士坚守阵地，先用机枪猛扫，待其冲到阵地前沿时，又将手榴弹齐齐投向敌群。

10时左右，敌人攻势暂缓，战场显得格外宁静。八路军指战员趁机紧急修复工事，补充弹药，医治伤员，转移群众和重伤员。

没过多久，数架敌机飞临苏村上空，一阵轰炸过后，钟铭新左臂负伤。他顾不上伤势，急忙向军区首长电话汇报战况。军区参谋长电示3营："不惜一切代价，坚决阻敌进攻，掩护首长和机关转移。"

日本侵略军也在调整战术。他们认为，正在交手的这支八路军部队战斗力与战斗意志都很强，单兵素质高，装备在八路军中也比较先进，一定是八路军主力部队，甚至极有可能是军区警卫部队。

于是，日本侵略军开始大量增兵，妄图一举消灭八路军军区及行署机关。同时，日本侵略军各队分散开来：两个汽车队分成两路，拖着火炮、满载士兵向苏村南北两翼运动；援兵则从东南面向苏村合围而来，并且还出动坦克前来支援。

现在，敌我双方兵力、装备悬殊：苏村附近的日本侵略军已增至上千人，并配备有80多辆汽车、6架飞机、8门大炮、7辆坦克。而八路军原本只有200余人，在由负伤的10连连长朱绍青率两个新兵排掩护20多名伤员、后勤人员及群众转移后，仅剩130余人。此时，守住苏村的任务变得格外艰巨。

八路军守军即将面对的是敌人空地一体的联合攻击。鉴于形势严峻，八路军指战员毅然决定：坚决执行命令，确保首长、机关转移；哪怕战斗到只有一人一枪，也要坚守下去，誓与苏村共存亡；争取不让敌人进村，若战斗不利，就撤进村里，进行巷战，死死拖住敌人；不滥用弹药，不放空枪，力争从敌人手中缴获补充；毁掉所有文件，以防机密外泄；让重伤员得到妥善安置，轻伤员继续战斗。

11时，战斗再次打响。一阵猛烈的炮击过后，敌机在八路军阵地上来回盘旋扫射，日本侵略军则如蝗虫般涌向八路军阵地。八路军战士拼死阻击，与日本侵略军浴血鏖战。战势数次呈胶着状态。

[在敌人用机枪封锁的东街，机枪手胡敬忠见敌人停止射击，抓准时机，跳至街心，向趴在街上的敌人一阵猛扫。敌人被打得抬不起头来，纷纷卧倒。

9连连长黄学友镇定指挥，等日本侵略军迫近阵地，便命令战士甩出一排手榴弹，立时炸倒一片日本侵略军。但爆炸过后，日本侵略军再次发起了冲锋。

激战中，黄学友突然胸部中弹，伤势严重。见前沿阵地已被日本侵

名师导读

❶ 指挥官智勇兼备，指挥有方，血性张扬的机枪手对敌狠扫猛打，不畏死亡；指挥官阵亡，另一名指挥官立即接任，确保军心不散，战力不减；利用近战优势，攻敌之短，智取日寇……这是一支敢打硬仗、不怕流血、机动顽强的部队。即使在弹尽无援的情况下，两个连队仍竭力创造歼敌条件，夺回阵地，表现出超乎寻常的血性虎气。

❷ 突围无望，钟铭新毅然做出"最大限度杀伤敌人"的决定。唯有把全局利益看得高于一切，对祖国、对人民、对党有深沉挚爱的人，才能抛却私心，做出这般舍生取义的决策。

略军突破，黄学友拉响了手榴弹，高喊着"打倒日本帝国主义"，与冲过来的一群敌人同归于尽。

9连连长牺牲了，副教导员秦昌银立刻接过指挥重任，组织战士集中火力猛烈扫射突入村内的日本侵略军，并率战士与冲到近前的日本侵略军展开白刃战。

因日本侵略军有一个习惯，就是在拼刺刀时会关闭枪支的保险，以防误伤自己人，八路军战士便抓住这一弱点，在拼刺刀时突然扣动扳机毙伤敌人。很快，日本侵略军便不支撤退。

排长王云山抓起日本侵略军丢下的一把机枪，一阵扫射，把日本侵略军打得抱头窜向村外。9连夺回了阵地。

9连与敌人白刃相接时，10连阵地也被日本侵略军突破。在指导员严海元的组织下，10连战士奋起反击。

在2排的火力掩护下，代连长高云汉提着数枚手榴弹，率1排战士冲向敌群，消灭十几个日本侵略军，缴获机枪1挺、掷弹筒1个，拒敌于南门外。

至此，我军已打退日本侵略军4次攻击。日本侵略军没料到竟会遇到如此顽强的抵抗，更加确信：苏村守军是八路军精锐主力，军区机关和司令员杨勇就藏身在苏村。]

于是，日本侵略军指挥官将附近所有预备队都调集过来，企图用绝对优势压倒我军。并且，包围圈已经完成。

而八路军此时牺牲人员增多，弹药也已不足，形势岌岌可危。

12时，钟铭新接到了八路军军区留守处打来的电话，得知军区、行署机关已顺利转移，同时收到特务3营向西北马颊河方向突围、与接应部队会合的命令。

电话还没打完，一颗炮弹从天而降，炸断了电话线。钟铭新当即组织战士突围。

［然而，此时敌人已在收拢包围圈。他们将苏村围得水泄不通，一面用机枪火力封锁苏村，一面用坦克强攻。见突围无望，钟铭新当即决定：依托阵地，最大限度杀伤敌人。］❷

日本侵略军先是集中全部轻重武器猛攻，将雨点般密集的炮弹倾泻到八路军阵地。然后，在坦克的掩护下，一群步兵猫着腰、端着枪跟在后面，冲入八路军阵地。

强敌当前，特务3营指战员与敌人展开了殊死搏斗。3营战士以排枪和手榴弹筑起火墙，猛打隐蔽在坦克后面的敌人。

9连2排排长刘勇因伤势过重，无法站立，就把一束手榴弹掖在腰间，横躺于阵地前沿。待坦克靠近时，刘勇猛地拉响了手榴弹，炸毁了敌人的坦克，堵住了其后方坦克前进道路。刘勇壮烈牺牲。

营长钟铭新指挥战斗时被流弹打中了腹部。他忍痛捂着流出的肠子，将随身带着的文件烧毁，随后滚出工事，拉响手榴弹，与敌人同归于尽。

阻击东南面敌人的10连，与敌人展开激烈的攻防战，阵地反复易手，但最终因敌众我寡，阵地失守。10连指导员严海元率领战士展开巷战。在激战过程中，他爬上房顶，用机枪猛扫冲进村南胡同口的数十名日本侵略军。在歼灭大部分敌人后，他被日本侵略军打中从房顶摔下。此后，他继续端枪扫射，直到再次被敌人打中壮烈牺牲，至死都紧紧抱着那挺机枪。（9连2排排长刘勇、营长钟铭新、10连指导员严海元身先士卒，尽忠履职，相继战死沙场。他们宁可有尊严地死，也决不屈辱地活。他们身体虽死，但精神已成为战士们抗敌到底的心灵支柱与难以磨灭的信仰丰碑。）

下午1时，军区直属政治处主任邱如发在激战时阵亡，教导员邱良左接替指挥。在村西头胡同里，邱良左做了最后的动员讲话："同志们，真正的考验来了！上好刺刀，准备与敌人拼到底……"

70多名战士分成若干小组，依托胡同、庭院、房顶，继续阻击敌人。子弹打光了，就与敌人白刃肉搏；刺刀捅弯了，就抄起石块或农具拼杀。他们士气高昂，逐房逐墙地与敌人展开拉锯战。

日本侵略军久攻不下，恼羞成怒，便丧心病狂地向坚守在庭院、房屋中的八路军战士施放了毒气弹。

八路军战士被浓烈的毒气呛得睁不开眼，咳嗽不止。副教导员秦昌银指挥大家用湿毛巾捂住口鼻，继续抗击日本侵略军。

对峙持续到下午5时，中毒的八路军战士相继昏迷，敌人才得以冲进房舍庭院。

此时，敌人才知道，他们耗时耗力、损失了300多兵力才攻陷的苏村里根本没有八路军首脑机关。

气急败坏的敌人将幸存的八路军指战员捆在一起拷问，妄图问出八路军军区、行署机关的去向。但八路军指战员个个铁骨铮铮，没有一个吐露军情。

日本侵略军见问不出消息，就将抓到的指战员分批拉到村南沟里，用刺刀屠杀。由于天色已晚，日本侵略军急于追击我军区、行署机关，没有仔细检查，因此，副教导员秦昌银，战士白玉光、秦光等几名指战员未被刺死，后被附近群众从尸堆中救起，才得以存活。

坚守苏村的特务营9、10两个连加营部，共126人壮烈牺牲，仅8人生还。我军在敌人10倍于我的劣势下，阻挡日本陆空军联合进攻一天，毙伤敌军300多人。苏村阻击战之英勇、悲壮、惨烈，世所罕见；而我军在弹尽援绝的情况下，依然取得3∶1的战果，堪称战争奇迹。

名师赏析 Mingshi Shangxi

由于敌我力量悬殊，苏村阻击战注定是一场不知几人还的战斗。两军实力差距如此之大，八路军第115师教导3旅特务3营200余名战士靠什么迎敌？过人的勇气与必胜的信念。3营将士始终不惧强敌、不畏牺牲，敢于斗争、敢于胜利。他们爆发出惊人的战斗力，与10倍于我的敌人血战竟日，用血肉之躯抵挡敌人的战机与枪炮，换来了军区、行署机关的安全转移，毙伤300余敌军，书写了壮我军声威、卫民族尊严的壮丽史诗。英雄虽逝，气贯长虹；精神不朽，永励后人。

● 延伸思考

1.本文中，八路军与敌人的差距具体体现在哪些方面？

2.结合你的阅读体验，谈谈是什么支撑苏村阻击战众烈士战斗到底。

学生爱国主义教育系列丛书

抗日英雄的故事

青口十八勇士

1941年3月21日，为了扩大滨海抗日根据地，八路军第115师教导2旅和山东纵队2旅联合在江苏赣榆重镇青口及沿海地区发动攻势作战。这就是著名的青口战斗。

青口战斗历时1周，八路军毙伤敌军数百人，缴获大量武器弹药及军用物资，取得了主力东进滨海地区抗日的首次大捷。

3月26日凌晨，日伪军600余人携一批重武器增援青口，教导2旅在青口以东遭敌人海军陆战队炮击，又遭青口镇里的敌人借势反扑。敌军企图里应外合夹击我军。此时，攻入青口的教导2旅6团奉命撤出战斗。

6团正抓紧时间抢运缴获的粮弹物资时，收到情报：敌人马上就要来了！6团团长跟政委商议后决定边打边撤，同时命一个排进行掩护，以便抢运物资。

担任掩护任务的是6团1营1连7班，班长原飞友对团长派来的通讯员说："请告诉团首长，人在阵地在！我们誓死完成任务！"（描写言谈举止未必要长篇累牍，只要抓住人物特点精准刻画，寥寥数语就能表现出人物的个性。例如，这里就用原飞友一句爽快、干脆、坚定的话语，塑造出一个具有坚毅性格、实干精神和强烈责任感的军人形象。）

很快，敌人赶到，原飞友率7班战士挡在大部队及抢运战利品的队伍前，同来势汹汹的敌人交上了火。

7班将士牢牢坚守着阵地，敌人冲上来几次，都被打退了。

抗日英雄的故事

在收到6团首长率领大部队安全转移的消息后，原飞友十分高兴，此时掩护任务已经圆满完成！他急忙下令："快！同志们，往北撤！"

原飞友率领7班战士边打边快速向北撤，穿街绕巷赶到北街，却发现敌军骑兵已经绕到侧后，正向我军冲杀过来。

原飞友立刻带队转向西门，但西门也被敌人把守着。他们走街串巷，发现退路都被切断了，难以突出重围，被迫退进火叉巷的一个大院。这时，他们听到东院也响起了枪声。

通过枪声，他们判断出是兄弟部队在与敌人交火。于是，他们打通院墙，与兄弟部队会合了。守东院的是1排排长赵本源及其带领的2班战士，他们也因未能及时撤出而被敌人围困。

敌人发现八路军兵力不多，便将大院包围起来。很快，几百个日本兵就把院子围得水泄不通，在外面高声叫嚣："你们已经跑不了了！快缴枪投降！"

趁此机会，赵本源清点了一下人数，发现两个班合在一起，一共只有18名战士。18个人对抗几百个日本侵略军，这是一场毫无胜算的战斗。但是18名指战员纷纷表示要死守阵地，没有一个打算投降。他们决定采取近战方式，分组抗击敌人。

没过多久，敌人集结起全部兵力，向院子发起了冲锋。

18名指战员与敌人展开殊死搏斗，连续击退了敌人多次冲锋。

敌人久攻不下，改用手榴弹、掷弹筒发动远攻。在敌人的疯狂攻势下，院子被打得墙倾房塌。敌人在几十挺机枪的掩护下，源源不断地冲进院子。

18位勇士据守残垣断壁，严阵以待。待敌人临近，赵本源右手一挥："打！狠狠地打！"话音刚落，一排手榴弹齐向敌人头顶飞去，炸得敌人四散而逃。

　　机枪班长原飞友把机枪架在断墙上猛扫，"嗒嗒嗒""嗒嗒嗒"一梭又一梭子弹倾泻到敌群，当即倒下一片敌人。

　　从早晨到中午，我军将敌人的连续冲锋全部打退，阵地前遍布敌尸。

　　年仅18岁的小战士李会元紧随赵本源左右。子弹打没了，他就冲到院外，用从敌尸上找到的弹药继续阻击敌人。

　　赵本源身上挂了彩，依然坚持指挥战斗。工事被摧毁了，几名战士就把尸体堆成工事，用刺刀、砖瓦等对付敌人。

　　眼见敌人距离越来越近，态度越来越嚣张，赵本源率领战士端起刺刀，隐蔽起来。

　　狡猾的敌人不敢靠近，只在外面喊叫劝降，后来竟使用了燃烧弹。院子里燃起熊熊大火，敌人乘机冲进院子。赵本源跳出墙来，指挥战士同敌人拼杀。

　　刺刀拼断了，赵本源就用枪托、拳头与敌厮打。见又有几个敌人凑过来，想活捉自己，此时已身负重伤的赵本源命令原飞友带其他同志突围，自己则与同样受重伤的2班副班长拉响了手榴弹，二人壮烈殉国。

（弹尽援绝，英雄末路，宁死不屈，杀身成仁，浩气凛然。）

　　原飞友忍着悲痛率大家继续战斗，举着机枪对着敌人狠劈过去；李会元高喊着"为排长报仇"同敌人奋勇拼杀。

　　敌人的冲锋再一次被打退了。

　　这场战斗从清晨打到黄昏，我军10名指战员壮烈牺牲，剩下的8名指战员都不同程度地负了伤。尽管以寡敌众，我军仍毙敌50余人。

　　夜幕降临后，原飞友望着手中没有弹药的枪，对其他几名战士说："同志们，我们人可以死，但决不能把武器留给敌人！"

然后,他带着7名战士捣毁全部枪支,趁敌人换防时挖穿墙洞逃出了院子。在当地群众的帮助下,他们换上便衣,藏在老乡家里,准备趁夜潜出城外。

没想到,凶残的日本侵略军让汉奸带路,在青口镇挨家搜寻,并扬言"找不到八路军就放火烧房"。为了保护人民群众生命和财产安全,8名勇士主动冲出来,与日伪军展开厮杀,最终因力竭被俘。

于是,敌人将8人连夜送到新浦日本宪兵队。

在有"人间地狱"之称的宪兵队,8名勇士每天轮番受审,被折磨得死去活来,却没有一个人吐露有关党、有关部队的秘密。敌人气得暴跳如雷,却无可奈何。

几天后的一个上午,一群汉奸把几名勇士拖上汽车,载着他们去游街示众。

李会元不想让敌人的诡计得逞,对着车外的群众高声喊道:"乡亲们,我们要打倒卖国贼,打倒狗汉奸!"

原飞友也随之大喊:"乡亲们,我们要团结起来,争取早日打倒日本帝国主义!"

敌人没想到这几名八路军战士手无寸铁,竟然还敢跟自己作对,就对几名战士进行毒打。几名战士被打得遍体鳞伤,仍不停地喊:

"中国共产党万岁!"

"让敌人血债血偿!"

"全国人民万众一心,誓死不当亡国奴!"

……

街上的百姓充满敬意地望着几位勇士,心中激荡起卫国驱寇的热情与渴望。(中国共产党领导的军队之所以能取得抗战的全面胜利,与人民群众的支持是分不开的。几位落入敌手的八路军战士被拉出来游行，他们遍体鳞伤依然不辱气节，具有非同一般的榜样作用。百姓受到激励与鼓舞，自然为之震撼、心折，进而甘心拥护这支坚贞不屈的人民军队。）

几天后，敌人又换了招数——诱降。他们表示，只要几位勇士"悔过"，就放了他们。但几位勇士傲然以对，默契地一言不发。

半个月已经过去了，敌人用尽了手段和酷刑，都没能使几位勇士屈服。于是，残忍的敌人将几位勇士绑在屠宰场院中，准备第二天当众烧死。

深夜，身材瘦小的孟兆阁挣脱了捆绑的铁丝，接着陆续拧开了原飞友、李会元、孙玉昆身上的铁丝。他们正要给另一个柱子上的4名战友松绑时，日本哨兵走了过来。

4名未被松绑的战士担心他们延误时机，催他们快点找机会离开。孟兆阁等人含泪告别这4名战友，趁着夜色，趁着日本哨兵换岗的空隙，逃出了宪兵队。

他们越过铁道，一路飞奔，却被一条河拦住了去路。渡河时，李会元、孙玉昆走散了，下落不明。

孟兆阁扶着重伤的原飞友艰难渡河。伤口被河水一泡，原飞友剧痛难忍，便对孟兆阁说："孟同志，你快跑吧！找到部队，告诉大家，我们都是好样的！"说完，他便不省人事。

孟兆阁挥泪过河，终于虎口脱险。后来，他历尽艰辛，终于找到了八路军大部队。

至此，18位勇士，仅1人成功归队，2人失踪，其余全部牺牲。

名师赏析 / Mingshi Shangxi

在被日伪军包围的青口镇，十八勇士势单力孤，四面受敌。他们孤军奋战、宁死不降，敌窟抗争、坚守气节，积极求生、虎口脱险。他们的壮烈事迹传遍中华大地，将永久激励后人不畏艰难、赓续奋斗，书写新时代的精彩华章！

● 好词好句

刺刀拼断了，赵本源就用枪托、拳头与敌厮打。见又有几个敌人凑过来，想活捉自己，此时已身负重伤的赵本源命令原飞友带其他同志突围，自己则与同样受重伤的2班副班长拉响了手榴弹，二人壮烈殉国。

● 延伸思考

1.原飞友等人是怎样认出另一个院落里的兄弟部队的？
2.结合本文，说说哪些情节体现了十八勇士的坚贞不屈。

狼牙山五壮士

位于河北省易县西南的狼牙山曾是抗日战争时期晋察冀革命根据地的重要据点，狼牙山五壮士纪念碑就屹立在这里。

1941年9月24日，5000多名日伪军向狼牙山地区发起了进攻。在山上驻守的八路军晋察冀军区第1分区1团为了保存军队实力，决定率党政机关及数万群众转移，命令7连执行掩护任务。

25日凌晨，敌军猛攻狼牙山主峰棋盘陀，7连据守棋盘陀顽强阻击，接连打退敌人数次冲锋，基本完成掩护任务。

天亮后，7连决定突围转移，留下6班驻守棋盘陀，让他们继续与敌人周旋，掩护连队转移。连队撤离前，首长对6班战士说道："从现在开始，狼牙山就交给你们了！明天中午12点之前，无论如何不能让敌人越过棋盘陀半步。"

其实，整个6班只有5名战士，他们分别是班长马宝玉，副班长葛振林，战士宋学义、胡福才和胡德林。

领命留守的5名战士把手榴弹捆成一束一束的，到了晚上，他们趁着夜色，像埋地雷似的将捆好的手榴弹从山脚一路埋到了半山腰。

第二天天刚亮，山脚下就响起了敌人的枪声。战士们向下看去，见敌人兵分几路正向棋盘陀攻来。

突然，一声巨响传来，紧接着尘土漫天飞扬，几个敌人被掀到了空中，还有几个敌人掉进了山谷。原来是几名战士埋下的手榴弹爆炸了。

敌军一见有埋伏，不敢再轻举妄动，小心翼翼地前进着。

眼看敌人越来越近了，班长马宝玉认为是时候攻击了，随即下令："打！"几名战士用力将手中的手榴弹向敌军抛去。

一时间，轰炸声震耳欲聋，敌人被炸得死的死、伤的伤。

5名战士作战方式得当，攻击火力十分凶猛。敌人一时摸不清山上究竟有多少八路军，所以，他们一会儿用机枪疯狂扫射，一会儿用炮攻击，几个小时过去了，不仅没有向前挪动一步，还损失了不少兵力。] ❶

[太阳渐渐地向西边的山峰倾斜，6班的掩护任务圆满完成，他们可以撤退了。然而，眼下他们面临的问题是：如果他们去追赶大部队，尾随他们的敌人也会跟上去。这样一来，大部队将重新陷入险境。

马宝玉和几名战士商量后决定：宁可牺牲自己，也不能暴露大部队！随后，马宝玉毅然带领战士向棋盘陀顶峰爬去。] ❷

棋盘陀山势险要，两边都是悬崖峭壁，通向顶峰的只有一条崎岖的小路。

黄昏时分，5名战士登上了峰顶。此时，他们的弹药已经所剩不多。他们发现周围有很多

名师导读 / Mingshi Daodu

❶ 场面描写，就是对在特定时间和环境中人物活动的画面进行描写。成功的场面描写能更好地营造气氛，增强文章的生动性，给读者以身临其境的感觉。这里将敌人进攻前的情形、被炸时的声音、动态和被炸后的行为等进行了细致刻画，还原了战斗场面，营造出紧张惊险的气氛，给读者以如见其人、如闻其声之感。

❷ 狼牙山五壮士放弃撤退机会，为保全大局而与敌死战的牺牲精神，令人心生敬意。

大石头，就把这些大石头推到一起作为备用武器。

很快，紧追不舍的敌人也向棋盘陀顶峰爬来。又一阵激烈的枪战过后，5名战士身上只剩下最后一枚手榴弹了。

胡福才刚想把手榴弹扔向敌人，马宝玉就把它抢过来，揣在腰间，沉声说："用石头砸！"

敌人一靠近顶峰，5名战士就将大石头一股脑地推下去，砸得敌人哭着喊着滚下山去。就这样，他们打退了敌人的又一轮冲锋。

敌人意识到八路军没有弹药了！他们集中力量，哇哇怪叫着，再一次向峰顶发起了冲锋。

这时，峰顶上已经没有可用的石头了……（黄昏时分，五壮士在打退敌人又一轮攻击后，陷入孤立无援、弹药用尽的境地。暮色之中，他们甚至连最后的武器——可用的石头也没有了。这一幕渲染出浓重的悲壮色彩。）

马宝玉眼含热泪，对其他4名战士说："我们已经完成党交给我们的任务，革命战士宁可死也决不当俘虏。我们把武器都砸了，不能把它们留给敌人！"接下来，他们毁掉了所有武器。

马宝玉掏出一个本子，快速写着什么。

写好后，他郑重地向胡福才、胡德林、宋学义说："经历这次战斗，你们三个都已具备入党的条件。我和葛振林是党员，愿意当你们的入党介绍人。以后，如果有同志找到我的尸体，就能发现我这封介绍信。"

"现在，我们只有一条路可以走了，那就是跳崖！"马宝玉说。

"跳崖！"其他几名战士异口同声地喊道。

5名战士从容地走到悬崖边上。

敌人爬上来了，见几名八路军战士已经没有退路，一个个端起刺刀叫着:"抓活的!要抓活的!"

见敌人就要冲过来了,马宝玉将最后一枚手榴弹径直投了出去。

"轰"的一声,倒下了一大片敌人,幸存的敌人连忙向后退去。

"同志们,跟我来!"马宝玉大喊一声,第一个跳下了山崖,其他几人紧随着也跳了下去。(为什么几名铁骨铮铮的战士放弃生存机会,选择了跳崖?为了不落敌手,为了军人的气节与尊严!五壮士宁可跳崖,也不偷生的决心与意志,体现了中国军人的刚烈与血性,反映了中华儿女永不屈服的民族风骨。)

敌人用整整一天的时间追击,伤亡近百人,才攻占棋盘陀,但一个八路军战士也没抓到,只看到了5名战士英勇跳崖的壮举。

葛振林和宋学义幸运地被半山腰的树枝接住了,虽然受了重伤,但性命无忧。后来,在当地群众的帮助下,他们找到了大部队,并顺利归队。而马宝玉、胡德林和胡福才都壮烈牺牲了。

五壮士宁死不降的精神感染了每一个中国人。正是因为有千千万万个像他们一样有牺牲精神的中国人,日本侵略者才最终被赶出国土。狼牙山五壮士的英勇献身精神值得中国人民永远铭记!

名师赏析 / Mingshi Shangxi

临危受命,任务艰巨,五壮士为保护大部队,登上峰顶,孤军奋战;在突围无望时,他们坚贞不屈,跳崖明志。5位血性战士的抉择昭示了其赤胆忠心、顾全大局和傲骨铮铮的内在。他们的精神和勇气时刻激励着我们:在人生旅途上要善于听取内心最勇敢的声音,从而做出正确、无悔的抉择!

学生爱国主义教育系列丛书

抗日英雄的故事

● 好词好句

　　突然，一声巨响传来，紧接着尘土漫天飞扬，几个敌人被掀到了空中，还有几个敌人掉进了山谷。原来是几名战士埋下的手榴弹爆炸了。敌军一见有埋伏，不敢再轻举妄动，小心翼翼地前进着。

　　马宝玉眼含热泪，对其他4名战士说："我们已经完成党交给我们的任务，革命战士宁可死也决不当俘虏。我们把武器都砸了，不能把它们留给敌人！"接下来，他们毁掉了所有武器。

● 延伸思考

1.在执行掩护部队撤退的任务时，五壮士用什么方法将大批敌人阻挡在山下？

2.明明能够安全撤离，五壮士为什么没有这么做，而是继续阻击敌人？

华灵庙二十四勇士

华灵庙，原名华林庙，位于山西省乡宁县关王庙乡境内的一座小山丘上。它地处交通要塞，且居高临下、视野开阔，所以自古就是兵家必争之地。

1941年12月，国民革命军陆军暂编第37师3团的军队分别驻扎在乡宁与汾城交界的几个村庄里，团部则驻扎在关王庙乡，与华灵庙相距几十千米。

华灵庙相当于乡宁东南地区的门户。而在抗战时期，乡宁既是山西西南地区的行政中心，也是第二战区重要的军事指挥中心之一。因此，对中国军队来说，守卫华灵庙意义重大。

当时，第37师3团8连把华灵庙作为阵地，在庙旁土丘上挖筑了战壕和堡垒，并安排了一个排在这里进行流动防守。

为夺取华灵庙这处觊觎已久的军事要地，日本侵略军抽调了上千名步兵，分两路秘密向华灵庙集结。（从开篇到这里是大段的环境描写，介绍了华灵庙勇士所处的时代，也阐明了华灵庙所处的位置、环境特点及其在军事地理格局中的地位，将人物活动的背景交代得十分清楚。读者在明白华灵庙阵地的重要作用后，就会对它能否守住而担心不已，更为中国驻军的命运捏了把冷汗。这就为情节发展奠定了坚实基础，也为故事造足了气氛。）

12月4日黎明时分，大雪纷飞，山路被厚厚的雪覆盖住了。日本侵略

名师导读 / Mingshi Daodu

❶ 中华民族自古尚勇，勇早已深深融入中华文明，熔铸在中华儿女的血液之中。但我们崇尚的并非小勇、愚勇、逞勇，而是迎难而上、一往无前的英勇，是深谋远虑、进退有度的智勇，是为了国家大义、民族利益而将个人生死置之度外的忠勇。具有英勇、智勇、忠勇品格的英雄，是我们学习的典范，也是促使我们奋发向上的重要动力源泉。比如，本文主人公华灵庙众勇士。面对来犯之敌，他们以血肉之躯冲入敌群玉石俱焚，势不可当，勇气非凡，值得我们永远崇敬与铭记。

军将白羊皮披在身上，借白雪和夜色掩护，从山沟迂回到华灵庙侧后方，突袭华灵庙阵地。

当中国驻军发觉时，日本侵略军已经来到面前。驻防在这里的60多名战士立刻与日本侵略军展开肉搏战。尽管8连80多人赶来支援，但依旧敌众我寡。日本侵略军凭借人数多、炮火猛的优势，对中国驻军猛扑狠打。

天渐渐亮了，中国驻军即将失去夜色掩护的优势，而增援部队因雪大路滑迟迟没有赶到。

眼看着阵地即将失守，中国驻军决定破釜沉舟、殊死一搏。

8连连长彭永祥和23名战士自愿组成"活炸弹队"。他们分成3组，每人在腰间缠上10枚手榴弹，把拉线连在一起，形成了"活炸弹"。

当几百名日本侵略军又一次集结起来，向中国驻军发起猛攻时，中国军队未做任何抵抗，任由敌人逐渐逼近。

[待敌人进入手榴弹的杀伤范围，23名战士在彭永祥的带领下冲进了日本侵略军的阵营，与蜂拥而来的敌人近身肉搏。

"活炸弹拉火！"彭永祥一声令下，率先拉响了身上的手榴弹。

随后，爆炸声此起彼伏，响彻云霄，火光

映红了华灵庙,数百日本侵略军血肉横飞。同时,24位勇士也与日寇同归于尽。]

"活炸弹队"使日寇伤亡近400人,扭转了战争局势,为中国军队取得胜利铺平了道路。其他驻守战士在增援部队的帮助下,战胜了来犯之敌。

时光荏苒,岁月如梭,24位勇士曾经浴血奋战的地方,如今已修建起华灵庙抗日纪念馆,立起石雕纪念碑。它们巍然矗立,仿佛在向来到这里的人们无声地讲述着抗战岁月中一个英雄群体的不朽传奇。

名师赏析 / Mingshi Shangxi

为了抗击日本侵略者,8连24名官兵组成"活炸弹队",深入敌群,与敌同归于尽,用鲜血和生命书写了气壮山河的英雄史诗。他们不怕牺牲的精神和毅然赴死的壮志豪情,感人肺腑,撼人心魄,时时提醒今人:勿忘历史,珍惜当下,奋发进取,为实现中华民族伟大复兴的中国梦而不断努力。

● 延伸思考

1.在与日寇的战斗中,中国驻军都面临着哪些不利因素?

2.这个故事哪个情节给你留下的印象最深?为什么?

抗日楷模村浴血自卫战

在沭河东岸,有一个风光旖旎、民风淳朴的村庄——渊子崖村(位于山东省临沂市莒南县板泉镇)。这里有两三百户人家,村民崇文尚武,举办过武学会、大刀会。20世纪二三十年代,为了防范匪祸,这里绕村修筑了高5米多、厚1米多的围墙,墙上还修了炮楼、炮眼等工事。

抗日战争全面爆发后,以沭河为界,沭河以西的临沂沦为敌占区,河西岸的小梁家村成为日寇的据点,而在沭河以东的沭水县(今莒南县)则是抗日根据地。渊子崖村正处在敌我交错的"拉锯"地带。

1940年10月,渊子崖村建立起秘密党支部和共产党领导下的抗日民主政权,村民的抗日情绪空前高涨。经村民推举,不到20岁的林凡义当选村长,共产党员林庆忠当选副村长。村里还成立了抗日自卫队,有300多名村民参加。大家把过去使用的土枪、五子炮(一种体积不大的简易火炮,炮身是一个铁桶,里面可装5个炮核,炮弹用火药、铁弹丸制成)、大刀、长矛等武器收集起来,随时准备战斗。

当时,河西的日伪军、汉奸常越过沭河,"扫荡"河东,残害抗日民众,抢劫百姓财物,还常以各种名目向村民强征粮款。渊子崖村村民对他们痛恨至极,从未屈从于前来索要粮款的敌人。

日伪军对渊子崖村恨得咬牙切齿,多次发动夜袭,但都被渊子崖自卫队和村民打退了。因此,日伪军把渊子崖村当成了"眼中钉,肉中刺"。(在中华民族生死存亡的紧要关头,中华儿女举起武器,共同奋斗，用实际行动撑起中华民族的脊梁，发出救国图存的呐喊。渊子崖村村民奋起反抗日伪军，就是当时中国全民武装、肃清日寇的一个缩影。）

1941年12月17日，盘踞在小梁家据点的汉奸头目梁化轩派几十个伪军到渊子崖村征讨钱粮，并送去了一张列出具体条目、数量的条子。见到条子，村长林凡义拍案而起，当场拒绝。

次日早上，气急败坏的梁化轩带着150余个伪军来到渊子崖村围墙下，要求村民交出粮食和钱财"慰劳皇军"。

自卫队成员上了围墙，随时准备作战。林凡义在围墙上怒斥梁化轩："这里什么也没有！我们可不会认贼作父，给鬼子卖命！"

梁化轩顿时恼羞成怒，下令开枪。百余名伪军分成两队：

一队伪军在围墙下架起梯子，开始向上爬。自卫队成员和村民用石块往下猛砸，伪军被砸得掉下梯子，摔得鼻青脸肿，无心恋战。

另一队伪军试着用圆木撞开围墙，再进村抢劫。一声巨响，20门五子炮一齐开火，把伪军打得到处乱窜。

最终，伪军败走，回到据点寻机报复。

两天后，恰好有1000余名日本侵略军到沂蒙山区进行"铁壁合围"（日本侵略军所使用的大部队严密交互包围的战法）。他们途经渊子崖时，小梁家据点的汉奸急忙赶去报告，说渊子崖村有八路军战士和军粮。

20日凌晨，渊子崖村被装备精良的日本侵略军包围。负责放哨的自卫队成员发现了日本侵略军的行踪，马上回村报信。

霎时，"鬼子来了，快上围子"的呼喊声打破了村庄的宁静。全村男女老少都进入战斗状态，300多名自卫队成员拿起土枪、五子炮、长矛等武器冲向围墙。林凡义手持大刀站在围墙的炮楼上，看到日本侵略军已将村子三面包围。

"皇军说了,只要你们交出八路军和粮食,他们就不进村!"一个翻译官在围墙下趾高气扬地喊道。

"我们村没有八路军,更没有粮食!"林凡义对着下面高声喊道。

随后,林凡义把刀一挥,转身对村民说:"乡亲们,八路军是咱们的亲人!咱们不护谁来护?现在,咱们要团结起来,跟鬼子拼到底!大伙说,对不对?"

"对!绝不出卖八路军!跟鬼子拼到底!"村民齐声响应。

日本侵略军在村北架好了火炮,见村民不肯顺从,他们便开始用炮轰击围墙。与此同时,日本侵略军的轻重机枪一齐开火,子弹密集地飞向围墙。

很快,村里浓烟四起,不时有房屋被炮弹击中。一群日本侵略军端着刺刀,冲至围墙下。炮手林九兰等人把五子炮对准了敌人。眼看敌人离围墙只有20多米了,林凡义突然大喊一声"打"。所有炮手立刻将五子炮点燃。

几声巨响过后,冲在最前面的十几个日本兵齐齐倒了下去,后面的敌人滚的滚,爬的爬,都退了回去。

对敌人来说,五子炮是最具杀伤力的武器,但五子炮所用的炮弹——铁弹丸消耗得很快。全村人立刻行动起来,把家里的铁锅砸碎、铁耙钉掰下来,做成铁弹丸,送到阵地上。自卫队继续用五子炮猛轰敌人。(村长林凡义的话如同吹响了同仇敌忾的集结号,全体村民纷纷响应,或争相上阵杀敌,或尽心尽力协助。渊子崖村全民皆兵,精诚团结,一致对外,用行动构筑起了一道驱倭除寇、保家卫国的钢铁长城。)

这群日本侵略军怎么也没想到,竟会遇到如此顽强的抵抗。激烈的战斗从早上打到了中午，他们还没有攻破围墙。慑于五子炮的威力，他们只得暂停进攻。

敌人的枪炮声一停，自卫队成员连忙趁机抢修围墙，补充弹药等。林凡义、林庆忠分头逐段检查围墙。村里的妇女提着瓦罐，捧着碗，把饭菜和热汤送到自卫队成员手中。

在村里养伤的一名八路军一直在观察日本侵略军的部署，此时对林凡义说："又有四五百个鬼子过来增援了。趁他们现在还没完全合围，我们快派人去跟区委和部队报信。咱们争取拖住敌人，等主力部队来解围。"林凡义马上派人出了村。

自卫队成员经过短暂的休整，已经做好迎接新的战斗的准备。

午后，日本侵略军见讨不到便宜，便调整战术，发起新一轮进攻。他们转而攻击东北面，把那里的围墙炸开了一个缺口。一个叫林崇周的村民腹部被炸伤，他简单包扎一下，便再次投入战斗。不少村民冒着生命危险，用门板、大石将围墙缺口修补上。

自卫队成员端起土枪，瞄准日本侵略军一阵猛打；炮手林九兰、林崇松等人用五子炮顽强抵抗。

日本侵略军被打得连连后退，纷纷卧倒隐蔽，等了一会儿，没听到动静，又继续往前冲。五子炮猛然开火，又把几个日本兵轰倒在地。

见手下士兵畏缩不前，火冒三丈的日本侵略军指挥官又一次下令强攻，日本侵略军立刻发起疯狂的冲锋。

村民好不容易垒好的围墙缺口再度被敌人用炮轰开，成群结队的日本兵向缺口冲过来。

跑在最前面的一个日本兵眼看着冲进了缺口。哪知，他刚进来，就被一刀毙命。

〔高大魁梧的林九兰守在缺口旁，手中挥舞着一把雪亮的铡刀。日本兵进来一个，他就砍死一个，一连砍死7个日本兵，把铡刀砍得卷了刃。当第8个日本兵冲进来时，筋疲力尽的林九兰才举起铡刀，就被几个日本兵的刺刀刺中。他怒睁双眼，重重地倒了下去。〕

在这场与敌人的白刃血拼中，林九兰及其父亲、三哥、侄子相继英勇牺牲。

日本侵略军一冲进西炮楼，林庆海就点燃了火药罐。轰鸣声过后，只见火光冲天，几个日本兵身上着了火。林凡义带着几个人冲进炮楼，刺死了这几个日本兵。但又一群日本兵涌进了炮楼，林凡义等人只得边打边退。林庆海却因严重烧伤，牺牲在了围墙下。

日本侵略军进村了。

自卫队成员和村民抓起笊钩、铁锹、菜刀、锄头，与敌人展开了惨烈的巷战、肉搏战。

〔在渊子崖的大街小巷，随处可闻惨叫声、怒骂声、砍杀声：有夫妻双双同敌人拼杀，有父子协同阻击敌人，有母女合力与敌人厮打，还有一群会武的老人用铁耙、锄头等与日本侵略军拼死战斗……〕②

林端五刚用铡刀砍死了一个日本兵，胸部就中了一弹。他用尽最后的力气砍伤了另一个日本兵，倒了下去。他的父亲林九宣用长矛捅死了一个日本兵，随后不幸被日本兵的刺刀刺中。

林凡义挥舞着大刀，满身是血，两眼怒睁，组织村民在街头与敌人展开殊死搏斗。很快，几个日本兵就将他包围了。

见此情景，体格强壮的林九乾冲过来，用大刀将其中一个日本兵砍倒在地，自己却中弹牺牲了。

林凡义正弯腰去扶他，又一个日本兵端着刺刀向他的头部刺去。千钓一发之际,日本兵突然软软地倒了下去。原来是林九乾的妻子怒吼着冲过来,用镢头砸死了这个日本兵。

战斗持续至傍晚,板泉区委书记刘新一和区长冯干三带着一个连的兵力赶来增援,与敌人展开血战。战斗中,冯干三、刘新一和40多名战士全部壮烈牺牲。

正在外线作战的八路军山东纵队2旅5团3营董营长带领两个连队、县大队以及临时召集的各区中队赶来援救,将敌人引出村外,展开激战,终于打退了日本侵略军。

［渊子崖自卫战,军民精诚团结,浴血杀敌,共毙伤日伪军150余人。但我方亦付出了沉重的代价:全村以身殉国及被日寇杀害者147人,加上八路军和武工队干部战士及邻村群众共伤亡242人,渊子崖房屋被毁833间。尽管伤亡、损失如此巨大,但村民为八路军存放的3间屋子的军粮,仍颗粒未动地留在自卫队成员林庆本家!］❸

战后,延安《解放日报》专门发表社论,表彰渊子崖村民的英雄事迹,高度评价该村是"村自卫战的典范",渊子崖村被誉为"中华抗日第一村"。1942年,渊子崖村被授予"抗日楷模村"的光荣称号。

名师导读 / Mingshi Daodu

❶ 渊子崖村村民自卫反击日本侵略军的战斗是激烈且悲壮的。此处描写了局部场面,选取并详写典型人物的典型事件,即林九兰战斗及牺牲的过程,以点带面,鲜明刻画出了渊子崖村村民的群体精神面貌。

❷ 这里用概括笔法,从整体角度描绘,略写全体村民的作战场面,呈现出渊子崖村全员参战的广阔画面。

❸ 在这场浴血搏杀的死战中,一村无畏生死的战士迸发出不畏强暴的英雄气概与强烈浓厚的爱国热情,惊天地而震寰宇。

名师赏析 / Mingshi Shangxi

在渊子崖村北的松柏林中,巍巍矗立着一座抗日纪念塔。塔身铭刻着牺牲在渊子崖自卫战中的242位烈士的英名及壮举,时刻向来到这里的人诉说着那场由农民自发组织的规模极大、极为惨烈悲壮、极具民族血性与风骨的自卫战役。塔身第二层镌刻着沭水县参议会的题词:"云山苍苍,沭水泱泱,烈士之风,山高水长。"这是对242位英烈的赫赫功绩与铮铮气节的歌颂,也是国人对英烈的敬意与缅怀的流露,更是提醒后人牢记历史、自强不息的警钟。

● **好词好句**

风光旖旎　崇文尚武　拍案而起　成群结队

● **延伸思考**

本文用较大篇幅描绘了渊子崖自卫战的场面,试从表述方式、修辞手法两个角度进行评析。

马石山十勇士

1942年深秋,以残忍狡诈著称的日本侵略军华北方面军司令官冈村宁次抵达山东烟台进行军事部署,对胶东抗日根据地展开拉网合围式大"扫荡"。这次大"扫荡"规模空前且极端残酷。

日本侵略军一路对抗日军民围追烧杀,合围网迅速向胶东半岛中心推进、收缩。11月23日傍晚,敌人集结在半岛中心地带的马石山(在今山东省威海市乳山市)周围,要在这里给"网"收口。几千名群众、一些地方干部、八路军的伤病员和部分跟大部队失去联系的战士被拉入"网"内。

被围群众大都是老幼妇孺。在敌人的合围下,手无寸铁的他们只能向马石山退去。

忽然,暮色中有10名中国战士向被围群众迎面走来,他们身穿棉军衣,打着绑腿,身背三八式步枪。这10名战士是八路军胶东军区第5旅13团7连6班指战员。他们途经马石山,看到这里有众多乡亲被日伪军围困,决心留下来带乡亲们突围。(在艰苦卓绝的抗战时期,共产党领导下的八路军为人民群众撑起"保护伞",竭尽所能守卫人民群众的生命、财产安全,与人民群众鱼水情深、患难与共,因此形成了军爱民、民拥军,军民空前团结的局面。就如本文主人公——马石山十勇士,他们的所作所为、所思所想便是当时八路军将群众利益置于首位的真实写照。)

傍晚，班长王殿元和一些熟悉地形的群众研究突围路线，并确定了突围的山沟口。

深夜，火堆旁的日伪军已经人困马乏。趁他们疏于防范之际，王殿元带着3名战士麻利地解决了敌人的哨兵，将火堆扑灭，护送第一批200多名群众顺利突围。

突围成功后，10位勇士没有跟着这批群众一起撤离，而是再次回到马石山上，找到了100多名被困群众。

王殿元将9名战士分成3组分别带领群众突围。王殿元带着3名战士，趁敌军的哨兵防备松懈时，打开了一个新突破口，指挥群众逃出包围圈。其他两组战士则分几次将零散的群众从第一个突破口送出包围圈。这一次，他们又成功地救出了上百名群众。

此后，10位勇士第三次回到山上会合，引导第三批几百名群众赶赴第一个突破口。

此时，天色渐亮，敌人发现哨兵被杀，马上鸣枪并集结过来。王殿元吩咐几名战士用机枪将敌人的火力吸引过去，自己则带领另外几名战士与敌人拼杀。他们打退了敌人，把慌乱的群众送出了包围圈。这一次，一名战士牺牲，王殿元等人负伤。

正当王殿元打算带几名战士撤离时，听到一个小女孩说还有"满满一沟"群众被困在西南边的山沟里。于是，他们义无反顾地四闯合围网。此时天已大亮，山下聚集起了大量敌人。在与敌人的混战中，又有3名战士牺牲了。

在第4批群众中的多数人突围时，越来越多的敌人包围过来。6名战士借山体掩护，边战边退，登上了马石山主峰西边的峰顶——这里与群众突围的方向正好相反。

在这里,几名战士与敌人殊死搏斗了一上午,其间,不断有人受伤牺牲。不久,子弹打光了,他们就用石块猛砸敌人。最后,王殿元和两名战士抱在一起拉响了仅剩的一枚手榴弹,与冲到山顶的敌人同归于尽。

战后,经过多方查证,十勇士中只有7人的名字得到了证实,他们是王殿元、赵亭茂、王文礼、李贵、杨德培、李武斋、宫子潘。虽然十勇士的名字没有全部留下来,但他们舍生忘死救助群众的壮举为他们赢得了共同的美誉——"马石山十勇士",以及后人的世代景仰。(本文先集中笔墨,详述十勇士的英雄事迹,在结尾处以议论的方式升华主题。这种方式能起到总结全文、凸显主题的作用,使文章更具感染力。)

名师赏析 / Mingshi Shangxi

路见被困群众,十勇士挺身而出。他们在敌阵中三进三出,救人无数。为了营救山沟中的群众,他们甘冒危险,四入合围网,终陷绝境,与敌同归于尽,气壮山河。马石山十勇士不顾自身安危、一心保护群众的义举,彰显了中国军人无上的献身精神和大无畏的英雄气概。

● 延伸思考

简要概括十勇士四闯合围网的过程和结果,并为其写一首小诗。

刘老庄连八十二烈士

1943年3月,日本侵略军侦察到淮海区党政领导机关所在的位置——淮阴六塘河北岸,便于16日开始实施"六塘河作战"计划。日本侵略军统帅派单兵素质较高且武器精良的第17师团出战。

3月17日,日本侵略军第17师团与伪军共1600余人,兵分多路,包围了淮海区党政领导机关。

这时,只有82个人的新四军第3师7旅19团2营4连临危受命,掩护主力部队和党政机关干部转移。

4连连长白思才、指导员李云鹏领命后,率领全连埋伏在淮阴北涟水县老张集和朱杜庄一带纵横交错的交通壕里。

在日伪军先头部队进入伏击圈后,4连战士与日伪军激战半日,终于将敌人的先头部队打退。随后,战场转移到了刘老庄一带。

〔次日,天未破晓,晨雾弥漫,4连战士刚跳出交通壕,敌人的骑兵就冲到了面前。

白思才高声下令"开火",手中的驳壳枪率先打响,随后枪声响成一片。

前面的日本骑兵被一一打倒在地,后面的日本骑兵见情况不妙,转身就逃。但没过多久,大批日本步兵再度凶狠地扑了过来。

日本侵略军有1600余人,而4连只有82个人,敌军人数超出我方约20倍。并且,日本侵略军装备先进齐全,火力强大。不管从哪个方面看,敌我差距都很悬殊。但是4连毫不畏惧，对日本侵略军的进攻予以狠狠还击。

日本侵略军指挥官见久攻不下，重新安排了进攻阵型：由第9中队担任突击队向东进攻，另外3个中队从多个方向包抄中国军队，其他部队同时开火支援实施强攻的4个中队。

英勇的4连官兵顶住了日本侵略军强大的火力，甚至在激战中击毙了敌军负责指挥突击的第9中队长。]❶

[在机关枪和手榴弹的咆哮声中，4连打退了日本侵略军5次冲锋，田野上留下了敌人的大量尸体。指导员李云鹏镇定地鼓舞大家："我们八路军、新四军是抗日的队伍，日寇是我们的死敌，我们要坚决打到底！"

"保卫根据地，保卫人民！""保持党的光荣，不当俘虏！"战士们怒吼着，声音盖过了敌军隆隆的炮火声。

对侵略者深深的仇恨和愤怒让4连战士把所有伤痛和饥饿都忘记了。炊事员抄起了武器，司号员也拿起了钢枪，他们补上了牺牲战友的空缺。重伤员忍着剧痛，一声不吭，眼中闪着怒火，不肯离开战斗岗位；受伤较轻的战士握紧了手中的武器。]❷

日本侵略军的进攻一次比一次猛烈，用密

名师导读 / Mingshi Daodu

❶ 与超出我方近20倍的敌人作战，4连这个英雄的集体无一人退却。他们怀着必胜信念与敢打敢拼的勇气，毅然与强敌交火，生动地诠释了中国军人赤胆忠诚、机智勇猛、逢敌亮剑的精神。

❷ 在写作时，综合运用多种描写手法，有利于将人、事、物记述得生动立体、精彩百出。例如，此处对作战环境、斗争场面，以及4连战士的神态、动作、语言等进行了细致的捕捉和描绘，还原了刘老庄血战的始末，立体展现了烈士的性格、思想、品质。以寡敌众、不屈不挠的铁血勇士形象呼之欲出，宛在读者眼前。

集的炮火猛攻4连这个顽强的堡垒。

交通壕四面八方都在爆炸，4连战士拿起背包推上去，堆成短墙头，暂时挡住了敌人的炮火。

这时，李云鹏头部中弹牺牲了。

眼看敌人又一次发起了冲锋，满腔悲愤的白思才一跃而起，把没了子弹的驳壳枪丢在一旁，提着上了刺刀的钢枪。他目光如炬，声音嘶哑地喊道："同志们，上刺刀，跟鬼子拼了！"

4连战士与日寇白刃相见，浴血战斗，将敌人的第6次冲锋打了下去，但敌人的炮火过于猛烈，突围没能成功。

这时，4连的子弹已经打光了。白思才决心不让敌人得到一支好枪，让战士们把机枪和多余的枪全都破坏掉。之后，战士们握住上了刺刀的钢枪严阵以待。

夜幕降临，日本侵略军蜂拥至4连阵地前沿。4连战士挥着刺刀一跃而上，与日本侵略军再次展开肉搏战。

刀枪撞击处，日本侵略军的惨叫声此起彼伏。

4连战士的刺刀捅弯了，就用枪托砸，枪托砸碎了，就用铁锹砍、牙齿咬。最后，因敌众我寡，4连战士全部壮烈殉国。（4连战士向死而生的战斗血性从何而来？源于抗战军人舍生取义的忠诚。他们为国家尊严、人民利益而战，以坚定斗志、实际行动践行了"随时准备为党和人民牺牲一切"的誓言。）

这个仅82人的英雄连队与1600多个日本精锐士兵殊死战斗了近一天，毙伤敌军近400人。战后，为纪念这个英雄的连队，人们将其更名为"刘老庄连"。

名师赏析 /Mingshi Shangxi

  4连的82名战士深知敌强我弱，依然接过掩护重任，抱定退敌决心，毅然与敌浴血拼杀，直至全连殉难。他们的故事，让人肃然起敬，热泪盈眶，胸中激荡起浓烈的爱国激情，久久难以平静。

● 好词好句

  对侵略者深深的仇恨和愤怒让4连战士把所有伤痛和饥饿都忘记了。炊事员抄起了武器，司号员也拿起了钢枪，他们补上了牺牲战友的空缺。重伤员忍着剧痛，一声不吭，眼中闪着怒火，不肯离开战斗岗位；受伤较轻的战士握紧了手中的武器。

● 延伸思考

1.为什么要等敌人冲到面前，4连连长才下令开火？
2.4连官兵的英勇都表现在哪些方面？

英雄"岱崮连"

"逶迤八百里沂蒙，巍巍七十二崮（指四周陡峭、顶端较平的山，山东中部山区多以此作为地名）。"在群崮连绵、峰峦叠翠的沂蒙山区，屹立着两座雄伟险峻的山崮。南边山崮海拔700多米，北边山崮海拔近700米，两者之间距离约1千米，中间有一道山梁。这就是沂蒙七十二崮中赫赫有名的南北岱崮。

南北岱崮顶端平整，壁如刀削，险峻异常，易守难攻，是天然的军事屏障。并且，由于地处日本侵略军进犯沂蒙山区腹地的咽喉要道，它们也是八路军狙击歼敌的军事要地。早在1943年以前，中国共产党领导下的抗日军民就在两崮上修筑了掩体、房屋、仓库等，为随时可能爆发的战斗做好了准备。

1943年冬，1万多日伪军从临沂、临朐、莱芜、蒙阴、沂水等县同时出动，准备对鲁中抗日根据地进行"扫荡"，并叫嚣要在3个月内消灭沂蒙山区的八路军。

11月初，鲁中军区首长命第2军分区11团8连的93名指战员坚守崮顶，以南北岱崮的有利地形为依托，阻击40倍于我的日伪军，以便八路军主力部队转移到外线寻机歼敌，粉碎敌人的"扫荡"。很快，11团3营副营长张栋接受了这项紧急任务。

8连指战员在南崮南面、北崮西面建起瞭望楼，还在崮下梯田的石坝内挖出许多用于射击的墙洞，又在山崮周围布下地雷阵，把南北岱崮打造成了坚不可摧的战斗堡垒。

11月13日凌晨，在飞机、大炮的掩护下，进入岱崮山区的日伪军发起了猛攻。

南北岱崮没有天然路径，只能从峭壁隙缝中凿出的梯道攀上顶峰。这就是到达上崮仅有的一条孔道——"南门"。一座窄小的瞭望楼横跨隙缝两边的山石，8连6班就驻守在这里。

6班是整个连队出名的青年班，成员几乎都是20岁上下的小伙子。班长叫张善才，高大结实，头脑灵活，指挥镇定，作战勇猛。

敌人摸不清崮顶有多少人，就试探着用战机、大炮轰炸。

见敌人攻势凶猛，张善才让所有战士隐蔽在工事里，自己借助地形优势，密切监视敌情，并伺机让战士放了几阵冷枪，干扰敌人的视线与判断。

飞机、大炮一停止轰炸，日伪军便派出少量步兵向上崮攻来。张善才按兵不动，见敌人来到射程内，就用哨声指挥战士作战：先用步枪点射，再扔手榴弹轰炸。

日伪军还没到达崮底，就死伤一片，气得指挥官直跳脚。

由于南北岱崮下草木不生，敌人没有掩体隐蔽形迹，几次进攻，均告失败。而6班一直依托地势阻击敌人，可谓"一夫当关，万夫莫开"。

（敌人发动远攻，6班收声敛气，静迎战机，不动如山；敌人发起近战，6班狠拼猛打，锐不可当。临大事有静气，驱敌寇有锐气，6班战士都是当之无愧的真勇者。）

此后，敌人抓住当地一个老人，询问崮顶有多少八路军。老人谎称山上有七八百名八路军。敌人信以为真，又调来大队人马，将岱崮重重包围起来。

两天过去了，日伪军仍停留在崮底。由于发现北崮防守严密，并且一直受到南崮的侧击，敌人转变战术，把全部兵力压向南崮。

为了节约弹药，最大程度消灭敌人，8连指战员严格遵守"距离远不打，瞄不准不打，敌人不在有效射程内不打"的"三不打"原则。待敌人爬近崮顶，距我军阵地100米左右时，副营长张栋一声令下，8连战士的子弹、手榴弹、巨石才以雷霆之势向敌人压去，直把敌人打得鬼哭狼嚎、毫无还手之力。

几天过去了，敌人始终未能攻占崮顶，便抢来附近群众的被子、毯子，蒙在头上往山上爬，但很快又被八路军用手榴弹及埋下的地雷炸得哭爹喊娘，败下阵来。

敌人骑虎难下，无计可施，便调来飞机、大炮对崮顶狂轰滥炸。

很快，数架敌机突临南北两崮上空，崮顶顿时烟雾蔽日，火花四射，石块乱飞。负责指挥的张栋传令：只留哨兵站岗，其他人员都躲进坑道或掩体。

［由于轰炸过于猛烈，许多战士被震得口鼻出血，甚至有人失去了听觉。大部分掩体被炸塌了，还损失了不少干粮和水。］

但是，不管敌人怎么轰炸，炸弹要么落在崮顶，要么落在崖下，根本扔不到峭壁上，并没有对八路军战士造成有效的杀伤。

轰炸停了下来，日伪军认为八路军都已在轰炸中丧生。于是，他们又架起云梯，开始进攻崮顶。但他们再次临近崮顶时，又被八路军铺天盖地的子弹、手榴弹和巨石好好"招待"了一番。敌人无处可躲，更无处可逃，再次败退。

几天过去了，面对坚不可摧的南北岱崮阵地，始终在崮底徘徊的敌人灭绝人性地使用了毒气弹。

抗日英雄的故事

8连不少战士中毒昏迷，但一从昏迷中醒来，他们依然坚守阵地，将敌人牢牢锁在岗下。

见毒气弹没有奏效，日伪军又想出一个诡计。他们端着刺刀，将几个老乡赶到山上劝降，自己藏身在山石后面。

8连指战员见了，既心有不忍，又义愤填膺。［连长冯化德向几个老乡大声喊道："乡亲们，请你们转告鬼子！只有打胜仗的八路军，没有投降的八路军！"］❷

敌人见未能瓦解八路军的斗志，便将进攻部队换成精锐部队，又增调飞机、大炮对岗顶反复进行地毯式轰炸。

岗顶上修建的掩体工事几乎全被炸毁，战壕里积满泥土砂石。

凭借强大的火力，敌人开始实施强攻。他们搭起云梯，准备爬上岗顶。8连战士用刺刀刺，用石块砸，一次次地将爬上来的敌人打下去。

敌人更加坚信，守在岗顶的是八路军的主力部队，继续对两岗岗顶实施不间断轰炸，几乎将岗顶夷为平地。

南北岱岗顶峰如同被犁过几遍，工事、战壕几乎化为齑粉，碎石、灰尘能埋过膝盖，泥土里满是弹片。

由于通信中断，弹药物资奇缺。8连战士

名师导读 Mingshi Daodu

❶ 运用细节描写，以战士口鼻出血、掩体坍塌等细节，向读者展示了八路军战士作战环境的凶险。可想而知，这场战斗有多么惊心动魄、险象环生。

❷ 经历了敌人的狂轰滥炸，守着危机四伏的岗顶，8连指战员依然坚守信念，毅然拒绝了劝降。一句"只有打胜仗的八路军，没有投降的八路军"，旗帜鲜明地表达了8连指战员死守阵地的意志与决心，其精神、魄力令人折服。

用石头代替弹药，用饼蘸盐或用野菜树皮充饥；山上的水缸被炸掉了一大半，仅剩的一点水成了泥浆……战事最艰难的时候，8连战士整整一天没有喝到水，嘴唇干裂出血。（8连战士坚守阵地，几近弹尽粮绝，甚至连水都喝不上。然而，8连战士没有被极端困难压垮，依然坚持不懈地战斗。这种百折不挠、坚忍不拔的精神，令人肃然起敬。）幸好，8连的兄弟部队奉上级命令，想尽办法穿过敌人的封锁线，为他们送来了水、粮食和弹药。

半个月过去了，8连顽强地抵住了超过己方40倍的敌军的进攻，以伤7人、牺牲2人的代价，歼伤敌军300余人，消耗了敌人40多万磅弹药，圆满完成了拖住敌人的任务，有力配合了外线作战。

11月28日一早，日伪军再次对上面喊话，威胁要空投伞兵攻占岿顶，但是等了半天，也没听到回应。他们提心吊胆地来到岿底，沿小路登上岿顶，结果一个八路军也没发现。接着，他们把岿顶搜了个遍，发现山上空空如也。

敌人想破了脑袋也没想明白，山上的八路军是怎么从重重包围中，在自己眼皮子底下，神不知鬼不觉地离开的。

原来，在27日，8连官兵接到了午夜突围的命令。他们束紧行装，背扶起伤员，强忍悲伤，掩埋了战友的遗体。几名战士向山下扔石块，扰乱敌人视线；其他战士则抓着系在悬崖上的皮绳，一个接一个地滑到岿底。在夜色的掩护下，8连战士屏息敛声，悄悄穿越敌人的篝火封锁线，绕过了敌人的炮兵阵地，悉数逃出了敌人纵深数里的包围圈，最终与大部队胜利会合。

战后，八路军山东军区通令嘉奖英勇顽强的8连，并授予8连"英雄岱崮连"的光荣称号。

名师赏析 /Mingshi Shangxi

南北岱崮保卫战是我国战争史上以少胜多的著名战例。这次战斗极为残酷,只有93名八路军战士坚守在方圆420米和240米的南北崮顶,阻挡住了敌人3000步兵大队、一个炮兵中队、一个空军中队和一个伪军团的攻击达半月之久。敌人使用了40多万磅炮弹,还使用了燃烧弹、毒气弹和数种瓦斯弹,始终未能突破8连防守的阵地。不仅如此,8连在圆满完成任务后,竟然在敌人铜墙铁壁般的包围圈中突出重围,全身而退,堪称世界战争史上的奇迹。八路军鲁中军区第2军分区11团8连以铮铮铁骨守初心,以血肉之躯担使命,在中华民族抗战史上写下了极具传奇色彩的篇章。

● 延伸思考

1. 8连是怎样虎口脱险的?
2. 本文倒数第二段运用了怎样的写作手法?这种手法有什么作用?

学生爱国主义教育系列丛书
抗日英雄的故事

读《抗日英雄的故事》有感

李阿平

几十年过去了,战火早已散去,抗日英雄的身影也似乎逐渐隐入历史的尘烟之中。

但是,当我读完《抗日英雄的故事》这本书后,这些英雄的形象在我心目中逐渐清晰、立体、高大起来。

这本书写了许多抗日英雄的故事,其中,给我留下最深印象的英雄是吉鸿昌。

在吉鸿昌生活的时代,中国受到世界列强的欺侮,日本帝国主义发动了对中国的侵略战争。本想带兵抗日卫国的吉鸿昌却因不愿打内战,被蒋介石解除了兵权,被迫出国"考察"。当时,外国人都看不起中国人,却对日本人另眼相看。但是,身在异国他乡的吉鸿昌始终以自己的中国人身份而感到骄傲、自豪,甚至挂着"我是中国人"的胸牌四处奔走。

读到这里,我被吉鸿昌在国家如此艰难的时候依然坚守民族气节的行为和他的爱国主义精神深深地打动了,不禁肃然起敬。

吉鸿昌让我理解了"英雄"这个词的真正含义,并以他的言行和事迹教导我们:身为中国人,不论何时何地,一定要保持强烈的民族自尊心和自信心。只有这样,我们才能自爱自立、奋发图强,将祖国建设得更加强大、富足、美好。

《抗日英雄的故事》读后感

陆远哲

今天，我读了《抗日英雄的故事》这本书。该书讲述了抗战期间众多英雄人物的感人故事。他们中有运筹帷幄、决胜千里的马本斋、赵尚志，有赤胆忠肝、宁死不降的杨靖宇、赵一曼，有视死如归、顾全大局的狼牙山五壮士，有无私为民、壮烈殉国的马石山十勇士……其中，狼牙山五壮士的故事最令我感动不已。

1941年秋，日寇大举进犯具有重要战略地位的狼牙山。为了掩护连队转移，马宝玉等5位壮士与敌人斗智斗勇，圆满完成了任务。但为了不被敌人发现连队的转移方向，他们继续掩护作战，并把大批敌人引到棋盘陀顶峰。弹尽援绝之时，五壮士毅然选择跳崖殉国。

在读这个故事前，我不知道，五壮士在怎样的危境中接过了掩护主力部队的艰巨任务；我也很难想象，他们如何以五人之力对抗人多势众的日伪军；我更不清楚，为保全主力部队，他们如何做出了引开敌人、牺牲自己的决定。但在读过故事后，我深深为他们"一夫当关，万夫莫开"之勇和以大局为重的牺牲精神而感动、折服。

五壮士是无数抗日英雄的优秀代表，正是这些英雄以热血和生命为武器将侵略者逐出国门，才换来了我们今天和平、幸福、安宁的生活。我们既要永远铭记这些英雄，也要学习和继承他们的勇气和精神，为了使祖国更加富强、维护世界和平，做出自己的努力和贡献。

知识考点

一、填空题

1.周恩来称赞牺牲在抗战中的将领张自忠为"_____"。

2.1937年7月,下令中国卢沟桥守军反击日寇的将领是_____。

3.被迫到国外考察期间,吉鸿昌受到外国人的歧视,便特意做了一块写着"_____"的胸牌戴在身上。

4.赵登禹率领_____夜袭敌营,取得"喜峰口大捷",沉重地打击了日本侵略军的嚣张气焰,得到了"_____"的美名。

5.为了抵抗侵略者,为了民族的解放,_____绝食抗争,_____积劳成疾,这对英雄的母子先后献出了宝贵的生命。

6.率中国远征军先遣部队参加东吁保卫战,击毙5000余日本侵略军的步兵师师长是_____,他有"_____"之称。

7.在东北的林海雪原中,杨靖宇在仅用_____、_____、_____果腹的情况下,与敌人力战数天。

8.1940年8月,_____与朱德、彭德怀联合下令,发起_____,战役前期主要打击敌人的_____和_____。

9.赵一曼误以为粗瓷大碗是从_____那里拿来的,责备了小通讯员。

10."八一四"空战,_____率队与敌人在空中厮杀,取得了中国空军抗击日本空军的首次胜利。

11.彭雪枫先后创立_____、《_____》,把文艺变成了团结人民、教育群众、打击敌人的武器。

12.赵尚志巧用地形伏击敌人，以少胜多的著名战役是_____战役。

13.八路军团长白乙化用_____打下了飞机，创造了战争神话。

14.少年英雄王璞高喊"_____，_____"的口号从容就义。

15.狼牙山五壮士在完成掩护任务后，没有去追赶大部队，而是向棋盘陀顶峰爬去，他们宁可_____，也不_____。

二、问答题

1.本书讲了许多抗日英雄的故事，你觉得哪个故事给你的印象最深？为什么？

2.读完本书，你最大的收获是什么？

答案

一、填空题
1.中国抗战军人之魂
2.佟麟阁
3.我是中国人
4.大刀队　大刀将军
5.白文冠　马本斋
6.戴安澜　铁血将军
7.树皮　枯草　棉絮
8.左权　百团大战　交通线　交通设施
9.老乡
10.高志航
11.拂晓剧团　拂晓报
12.冰趟子
13.步枪
14.宁可抗战死　不当亡国奴
15.牺牲自己　暴露大部队

二、问答题
1.示例：渊子崖抗日楷模村村民的故事给我留下了深刻的印象。在悲壮惨烈的渊子崖自卫战中，面对穷凶极恶的日本正规军，他们无论男女老幼，全部上阵杀敌，彰显了中国人民威武不屈的精神、不畏强暴的勇气与战斗到底的钢铁意志。我在深感震撼的同时，也决心继承前人之志，传承抗战精神，弘扬爱国主义情怀，为中华民族的伟大复兴，为祖国的和平统一，贡献自己的绵薄之力。
2.示例：本书像一条连接现在与过去的纽带，带我回到烽火四起的抗战岁月，走近威名赫赫的抗日英雄，让我对那段苦难历史及各位英雄有了深入的了解。原本我是一个遇到困难就放弃退缩的人，但书中抗日英雄顽强、英勇、不屈的精神深深激励了我，让我勇气、信心、毅力倍增。我相信，在以后的人生旅途中，我一定能做到不畏艰难、砥砺前行。
（问答题答案不唯一，言之成理即可）

图书在版编目（CIP）数据

抗日英雄的故事／龚勋主编． --北京：应急管理出版社，2022

（学生爱国主义教育系列丛书）

ISBN 978-7-5020-9258-0

Ⅰ.①抗…　Ⅱ.①龚…　Ⅲ.①革命故事—故事集—中国—当代　Ⅳ.①I247.81

中国版本图书馆 CIP 数据核字（2021）第 280459 号

抗日英雄的故事（学生爱国主义教育系列丛书）

主　　编	龚　勋
责任编辑	陈棣芳
封面设计	韩欣宇

出版发行	应急管理出版社（北京市朝阳区芍药居 35 号　100029）
电　　话	010-84657898（总编室）　010-84657880（读者服务部）
网　　址	www.cciph.com.cn
印　　刷	水印书香（唐山）印刷有限公司
经　　销	全国新华书店

开　本　710mm×1000mm $^1/_{16}$　印张　16　字数　200 千字
版　次　2022 年 5 月第 1 版　2022 年 5 月第 1 次印刷
社内编号　20211173　　　　　　定价　19.80 元

版权所有　违者必究

本书如有缺页、倒页、脱页等质量问题，本社负责调换，电话:010-84657880

学生爱国主义教育系列丛书

CLASSIC OF PATRIOTIC BOOKS

学生爱国主义教育系列丛书

CLASSIC OF PATRIOTIC BOOKS